法月綸太郎
方丈貴恵
我孫子武丸
田中啓文
北山猛邦
伊吹亜門

講談社

推理の時間です

前口上——推理の時間の出来るまで

ようこそ、謎解き挑戦ミステリー『推理の時間です』の紙上殺人現場へ。

この本が生まれたきっかけは、MRC（メフィストリーダーズクラブ）の有料会員向けオンラインイベントでした。二〇二二年四・五月の二回にわたり、気鋭のミステリー評論家・若林踏氏と私（法月）が共演した連続トークライブ「ミステリー入門（前編）ホワイダニットについて／（後編）ホワットダニットについて」がそれです。もともと一回で終わるはずが、盛り上がりすぎて時間内に収まらず、翌月に後編が追加されたほどの人気回でした。

イベントの好評に気をよくしたメフィスト編集部は、MRC会員限定の読者参加型謎解き企画『推理の時間です』を立ち上げようと動きはじめます。その具体的な内容は、

①「なぜ?」を問うホワイダニットに並ぶ「謎のかたち」として、「誰が?」を問うフーダニットと「どうやって?」を問うハウダニットを取り上げ、各回二人ずつ、計六名の本格作家が挑戦状付きの「犯人（動機、犯行方法）当て」を出題。②会員限定誌「メフィスト」に三号連続で「問題編」を掲載し、それを読んだMRC会員が真相を推理して、〆切日までに解答を編集部へ送る。③作者による「解答編」はMRCの特設サイトで公開。後日オンラインで開催されるトークライブで作者本人が正解者を選び、優秀賞としてサイン入り図書カードをプレゼ

ント、という段取りです。

ただし各回二名の出題者も、対バン作家の挑戦に応じて真相を推理、答えを公開しなければならない。つまり出題者も会員と同じ土俵で推理力を試されるということで、自作の出来のよしあしと合わせて、二倍のプレッシャーを味わうことになるわけです。


私(法月)が『推理の時間です』の第一回出題者兼スーパーバイザーという大役を仰せつかったのは、以上のような経緯からです。スーパーバイザーとしての最大の務めは、編集部と相談しながら自分以外の出題者を決めることでした。

五人の顔ぶれを考えるのはオリジナル・アンソロジーを編むのと同じで、作家冥利に尽きるような心躍る作業でしたが、実際の執筆依頼となると話は別です。そもそも「読者への挑戦」付き「犯人当て」は、書く側にとってハードルが高い。謎解きが易しすぎて正解者がたくさん出ると自信を失うし、逆に誰にも当てられない問題はどこかに欠陥がある。余詰めを排除しつつ、フェアプレイを実現するのは至難の業なのです。

それだけではありません。「犯人当て《フーダニット》」だけならまだしも、「動機当て《ホワイダニット》」「犯行方法当て《ハウダニット》」の挑戦はさらにハードルが上がります。さらに今回はオンラインの顔出しトークライブという公開イベントも控えているので、出題側のプレッシャーは高まるのみ。はたしてこんな依頼を引き受けてくれる奇特な作家が五人もいるのだろうか、と気が気ではなかったのです。

そんなこんなで、記念すべき第一回フーダニット編のお相手は、京都大学推理小説研究会(通称・京大ミステリ研)の後輩である方丈貴恵氏にお願いしました。特殊設定ミステリーのイメージが強い方丈氏ですが、「封谷館の殺人」はガチガチの正攻法、フーダニットの王道というべきお屋敷パズラーで、京大ミステリ研ならではの「犯人当て」作法とその空気に触れることができるでしょう。対する私（法月）は寄る年波のせいか、どうしても犯人限定が甘くなりがちなところを逆手に取って、初心者向けに作意のつかみやすい謎を心がけました。

二回目はホワイダニット編。難しいのはここからで、読者に挑戦するタイプの謎解きミステリーは、解決が一つに絞られなければなりません。しばしば挑戦状に「動機は不問とする」という但し書きが付いているのは、そもそも犯行動機は主観的なもので、受け手の解釈によっていくらでも別解が生じうるからです。したがってホワイダニットの謎解きは、本来こうした挑戦スタイルになじまない。語りのテクニックに通じた百戦錬磨のベテラン作家でなければ、そういう難題を引き受けてはくれないでしょう。

そこで思い浮かんだのが、我孫子武丸氏と田中啓文氏。京大ミステリ研の同期である我孫子氏は「犯人当て」のしきたりと限界をよく知っていて、サウンドノベルからマーダーミステリー（マダミス）まで、「読者参加型謎解き」の裏表にも通じています。我孫子氏なら、挑戦形式のホワイダニットに意外なツイストを仕込んでくれるでしょう。対する田中氏は、ジャズサックス奏者・永見緋太郎シリーズ等で「日本のエドワード・D・ホック」の異名を持つホワイダニットの達人。氏ならではの奇想&アクロバットを期待して、出題をお願いしました。

さて、第二回で出題者の平均年齢を上げてしまったので、三回目のハウダニット編はもっと下の世代に活躍してもらわないといけません。真っ先に北山猛邦氏を指名したのは、言わずと知れたことでしょう。「物理の北山」の異名を持つ不可能犯罪の名手であり、また第二十四回メフィスト賞を受賞したＭＲＣの貴公子というべき存在なのですから。逆に「ミステリーズ！新人賞」出身の伊吹亜門氏は、デビュー作以来ホワイダニットのイメージが強いので、今回の人選を意外と感じる読者もいるかもしれません。ですが、伊吹氏はミニマルな不可能状況の解明にハウとホワイを重ね合わせるのが得意で、水際立ったトリックの使い方にも定評がある。あえてハウダニットをテーマにすることで、新しい魅力を垣間見せてくれるにちがいない……。

うっかりネタバレしそうなので前口上はここまでにしておきますが、本編に入る前にもう一点だけ。今回の書籍化では、二〇二三年一月から九月にかけて公開された全六問の「問題編」「解答編」の後に、各回の出題者が対バン作家の挑戦に応じた「推理」と「ここだけのあとがき」が追加収録されています。めったにない機会ですから、本書を手にした読者の皆さんも六つの謎に取り組んだ後、並み居るプロ作家がどんな名（迷）推理を繰り出したか、自分の答えと較べてみてはいかがでしょう。

それではいよいよ「推理の時間」の開幕です。謎解きの準備はよろしいですか？

法月綸太郎

Contents

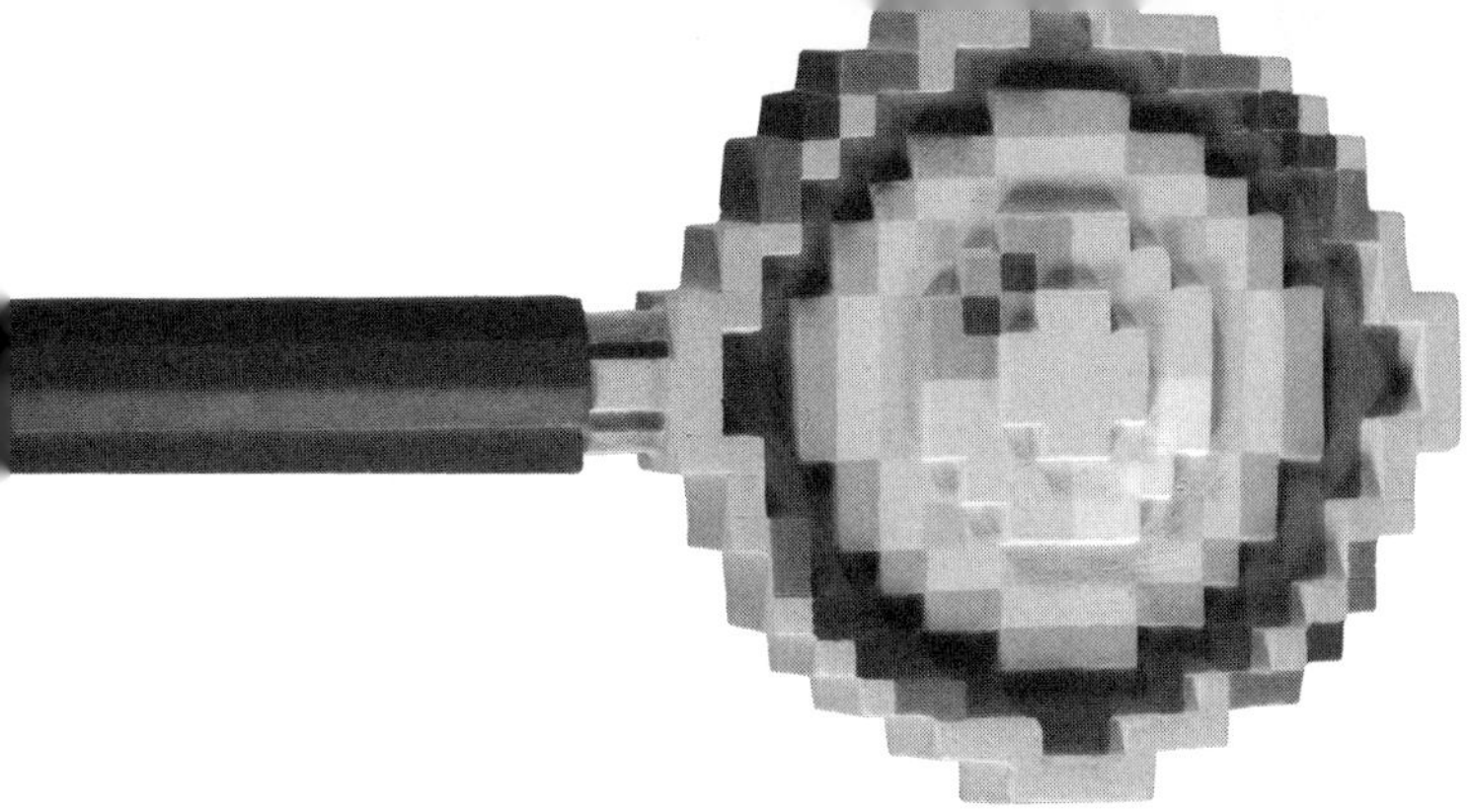

解答編

推理編 +あとがき

立体／増田敏也

Low pixel CG 「検索ツール」
w40.3 × h10.5 (cm)
2015 年作
素材：ceramic

撮影／林　桂多

装丁／大原由衣

図版制作／赤波江春奈

出題者紹介

法月綸太郎（のりづき・りんたろう）

1964年島根県生まれ。京都大学法学部卒業。1988年『密閉教室』でデビュー。2002年「都市伝説パズル」で第55回日本推理作家協会賞短編部門、2005年『生首に聞いてみろ』で第5回本格ミステリ大賞受賞。『頼子のために』『キングを探せ』『法月綸太郎の消息』など著書多数。

方丈貴恵（ほうじょう・きえ）

1984年兵庫県生まれ。京都大学卒業。在学時は京都大学推理小説研究会に所属。2019年『時空旅行者の砂時計』で、第29回鮎川哲也賞を受賞しデビュー。最新刊は『アミュレット・ホテル』。

我孫子武丸（あびこ・たけまる）

1962年兵庫県生まれ。京都大学中退。同大学推理小説研究会に所属。1989年『8の殺人』でデビュー。『殺戮にいたる病』や『人形はこたつで推理する』など著書多数。大ヒットゲーム「かまいたちの夜」シリーズのシナリオも手がける。近著に『残心　凜の弦音』などがある。

田中啓文（たなか・ひろふみ）

1962年大阪府生まれ。神戸大学卒業。1993年、ジャズミステリ短編「落下する緑」で「鮎川哲也の本格推理」に入選、「凶の剣士」で第2回ファンタジーロマン大賞佳作に入選しデビュー。2002年「銀河帝国の弘法も筆の誤り」で第33回星雲賞日本短編部門、2009年「渋い夢」で第62回日本推理作家協会賞短編部門、2016年「怪獣ルクスビグラの足型を取った男」で第47回星雲賞日本短編部門を受賞。

伊吹亜門（いぶき・あもん）

1991年愛知県生まれ。同志社大学卒業。在学中は同志社ミステリ研究会に所属。2015年「監獄舎の殺人」で第12回ミステリーズ！新人賞を受賞し、同作を連作化した『刀と傘　明治京洛推理帖』でデビュー。同書は第19回本格ミステリ大賞を受賞。他の著書に『幻月と探偵』、『京都陰陽寮謎解き滅妖帖』などがある。

北山猛邦（きたやま・たけくに）

1979年岩手県生まれ。2002年『『クロック城』殺人事件』で第24回メフィスト賞を受賞しデビュー。デビュー作に端を発する〈城シリーズ〉や、『踊るジョーカー』などの〈名探偵音野順の事件簿シリーズ〉、〈猫柳十一弦シリーズ〉ほか著書多数。最新刊は『月灯館殺人事件』。

問題編

法月綸太郎

第一章　フーダニット

問題編

被疑者死亡により

登場人物

梶谷《かじたに》航平《こうへい》　ファイナンシャル・プランナー
梶谷《かじたに》岩男《いわお》　その養父、船舶料理士
加治屋《かじや》咲恵《さえ》　〈ハーベスト王子〉の住人
大和田《おおわだ》敏《さとし》　元船長
大和田《おおわだ》晴海《はるみ》　その妻
西川《にしかわ》満《みつる》　晴海の弟
溝口《みぞぐち》高則《たかのり》　元町田市職員
溝口《みぞぐち》喜和子《きわこ》　その妻
荻野《おぎの》智代《ともよ》　喜和子の姪

法月《のりづき》綸太郎《りんたろう》　ミステリー作家
法月《のりづき》貞雄《さだお》　その父、警視庁捜査一課警視
飯田《いいだ》才蔵《さいぞう》　よろずジャーナリスト

1

「私にかけられた殺人の疑いを晴らしてください、法月《のりづき》先生。あなたを名探偵と見込んでのお願いです」

梶谷航平《かじたにこうへい》はテーブルの端《はし》に両手をかけ、腕立て伏せみたいにソフトモヒカンの頭を下げた。色みを抑えた黒髪の両サイドを段差がつかない程度に刈り上げている。

「参ったな。話は聞きますから、頭を上げてくれませんか」

綸太郎《りんたろう》が促《うなが》すと、梶谷はすっと身を起こして赤レザー張りのソファに座り直した。日頃から頭を下げなれているらしい、ドライでそつのないしぐさである。

年は三十に手が届くぐらいか。白のポロシャツとネイビージャケット、スリムパンツといういでたちで、仕事とプライベートの線引きにこだわらない印象を受ける。手渡されたばかりの名刺にはファイナンシャル・プランナーとあった。

新宿西口のレトロ喫茶。平日午後のアイドルタイムにフロア隅《すみ》のボックス席を押さえたので、ほかの客との「社会的距離」は十分に確保されているけれど、会話の内容がセンシティブな領域に入ってきた。周囲の目と耳が気にならないといったら嘘《うそ》になる。

「でも、あなたにはアリバイがあるんでしょう？　梶谷岩男《いわお》氏が殺された日の」

低声で念押しすると、梶谷はもちろんです、とうなずいてから、

「それなのに警察はまだ、私の関与を疑っている。溝口高則《みぞぐちたかのり》という男の妻を殺害した見返りに、養父を殺させたというんです」

梶谷が口にした新しい名前は綸太郎の耳を素通りしていった。同じ発言の後半に、もっと不穏な情報が含まれていたからだ。

「殺害した見返りに養父の岩男氏を？　それはつまり――」

「そうです。俗に言う〈交換殺人〉っていうやつですよ」

覚えたての四字熟語をひけらかす中学生みたいな口ぶりだ。こういうのが一番対応に苦慮するのだが、作家探偵と称している手前、間に合ってますとは答えづらい。

「何かそういうイレギュラーな犯行を疑われる心当たりでも？」

「まさか」

梶谷はさも心外そうに応じると鼻息を荒くして、

「そもそも、その溝口という男とは一面識もありません。名前を聞いたこともないしSNSとかの繋《つな》がりもない、本当に見ず知らずの赤の他人なんです。それで話は終わりのはずなのに、警察は全然こっちの言うことを聞いてくれなくて」

わりと大っぴらに、梶谷の交友関係を嗅《か》ぎ回っているという。

「共犯だというなら具体的な接点を示してほしい、と訴えても知らん顔です。それどころか、容易に関係バレする相手を交換殺人のパートナーに選ぶわけがないとか、無茶な詭弁《きべん》を振り回

してこっちに立証責任を押しつけようとする。そういうのを悪魔の証明っていうんじゃないですか」

綸太郎は腕を組んだ。いくらか話を盛っているようだ。昭和の時代ならともかく、今の警察は堅気の被疑者に対してそういう挑発の仕方はしない。

「溝口でしたっけ、彼の奥さんが殺されたのはいつですか」

「先々週の木曜の夜。養父が殺された日の前日です」

「念のためにうかがいます。その夜のアリバイは？」

だいぶ下手《した て》に出たつもりだったが、梶谷は不平がましく口をとがらせ、

「だから、それがあれば最初から苦労しませんよ」

「ではそっちの事件に関して、何か不利な状況証拠があるとか」

「そんなもの、あるわけないでしょう」

「ですけどね、何も後ろ暗いところがなければ警察も――」

「そういう話じゃないんですよ」

梶谷は声を荒らげそうになったが、憤懣《ふんまん》を抑え込むように深呼吸すると、

「一番怪しい容疑者なのにアリバイがある。誰かと犯行をシェアしたにちがいない。たったそれだけの憶測で、証拠もクソもない。不当な嫌疑による見込み捜査ですよ」

主張自体は筋が通っているのに、なぜか心に響かない。商談慣れした語り口のせいで、わが身の不幸を商材化して売り込んでいるように聞こえるからだろうか。

だとしても、自分以外はみんな物分かりが悪すぎて、と言わんばかりの舐《な》めた態度が透けて

見えるのは逆効果だ。そういうところが不興を買って、捜査官の心証を悪くしているのかもしれない。綸太郎は咳払《せきばら》いしてから、おもむろにかぶりを振った。

「悪いことは言いません。信頼できる刑事弁護士に相談しなさい。ぼくみたいな無資格の人間が捜査に口出しすると、非弁活動で罪に問われることもあるんです」

完全にその場しのぎの言い訳なのだが、梶谷はそれも見越していたように、

「弁護士ならもう手配済みだし、非弁活動というのは報酬が目的の場合でしょう。法月さんはガチの名探偵だからそういうのとは次元がちがうと、そこにいる飯田《いいだ》さんから聞きました。こういう難事件をスマートに解決するのが、あなたの天職だって」

殺し文句のつもりなのか、赤面必至のフレーズを真顔で口にする。答えに窮して隣りの席に目をやったが、そこにいる飯田さんは相変わらず無言だった。

綸太郎が肘《ひじ》でつついてもそっぽを向いたまま、目を合わせようとしない。背後霊や地縛霊、物《もの》の怪《け》やホログラムの類《たぐ》いではなく、れっきとした三次元実在男性なのに。

いやまあ、似たようなものか。ずっと付きまとって離れないんだから。

しょうがない。梶谷の口の利き方はいちいち引っかかるけれど、会って話を聞いた時点で向こうの思《おも》う壺《つぼ》だった。そうなった責任の半分は無断で仲介した飯田にある。後できつく言っておかないと。ただし、残りの半分は作家探偵のレゾンデートルと切り離せないので（それが天職かどうかは別として）、無実を訴える人間を冷たくあしらうのもどうかと思われた。綸太郎はあからさまに不本意なため息をつきながら、

「わかりました。事件に関する情報を集めてみますが、あくまでも小説の取材の一環で、今の

段階では何も確約できません。濡《ぬ》れ衣《ぎぬ》を晴らせないかもしれないし、万一あなたに不利な証拠が出てきたら、その時は警察に協力することになる。それでいいなら、いくつか心当たりを当たってみましょう」

「それで全然ＯＫです。だってこっちは、何も後ろ暗いところがないんだから」

梶谷航平は屈託のない表情で言った。まるで本気でそう信じているみたいに。

ただの自己中なのだろうか。今日が初対面でも、自分が信頼して任せたからには応分の働きをしてくれて当然、と思っているように見える。だが、そのフラットな厚かましさが本心から出たものか、それとも見せかけなのか、綸太郎には見分けがつかなかった。

＊

「こういうだまし討ちみたいなことをされると困るんだけどな」

「すみません。だけど初見であんなにグイグイ来るとは、正直ボクも想定外で——あ、席が空いたんであっちへ移りますね」

クレームをかわすように、飯田才蔵《さいぞう》はそそくさとテーブルの対面に移動した。さっきまで何度ヘルプを求めても全スルーだったくせに、梶谷が帰ったとたん、普段の如才なさを取り戻している。自分も一杯食わされて、みたいな口ぶりが少々鼻につくのだが。

よろずジャーナリストと自称するだけあって、飯田はやたらと顔が広い。素性の怪しい裏情報にめっぽう詳しく、風変わりなトラブルを嗅ぎつける才能の持ち主でもあった。手に負えないネタにぶつかると綸太郎に泣きつくのがお決まりのパターンで、飯田に付き合って物騒《ぶっそう》な事件に巻き込まれたことも一度や二度ではない。

今日もその例外ではなかった。事前に何の相談もなく、「お忍びで会いたがってる人がいるんですが」と気を持たせるようなことを言う。どうせハッタリだろうと思ったが、このところ旧作の再刊ゲラに手を入れる作業にかかりきりで、プチ浦島太郎状態になりかけていた。リハビリのつもりで飯田の呼び出しに応じたら、この体たらくである。

「どこで知り合ったんだ、あの御仁とは？」

「某インフルエンサーのオンラインサロンです。取材の本命は主宰者だったんですが、そっちは脈なしでプランB、癖《くせ》の強そうなサロン会員のヒアリングに路線変更と相成りまして。梶谷はフィンテックとか暗号資産とか、その手のスタートアップ・ベンチャー界隈《かいわい》の内実に明るいというんで、リアルも含めて何度かやりとりしたんですけどね。当人が吹聴《ふいちょう》するほど人脈も情報も持ってないし、なんて言うのかな、昔の自分を見るような居たたまれなさが募《つの》るばっかりで。こっちとしては浅い付き合いに留《とど》めておきたかったんですが……」

言いよどんだところを見ると、いいように懐柔されたのは自分だけではないらしい。おおかた新人ライター時代の黒歴史にでもつけ込まれて、飯田の方が頭が上がらなくなったのだろう。道理で蛇に見込まれた蛙《かえる》のごとく、だんまりを決め込んでいたわけである。

「ミイラ取りがミイラにってやつか。警察沙汰《ざた》に巻き込まれて、フリー記者のきみに助けを求めてきたんだな」

「これでもそれなりに実績があるんで。有名税みたいなもんですよ」

抜け抜けとそんなことを言う。綸太郎が眉間《みけん》に皺《しわ》を寄せるのを見て、

「そういう法月さんこそ、最初は断る気満々だったじゃないですか。急に態度が変わったのは何かわけでも？」

「きみがそれを言うか。ずっと手をこまねいて見ていたくせに」

「いや、天職っていうのが効いたのかと思って。あれ、ボクが吹き込んだみたいに言ってましたけど、梶谷が勝手にひねり出したフレーズですから」

「やっぱりそうか。次元がちがうだの、天職だのは心にもないリップサービスで、本当のところは捜査本部のインサイダー情報が目当てなんだろうな」

ぼやき半分にあごをしゃくると、飯田も申し訳なさそうにうなずいた。綸太郎の父親は知る人ぞ知る桜田門の顔役で、泣く子も黙る警視庁捜査一課のベテラン警視だ。梶谷は一度もそのことに触れなかったけれど、予備知識なしで頼みにくるわけがない。

「まあ、引き受けてしまったものは仕方がない。白か黒かは別として、そもそもどういう人物なんだ？　名刺にはファイナンシャル・プランナーとあったけど、株とか投資が専門のコンサルタントみたいなやつか」

「いや、本人は金融投資アドバイザーと称してますが、詳しいのは保険関係ですかね。元は生命保険会社の外交員で営業成績は常にトップクラスだったものの、思うところあって独立。フリーになってからは、保険の見直しや無料相談がメインの代理店営業です。顧客のライフプランに基づく将来の収支をシミュレーションして、最適な保険プランを提案。販売・成約までサポートして、保険会社から手数料を受け取る仕組みだそうで」

知ったふうな口を利いているが、梶谷からの受け売りなのだろう。いちいち突っ込まないのは、本人に聞きそびれたことが山ほどあるからだ。

「梶谷岩男を養父と呼んでたのは？　結婚指輪はしてなかったようだけど」

「ちゃんと見てますね。梶谷は未婚だから、婿養子《むこようし》に入ったわけじゃない。元の苗字《みょうじ》は茅島《かやしま》といって、実家は横浜の方だと聞いてます。実の父親は早くに死んだとかで、家族はシングルマザーの母親だけ」

「すると、育児放棄か何かで里子に出されたのか」

「それが全然ちがうんです。母親は再婚もせず、女手ひとつで息子を一人前に育て上げたんだから立派なものですよ。だけど梶谷の方は、水商売の母子家庭というのがずっとコンプレックスだったみたいでね。大学まで出してもらったのに、卒業後はその母親とも絶縁状態で、もう何年も前から顔も見てないと」

茅島航平は単親世帯で育ったというだけで、特別養子縁組や里親の長期委託が認められたケースではなかった。だとしても、飯田の説明では肝心なことがわからない。

「里子でもないとすると、梶谷岩男とはどういう関係なんだ？」

「顧客と養子縁組したんですよ。死亡保険金の受取人になるために」

狙《ねら》いすましたように飯田が声を忍ばせる。倫太郎は思わず目を丸くして、

「それはまずいだろう。保険金詐欺《さぎ》、いや殺人の手口じゃないか」

「ですよね」

飯田はここぞとばかりにしかつめらしい顔をして、

「どうも生保の外交員時代から数字を上げるために悪質な勧誘方法を繰り返していたみたいで、退職してフリーになったのも不祥事が原因だったとか。複数の顧客相手に金銭トラブルを抱《かか》えて借金まみれという噂《うわさ》だし、オンラインサロンに出入りしてるのも新しいカモを探すのが目的でしょう。梶谷のやつ、かなりグレーだと思うんですよね」

身も蓋《ふた》もないことを言い出した。綸太郎はあきれるのを通り越して、

「人を巻き込んでおいて、今さらそんなことを言われても」

「そこらへんは大目に見てくれませんか。梶谷の話だと何の落ち度もなさそうに聞こえますが、警察の動きにもそれなりの理由があると言いたかっただけで。ただこいつはボクの勘ですけどね、養父殺しに関してはシロなんじゃないかなあ。そうでなけりゃ、法月さんを巻き込んだりしないですよ」

綸太郎はため息をついた。これまでの経験からして、飯田の勘は当てにならない。とはいえ、それと事件そのものへの興味は別だった。さっき本人にも伝えたように、梶谷に不利な証拠をつかんだら、その時は有罪を立証すればいいだけの話である。

「どっちに転んでも乗りかかった船だ。コーヒーの追加を頼んだら、事件について詳しく教えてもらおうか」

2

殺された梶谷岩男は五十九歳、北区豊島二丁目のマンション〈ハーベスト王子〉の三〇二号

室に住んでいた。ＪＲ京浜東北線の王子駅北口から徒歩十分ほどの賃貸物件で、岩男は１Ｋの部屋にひとり暮らし。同じマンションの住人によれば、散歩とパチンコが趣味の寡黙な熟年男性で、二年前に越してきてからずっと無職だったという。

「年齢より老《ふ》けて見えたせいで、年金生活者だと思われていたようです。人付き合いはお世辞にもいいとは言えず、近所にも親しい友人や飲み仲間はいなかった。いっとき刑務所帰りという噂が立って、さすがにそれはデマだと本人が訂正したそうですが」

「その噂、本当にデマだったのか」

　綸太郎が念を押すと、飯田はもちろんですとうなずいた。

「迷惑な話だな。事件が起こったのは？」

「十一月四日、先々週の金曜日の夜ですね。第一発見者はマンションの同じ階に住んでいる四十代の単身女性。その日の午後九時四十分頃、所用で三〇二号室を訪ねた際に室内で倒れている被害者を発見、自分のスマホから警察に通報したそうです」

「ちょっと待て」

　さっそく疑問が湧《わ》いて、綸太郎はまた飯田の話の腰を折った。

「岩男はマンションの住人と没交渉だったはずなのに、発見者の女性は夜も更けた時間、無断で三〇二号室へ上がり込んだことになるが？　老けて見えたとしても、一度は前科者と噂された男の部屋だぞ。いったい何の用事で」

　煮えきらない表情で二、三度かぶりを振ってから、飯田はおもむろに、

「そこはボクも引っかかってるんですけどね。関係者の口が堅くって、具体的な情報がさっぱ

り出てこない。発見者の女性の名前を突き止めるのが精一杯でした。加治屋咲恵《かじやさえ》という団体職員だそうで」

「カジヤサエ、か。どんな字を書くんだ？」

「加えるの〈加〉に明治屋の〈治屋〉、花が咲くの〈咲〉に知恵の〈恵〉です」

「なるほど。発見時の状況は親父《おやじ》さんに当たってみるとして、いくら関係者の口が堅くても、梶谷岩男の死因と死亡推定時刻ぐらいはわかるよな」

もっともらしくうなずくと、飯田は妙に四角ばった口ぶりで、

「死因は頸部《けいぶ》圧迫による窒息死、紐《ひも》状の凶器による絞殺と見られ、死亡推定時刻は四日の午後七時から九時までの間。梶谷のところへ聞き込みにきた刑事が、その時間帯の所在を細かく聞いていったというからまちがいないでしょう」

「アリバイには自信がありそうだったが、その夜、梶谷はどこに？」

「赤坂見附《あかさかみつけ》の個室居酒屋。例のオンラインサロンの有志メンバー六名と、誕生日オフ会を催していたんです。梶谷は幹事で、七時半からお開きの十時まで一度も店から出ず、二次会も最後まで付き合ってる。参加した六人はボクも知ってる連中で、ひとりずつ裏を取りました。事件当日の梶谷のアリバイはどこにも隙《すき》がない、鉄壁なやつですよ」

赤坂見附と王子なら、車でも電車でも往復で一時間はかかる。午後七時半から十時まで赤坂見附の個室居酒屋にいた人間が、王子駅から徒歩十分のマンションで梶谷岩男を殺害することは不可能だ。ただし、共犯者がいれば話は別である。

「だけど、そこからいきなり交換殺人、というのも飛躍が過ぎないか。溝口という男の妻が殺

された翌日らしいが、日にちが近すぎるのも気に食わない」

　綸太郎がぼそっと洩《も》らすと、飯田はおやっという顔をして、

「法月さん、ひょっとして溝口高則の事件を知らないんですか？　ほら、無理心中を図って自分は死にきれず、犯行の翌々日に町田の交番に出頭して、妻を死なせたと自供したやつですよ。先週は週明けからＴＶもネットもそのニュースで持ちきりでしたが」

　ずいぶんな熱の入れようだ。綸太郎は首を横に振って、

「こっちは先月から仕事に追われて、プチ浦島状態でね。雑音を入れたくないから、なるべくニュースを見ないようにしてたんだ」

「なんだ、本当に知らなかったのか。それなら仕方ないですね。いや、ボクはてっきり、梶谷の前ではとぼけて知らんぷりをしてるもんだと」

　綸太郎はもう一度、念を押すように首を横に振った。あるいは梶谷航平もそんな目で自分を見ていたのだろうか。知らぬが仏ではないけれど、偏った印象を与えずにすんだのは幸いだったかもしれない。

「だが、どっちみち交換殺人にはならないだろう。溝口と梶谷が共犯だったとしても、溝口が出頭した時点で計画は破綻《はたん》してる。梶谷の肩を持つつもりは毛頭ないが、苦しまぎれの憶測で、不当な嫌疑による見込み捜査と言われても反論できないのでは？」

「警察の動きにもそれなりの理由があると言ったはずですよ、法月さん」

　心なしか、飯田の態度が大きくなった。趣味の悪い遊び心に取り憑《つ》かれたみたいに、じわじわと口角が上がる。

「説明は後回しになりますが、溝口高則が起こした事件と梶谷岩男が殺された事件には明白な接点がある。問題は誰が溝口のパートナーか、ということなんです。そのためにはまず、生前の被害者について掘り下げなきゃならない」

やれやれ。もったいぶった言い回しは聞き手を煙《けむ》に巻《ま》く時、いつも自分が使うフレーズの引き写しである。飯田の方も「名探偵しぐさ」に付き合わされてばかりだと、たまにはガス抜きが必要になるらしい。綸太郎は無条件降伏のポーズをして、

「わかったよ。交換殺人であろうとなかろうと、梶谷航平がシロならほかに犯人、すなわち梶谷岩男の死を望んだ第三者がいるはずだ。きみの言う通り、生前の被害者のことを知らないと、梶谷航平に関する態度も決められない。岩男が死んで得をするのは誰か？　養子の航平以外に岩男の縁者は？」

「法定相続人という意味ならいませんね。親兄弟はいないし、結婚歴もなし——こう言うとぱっとしない人生のように聞こえるかもしれませんが、さにあらず。梶谷岩男は面白いキャリアの持ち主で、乗りかかった船とは真逆の、海から陸へ上がった人間なんです」

面倒臭いやつだ。さっきからそれを言うために、大口を叩《たた》いていたらしい。

「海から陸へ？　元船員ということか」

「それも甲板部や機関部じゃない。司厨士《しちゅうし》っていうんですか。船舶料理士の資格を持っていて、若い頃からずっと海のコックをやっていたそうです」

船員の職務を大まかに分けると、船舶の航海と貨物を管理するのが甲板部、エンジンや補機

類の運転・整備を行うのが機関部で、司厨部は名前の通り、厨房《ちゅうぼう》・調理施設を司《つかさど》る。乗組員の健康に留意しながら毎日の食事を提供するだけでなく、清掃や衛生管理など船内生活のサポート業務も担当する。

司厨士が通常の調理師と異なるのは、限られた食材をやりくりして船員仲間たちの食欲と栄養バランスの両方を満たさねばならないことだ。天候等によって運航日程が変わっても在庫が尽きないよう、食材の調達と管理を計画的に行う必要があるという。

「――もともと川崎の飲食店でコックをしていたようですが、その店がつぶれて路頭に迷いかけた時、知人に声をかけられて内航船の司厨士になったとか。船の厨房は狭いから使える道具が限られるし、揺れで手元が狂うのにも慣れなくて、最初はずいぶん苦労したみたいですね。しばらくは国内航路の船を転々としながら腕をみがき、二十いくつで試験に受かって船舶料理士の資格を取った」

「船舶料理士というと?」

「国家資格ですよ。総トン数一〇〇〇トン以上の船舶・漁船内で船員に支給する食料の調理業務は、船員災害防止協会が実施する試験に合格した船舶料理士が行わなければならないと定められているそうです」

「大型船で働けるようになったということか。それで?」

梶谷岩男に転機が訪れたのは二十六歳の時。一念発起して海運大手の外航定期コンテナ船の求人に応じたところ、味にうるさいベテラン船長に腕を認められ、それ以後ほぼ専属みたいな形で彼の船に乗り続けることになった。国外航路の生活リズムが肌に合っていたらしい。三年後には司厨長に抜擢《ばってき》、クルーからの評価も上々だった。

海難事故や船内での食中毒といったトラブルに見舞われることもなく、それから十年あまりの月日が過ぎて……。定年を迎えた船長が引退するのと同時に、岩男も船員生活に終止符を打った。会社からは強く慰留されたが、陸に上がる決心が動かなかったのは世話になった老船長へ恩返しをするため。悠々自適の引退生活を送る船長夫妻の自宅で、退職後も住み込み料理人の職に就くと前から約束していたという。梶谷は四十三歳、二十年以上に及ぶ洋上での暮らしに未練はなかった。

「大和田《おおわだ》敏《さとし》という昔かたぎの名物船長で、奥さんの晴海《はるみ》さんとの間に子供はいなかった。だからお互いに父親がわり、息子がわりみたいな気持ちもあったかもしれません。その大和田船長が八年前に亡くなって、残された奥さんは家財を処分して玉川学園の有料老人ホームに入所する。岩男は五十一で安定した職を失ったことになりますが、彼の料理人としての腕を腐らせるのは惜しいからといって、晴海夫人が資金を出して保土ケ谷《ほどがや》に店を出したそうです。〈キャプテン〉という店で、知る人ぞ知る名店だった」

「いい話じゃないか」

綸太郎が合いの手を入れると、飯田は肩をすくめるようなしぐさをして、

「ここまではね。ところが一昨年の春、今度は入居したホームで病気療養中だった奥さんが亡くなって、店の経営権やらなんやらが宙に浮いてしまった。晴海夫人の弟が経営を引き継いだんですが、梶谷シェフは利益優先の新オーナーとそりが合わなかったようで。店の営業方針をめぐって対立して、結局岩男の方から辞表を叩きつけたらしい」

「ありそうな話だな」

「世話になった大和田夫妻を続けて亡くし、自分の城と信じていた店とも縁が切れて、岩男は気力を失ってしまった。そこにつけ込んだのがファイナンシャル・プランナーの梶谷航平こと、旧姓・茅島航平です。経営権をめぐるゴタゴタの時点から首を突っ込んでいたみたいですが、店を辞めた後もライフプランの見直しと称して足しげく岩男の許《もと》を訪れ、すっかり手なずけてしまったようですね。老後の面倒を見るといって相手に取り入り、養子縁組の手続きをして法的な地位を手に入れると、生命保険の契約を結んで自分が死亡保険金の受取人になる。やがてほとぼりが冷めた頃に、という段取りです」

「グレーどころか、真っ黒に聞こえるな」

「でしょう。もっとも梶谷岩男本人は還暦前で、見かけがどうあれ、まだ本気で老《ふ》け込むような年齢じゃない。頭も身体《からだ》もしっかりして、梶谷航平の言いなりになったわけでもなさそうなんですよ。いや、長い海上生活でコミュニケーションが苦手だったのは確かですが、ボクが調べた限りでは見え見えの詐欺に引っかかるタイプとも思えなくて」

「ふーん」

と相槌《あいづち》を打ったけれど、前にも言ったように飯田の勘は当てにならない。話半分に聞いておくのが正解だろう。

「そういう人物なら、殺されるほど人の恨みを買うこともなさそうだ。船員時代に何かトラブルがあったとしても、陸に上がって十五年もたってからいきなり殺しにくるとは思えないし、もしそうなら何らかの予兆があるだろう。そういえば梶谷は、養父殺しの犯人に心当たりはないのかな。もちろん、自分以外にってことだけど」

水を向けると、飯田はどっちつかずな口ぶりで、

「西川満《にしかわみつる》という男が怪しいと言ってますよ。さっき話した晴海夫人の弟で、〈キャプテン〉の経営を引き継いだ人物ですが」

そりが合わなかった新オーナーのことだ。綸太郎は首をかしげて、

「でも、それだと話が逆じゃないか。店を追い出されたのは岩男の方で、西川に恨まれる筋合いはないだろう」

「それはそうなんですけどね。店の看板である梶谷シェフが辞めてから〈キャプテン〉の評判はガタ落ち、客足も遠のく一方で、今年の夏ついに閉店に追い込まれたそうです。料理人のわがままで亡姉の店をつぶされた、と不満を洩らしているらしい」

「完全に逆恨《さかうら》みじゃないか。警察にはその話を伝えたのか?」

「ええ、まあ。一応その線も調べてはいるようですが、とても本腰を入れているようには見えませんね。溝口高則の事件と繋がってからは警察もそっちにかかりきりで、ほかにめぼしい容疑者も見当たらない」

飯田もそろそろ潮時と判断したのか、ようやく話がそこへ舞い戻った。

「〈ハーベスト王子〉の事件と溝口高則の事件には明白な接点があると言ったが、梶谷航平と溝口高則の間には、何の繋がりもないんだろう? だとしたら、どこに接点が」

綸太郎が問いつめると、飯田は神妙な顔になって、

「金曜日の夜、たまたま犯行現場近くで、不審な男が目撃されていたんです。近隣住民の証言

によると、午後九時過ぎ、王子駅から帰宅途中の女性が〈ハーベスト王子〉近くの路上で、高齢の男性とぶつかりそうになった」

「高齢の男性？」

「はい。男性がよろけて歩道に膝《ひざ》をついたので手を貸そうとしたら、その手を振り払うように身をかわして、そのまま駅の方へ立ち去ってしまったと。見ず知らずの男で、その時はそれ以上気にかけなかったけれど、事件から四日後の火曜日、地上波ニュースの事件報道で目にした被疑者男性の顔かたちになんとなく見覚えがある。ネットの動画ニュースや静止画像を何度も見直して、事件の夜にぶつかりかけた男だと確信した。時間といい、人目を嫌うような不審なふるまいといい、〈ハーベスト王子〉の殺人事件と何か関係がありそうだ。犯人の可能性もあると思って、王子警察署の捜査本部に連絡したそうです」

見てきたような調子で言う。綸太郎は慎重な態度を崩さずに、

「それが溝口高則だったということか」

飯田は深々とうなずいて、

「溝口高則は町田市の元職員で、六十五歳。三日木曜日の深夜、つくし野一丁目の自宅で三つ年下の妻・喜和子《きわこ》を殺害した。動機は体の不自由な妻の介護疲れで、自分も後を追うつもりだったけれど死にきれず、土曜日の朝、自宅近くの交番に出頭して逮捕されました。ところが、取り調べ中に町田警察署の留置場で自殺してしまったんです」

思いがけない展開に、綸太郎はごくりと唾《つば》を呑《の》んだ。

「──留置場で自殺？　大失態じゃないか」

「まさに。ボクの聞いたところでは、自分の肌着を引き裂いて、ロープ状にしたもので首を吊《つ》ったらしい。死にきれないで出頭した被疑者だから、今さら自殺するとは思えず、それで監視の目が甘くなったようですね」

　老夫婦の介護殺人と警察の大失態で、マスメディアも大きく取り上げたという。出頭先の交番から町田署に連行される際の映像が地上波のニュースで繰り返し放映され、うなだれた顔がはっきり映っていたのである。

「ずっと着の身着のままで、王子で目撃された時と着衣も同じだったとか。町田署の方では、被疑者死亡のまま書類送検、というお決まりの手続きを踏むはずが、王子署の捜査本部から問い合わせが来て、そこから事件が急転した。溝口が王子の事件の犯人なら、同情的な声も尻《しり》すぼみになって、被疑者自殺の失態をカバーできるかもしれない。町田署が積極的に捜査情報を提供した結果、さっそく梶谷岩男の殺害現場で発見された遺留証拠が溝口のものと特定されたらしい。ところが、溝口には岩男を殺す動機がありません。そもそも生前の二人はお互いに知り合う機会もなかったようですし」

「町田署の取り調べで、溝口は別の犯行をほのめかしたりしなかったのか？」

「これっぽっちも。その時点では本人が自発的に口を割らない限り、王子署管内の殺人事件との関連を疑う理由はありませんし」

「梶谷岩男を殺害した事実は、墓場まで持っていくつもりだったということか」

「でしょうね。妻殺しを認めただけで、王子方面へ向かったことにはいっさい触れず、犯行後の足取りは覚えてない。金曜日の朝、町田の自宅を出てから、土曜日の朝、管内の交番に出頭するまで、まる一日の間どこにいたのかわからないというんですから」

「言い換えれば、金曜日のアリバイがないことになる」

綸太郎がつぶやくと、飯田も同意のしぐさをして、

「その通りです。町田署の困惑ぶりに対して、王子署の捜査本部は、当初から梶谷航平のアリバイに悩まされていたけれど、溝口の犯行と知れた時点で、一石二鳥の突破口が開けたと言ってもいい。梶谷航平と溝口高則が共謀したうえで、梶谷が溝口の妻を殺し、その見返りとして溝口が梶谷の養父を殺せば、明白な動機のある梶谷航平に鉄壁のアリバイが成立するわけですから」

「梶谷の方はそれでいいだろう。だが溝口高則には、交換殺人を行うメリットがない。妻殺しを自供したうえに、結局自分で自分の命を絶ってしまったんだから」

しきりに首をひねる綸太郎を目の当たりにして、少し責任を感じたのか、飯田はこれもボクの勘ですが、と前置きすると、

「何かのっぴきならない理由があって、妻を殺せなかったのでは？　だから殺害を肩代わりしてもらうのと引き換えに、溝口は交換殺人を引き受けた。留置場で自殺したのも、真相を知られたくなくて、自分で自分の口を封じたんじゃないでしょうか」

と、妙にしんみりした口調で言った。

3

「おまえ、王子の元コック殺しに首を突っ込んでるらしいな」

その夜、帰宅した法月警視は、息子の顔を見るなりそう切り出した。

聞かれて思い出したのは、新宿西口のレトロ喫茶に店の雰囲気にそぐわない女性客がいたことである。わりと大っぴらに交友関係を嗅ぎ回られていると愚痴《ぐち》っていたが、梶谷航平には現在もフルタイムで尾行がついているらしい。

「捜査本部からお父さんのところに苦情が行ったんですか？」

「まあ、そんなところだ。梶谷岩男殺しの捜査は事件がもつれそうなので、俺も応援に駆り出されることになってな。ちょうどその矢先に、被疑者がおまえと接触していると現場から報告が上がってきたから、ずいぶん肝を冷やしたよ」

「飯田才蔵に呼び出されたんですよ。梶谷航平のことは会うまで知らなかった」

綸太郎がぼやき半分に弁明すると、法月警視はため息をついて、

「そんなことだろうと思った。いや、オンラインサロンの関係者として飯田の動きもマークしていたから、いずれおまえを引きずり込む可能性も考えないではなかったがね。まさか梶谷航平の方から、直接アプローチしてくるとは。おまえ、やつにおだてられて妙な口約束とかしてないだろうな」

「そのへんの線引きは心得てますよ、お父さん。有罪の証拠を見つけたら、警察に協力すると言っておきました。何も後ろ暗いところはないからそれで全然ＯＫだ、と向こうも納得していたようですが」

「何も後ろ暗いところがないって？」

警視はフンと鼻を鳴らして、

「よく言うよ。保険金目当てに被害者の養子になった話は聞いたか」

「飯田から聞きました」

「それだけで十分アウトだろう。捜査本部には保険業法違反の疑いで引っぱれないかという意見もあるが、別件逮捕に踏みきるには時期尚早と言わざるをえない」

時期尚早というのは、いずれその選択肢を試す用意があるということだろう。

「お父さんの意見は？　梶谷航平はクロ、つまり溝口高則の妻・喜和子を殺害した実行犯だと思いますか」

「俺は六対四ぐらいでクロだと思う。だが、未《いま》だに溝口高則と梶谷航平の具体的な接点が見当たらないのも事実だ。そいつを押さえない限り、やつには手を出せない」

「梶谷航平以外に容疑者はいないんですか？」

綸太郎が水を向けると、法月警視は今さらのように顔をしかめて、

「おまえは梶谷がシロだと言いたいのか」

「そうじゃないんですが、町田と王子、二つの事件の関係がまだはっきりしない。そもそもこれが交換殺人に当たるのかどうかもあやふやですしね」

「溝口高則が梶谷岩男を殺したことは疑いようがない、確定事項だ。そして溝口は妻への愛情ゆえに、自分の手で喜和子の命を奪うことができなかった」

「――愛情ゆえに？」

「そうだよ。だから他人の手を借りたんだ。患者の家族に頼まれて、医者が安楽死に手を貸す

ようなものだ。アリバイ工作が目的でなくても、一種の交換殺人に当たるだろう」

「お父さんがそう言うなら、そうなんでしょう。でも、ぼくは町田の事件についてはまだよく知らないんです。溝口高則の犯行について、詳しく教えてくれませんか」

「こっちも乗りかかった船だ。俺は着替えてくるから、コーヒーをいれてくれ」


食卓のいつもの席に陣取ると、法月警視はさっそくタバコに火をつけた。

「溝口高則は六十五歳、町田市の元職員で定年後は市の外郭団体に再就職したが、妻の喜和子の目が不自由になったため、二年前に退職して介護に専念していた。喜和子は関節リウマチの治療でステロイドを長期服用していたため、緑内障を発症したらしい。右眼《みぎめ》を失明して左眼《ひだりめ》も視野欠損が進行、うつ状態に陥《おちい》っていたうえに、悪いことは重なるもので、高則の胃にがんが見つかった。コロナ禍《か》でがん検診を先送りにしていたのが災《わざわ》いして、原発巣から転移が認められ、余命半年から一年と診断されたという。近所でも有名なおしどり夫婦だったそうだが、子供には恵まれず、夫が手術で入院したら、目が不自由な喜和子の面倒を見る家族はいない。先行きを悲観した高則は、愛妻と心中する決意を固めた」

「周りに誰か、相談できる相手はいなかったんですか？」

綸太郎がたずねると、警視は煙を吐《は》き出《だ》しながら、

「喜和子の姪《めい》が相模原市《さがみはらし》に住んでいて、時々顔を見にきていたそうだ。荻野智代《おぎのともよ》といって、叔母の遺体を発見したのも彼女なんだが、高則ががんと診断されたことは知らなかったようでね。というか、残り時間が少ないと思い知らされてわざと黙っていたんだろう。その時点で、

妻と一緒に死ぬと決めていたにちがいない」

「それならどうして、他人の手を借りたりしたんですか」

「長年連れ添った伴侶《はんりょ》を、自分の手で殺すことができなかったんだろう」

警視はあえて感情をこめない、淡々とした口調で言った。

「喜和子の姪の話だと、事件の一月ほど前、高則から急に呼ばれて、一晩だけ叔母の世話を頼まれた覚えがあるという。高則が言うには、ちょっと派手な夫婦喧嘩《げんか》をして顔を合わせづらくなったので、しばらく外で頭を冷やしたいということだったが、どうも何か隠しているような雰囲気だったらしい」

「妻のほかに愛人がいるとか、そういう雰囲気ですか」

論外だというように、警視はちっちっと舌を鳴らして、

「だったらこういう結末にはならんさ。荻野智代だってこれっぽっちも浮気を疑ったりはしていない。むしろ喜和子を献身的に介護する姿を見るにつけ、叔父さんももっとガス抜きをしたらいいのにと思っていたらしい。事件後にその日のことを思い出して、彼女はやっと腑《ふ》に落ちたそうだよ。捜査員に対して、『あの日、叔父は叔母を殺そうとして、自分にはそれができないことを思い知ったにちがいありません』と述べている」

「自らの手で妻を殺せないから、他人の手を借りたと?」

綸太郎が同じ問いを繰り返すと、警視はじれったそうに、

「だから最初にそう言ったはずだ。それで足りないというのなら、もうひとつ、鑑識から上がってきた興味深い報告を教えてやろう。溝口喜和子は物干しロープで首を絞めて殺されたんだ

が、死に顔は比較的安らかで抵抗した痕跡《こんせき》も皆無だった。その一方で、遺体の両手の爪《つめ》や指、掌《てのひら》から溝口高則の皮膚片や汗の成分が検出されている。これはあくまでも担当技官の推測だが、手指の状態から見て、喜和子が息を引き取る瞬間まで、高則と両手を握り合っていた可能性が高いというんだ」

「夫と両手を？」

「うん。言うまでもなく両手を握り合った状態で、喜和子の首を絞めることはできない。だから、実際に彼女を絞殺したのは夫以外の第三の人物ということになる。その間、高則が目の不自由な妻の手を握っていたのは、必死の抵抗を阻《はば》むためではあるまい。少しでも死への不安を和らげ、一緒に死出の旅に向かうことを言い聞かせるつもりだったのではないか」

綸太郎は親指の先をあごに当てた。親父さんの仮説は性善説に傾きすぎているような気もしたが、妻に先立たれた熟年男性の意見だと思えばそれなりに説得力がある。

ただあまりにも浪花節的な印象が強すぎるために、その場面に居合わせた第三の人物として、梶谷航平の顔を思い浮かべるのには違和感の方が上回った。今回の事件では、通常の交換殺人の公式からはみ出す要素が多すぎる。

「溝口喜和子が殺されたのは、三日木曜日の深夜から翌日未明にかけて。溝口高則はその後、包丁で手首を切るなどして妻の後を追おうとしたものの、どうしても死ぬことができず、夜明けまで自宅で悶々《もんもん》としていたと供述している。朝方、家の固定電話から相模原市の姪にかけたが、何も言わずに通話を終了し、妻を殺した、自分も死ぬつもりだとメモを残して、行く当てもなく家を出た。溝口高則はそれからまる一日の間、死に場所を探してあちこちをふらふらと彷徨《さまよ》ったというんだが、どこでどう過ごしたか、ほとんど記憶がない。ふと気づいた時には、自宅から歩いてすぐのところにある田園都市線つくし野駅の前に立っていた。見覚えのある交番にそのまま足が向かって、妻を死なせた、逮捕してくださいと訴えたそうだ」

一方、高則から無言電話を受けた姪の荻野智代は、不安に駆られてつくし野一丁目の溝口家に駆けつけ、そこで喜和子の遺体と高則のメモを発見したという。警察に通報した際には、叔父も後追い自殺する可能性があるから、早く見つけてほしいと告げている。

溝口高則がつくし野駅前交番に出頭したのは、五日土曜日の午前七時二十分。町田警察署へ連行、聴取を受けた後、午後三時に署内で逮捕状が執行された。

「溝口高則は妻の殺害容疑を認め、取り調べに対しても協力的だった。にもかかわらず、四日の朝から翌日の朝までの行動に関しては、記憶があやふやで、どこで何をしていたかまったく思い出せないという」

飯田才蔵も同じように言っていた。綸太郎は質問の角度を変えて、

「携帯電話の位置情報は?」

「あいにく自宅に置いたままで、移動経路の手がかりにならなかった」

「足取りを追われないように、わざと置いていったんですかね」

「たぶんな」

と言って、法月警視はまた新しいタバコに火をつけ、

「溝口は取り調べに対して協力的だと言ったが、肝心なところで供述が曖昧《あいまい》になる。妻の介護に疲れたこと、自分もがん宣告を受けて余命が短いことを知り、将来を悲観して心中を図った

という動機については饒舌《じょうぜつ》だが、具体的な犯行の細部に関してはどうにもちぐはぐな印象が否めない。鑑識の報告から犯行に第三者が関与している可能性が生じたことも合わせて、誰かをかばっているのではないかという見方が出てきた……。

とはいえ、まる一日死に場所を探し歩いて、結局死にきれなかったという供述を真に受けてしまったのが、今回の不祥事を招いた最大の原因だ。町田署の捜査員も、死ぬ勇気のない男だと思ってつい甘く見たんだろう。二日目の取り調べが終わった六日日曜の夜、署内の留置場で自殺を図り、今度は本当に死んだ。肌着を引き裂いてロープ状にしたものを突起物に引っかけて、首を吊ったんだ。署員が目を離した隙のあっという間の出来事で、気づいた時はすでに絶命していた。被疑者の供述に不審な点はあるものの、留置場での自殺はそれだけでスキャンダルだ。町田署としては書類送検の後、被疑者死亡により不起訴処分、というお決まりの手続きで穏便な幕引きを図るほかない。ところがそうなる前に、王子署の捜査本部から問い合わせが入ったというわけだ」

穏便な幕引きというのは、言葉の綾《あや》だろう。介護殺人の被疑者が取り調べ中に留置場で自殺。殺された妻は目が不自由で、殺した夫もがんで余命わずかとなれば、地上波のニュース番組が放っておくわけがない。お涙頂戴《ちょうだい》の夫婦物語と少子高齢化のひずみ、それに警察批判の三点セットで、おつりが来るほどである。

だとしても、それがきっかけで〈ハーベスト王子〉殺人事件の捜査が大きく進展したのだから、警視庁にとっては感謝こそすれ、警察批判に目くじらを立てる権利はない。綸太郎は皮肉な気持ちでそんなことを考えた。

4

親父さんが手洗いに立つ間、綸太郎は追加のコーヒーをいれ直した。町田の事件についてはひと通り聞けたので、今度は本命の梶谷岩男殺しである。

トイレ休憩から戻ってきた法月警視は一度灰皿の中身をゴミ箱に空けてから、また新しいタバコをくわえた。気のせいだろうか、今夜はいつもよりペースが速い。

「――で、梶谷航平からはどこまで話を聞いてるんだ？」

「本人の口からは、ほとんど実のある話は聞けませんでした。梶谷岩男という人物の経歴については、飯田がかなり詳しく教えてくれたんですが」

大まかに飯田才蔵から聞いた情報を整理して伝えると、警視は鷹揚《おうよう》にうなずいて、

「死因と死亡推定時刻も含めて、それでだいたい合っている」

「犯行現場で溝口高則の遺留証拠が見つかったそうですが？」

「うん。遺体の着衣の袖口《そでぐち》に、微量の血痕《けっこん》が付着していてね。被害者とは異なる型の血液だったので、殺害時に何らかの理由で犯人が出血した可能性が高い」

微量の血痕？　綸太郎ははっとして、

「たしか溝口高則は妻を殺した後、自宅でリストカットしていますね」

「ああ。包丁で左手首を切っている。実際は心中を図って自分だけ死にきれなかったように装うためのポーズだと思うが、翌日の夜、王子のマンションで梶谷岩男の首を絞めた時、一度止

血してかさぶたになっていた傷が開いて、被害者の着衣の袖口に血痕が付着したんだろう。PCR検査で溝口高則のDNA型と一致したから、梶谷殺しの実行犯が溝口であることはまちがいない」

綸太郎に異論はなかった。ほぼ決定的な物証である。

「首を絞めるのに用いられた紐状の凶器は、現場で発見されたんですか？」

「いや、溝口が持ち去ったみたいでね。現場には物色した跡があって、凶器のほかにも現金や通帳、カード類がなくなっていた。ただし物盗《と》りの犯行に見せかけるための偽装で、最初から梶谷岩男の殺害が目的だったと見ている。被害者はだいぶ質素な暮らしを強《し》いられていたようで、手元に置いていた現金も少額だったはずだ」

「質素な暮らしを強いられたというと？」

「梶谷岩男が船舶料理士だったのは聞いての通りだ。〈ハーベスト王子〉三〇二号室の間取りは1Kでキッチンも貧弱だったが、冷蔵庫や調理器具なんかはちゃんとした品をそろえていた。司厨士の下積み時代から狭い厨房には慣れているし、仕事もせず毎日ぶらぶらしていても、身についたコックの腕は錆《さ》びつかせたくなかったようでね。〈ハーベスト王子〉に越してきてから二年の間、自炊生活だけは欠かさないでいたらしい。ところが、現場検証で三〇二号室を調べたところ、冷蔵庫も米櫃《こめびつ》も空っぽなのがわかった。どうも先月下旬ぐらいから食料が完全に底をついて、スーパーの半額弁当や見切り品の総菜なんかで空腹をしのいでいたようだ」

ゴミ箱のレシート類からそれが明らかになったという。綸太郎は腕を組んでかぶりを振った。名店の元シェフが毎日それでは辛《つら》いだろう。

「どうしてそんなことに？」

「養子の航平が老後の資金管理を口実に、現金を持ち出していた疑いがある。本人は否定しているがね」

「あちこちにだいぶ借金がかさんでいたようですが、そこまでとは――」

梶谷航平に対する認識をあらためるべきだろうか。綸太郎はこめかみを指で押しながら、

「犯人の侵入経路ですが、〈ハーベスト王子〉の防犯態勢は？」

「築年数の古いマンションでオートロックの設備はないし、防犯カメラは設置されているが死角が多くて、事件当夜、溝口高則が出入りする姿は確認できなかった」

「事件を通報したのは、同じフロアの加治屋咲恵という女性だそうですね。午後九時四十分頃、所用で被害者の部屋を訪ねたと聞きましたが、所用っていうのは何ですか？」

「そのことか。いや、別に男女の関係があったとか、借金の督促にいったとか、そういうキナ臭い話じゃない。彼女は三〇五号室の住人で、郵便物を届けにいっただけだ」

「郵便物？　それは私書箱的なものですか」

「ちがうちがう、誤配されたやつだよ。〈梶谷〉と〈加治屋〉では字面が全然ちがうが、どっちも苗字だけのそっけない表札にしていたせいだろう。片仮名で印字したダイレクトメールが一階玄関の集合ポストに誤配されたことが何度かあるらしい。最初は岩男の方から声をかけてきたそうで、それ以来親しいというほどではないけれど、玄関や共用廊下で顔を合わせれば挨《あい》拶《さつ》する程度の交流はあったようだ」

「なるほど」

綸太郎はあごをなでた。三〇二号の〈カジタニ〉と三〇五号の〈カジヤ〉なら、誤配があってもおかしくはない。帰宅した加治屋咲恵が三階の自室に上がってから配達ミスに気づいたとすれば、わざわざ一階まで下りて集合ポストに入れ直すより、相手の部屋まで行って直接渡した方が手っとり早い。

「同じ階に住んでいる顔見知りですからね」

「そういうことだ。加治屋咲恵は市谷《いちがや》の美容専門学校の事務職員で、その日は午後九時過ぎに勤め先から帰宅した。着替えたり顔を洗ったりしてから、自分のポストから回収した郵便物の中に〈カジタニイワオ〉宛《あて》のＤＭが紛《まぎ》れ込《こ》んでいるのに気がついて、三〇二号室まで届けにいくことにした。ところが、ブザーを鳴らしても返事がないのに、ドア越しにＴＶの音が漏れてきて、おまけに玄関の鍵《かぎ》もかかってない。どこか具合でも悪いのではと心配になって、名前を呼びながらドアを開け、室内をのぞき込んだところ、床の上に仰向けになって倒れている被害者の、靴下をはいた左右の足の裏が目に入ったというわけだ……。九時過ぎに帰宅して、九時四十分に遺体を発見。通報時刻とのタイムラグにも説明がつく」

そう付け加えてから、警視は次のタバコに火をつけた。思わせぶりな目つきで、綸太郎に煙を吹きかける。

「タイムラグ？　ちょっと待ってください。ひょっとして、九時過ぎに現場マンション付近の路上で、溝口高則と見られる男とぶつかりかけた女性というのは——」

「そうだよ。発見者の加治屋咲恵だ」

綸太郎の困惑をよそに、法月警視はこともなげに言った。

「それを先に言ってくださいよ、お父さん。彼女の証言通りなら、溝口高則は午後九時ギリギリまで〈ハーベスト王子〉の犯行現場にいたことになりますが」

「それで何か不都合があるか？　死亡推定時刻は午後七時から九時の間だから、下限いっぱいの時間まで現場にいたのは確かだが、溝口は物盗りの犯行に見せかけるために現場を物色して、現金や通帳類を持ち去っている。時間がかかってもおかしくはないだろう」

「それはそうです。ただ——」

「ただ、何だ？」

「午後九時過ぎに現場近くで溝口高則を目撃したのと、九時四十分に三〇二号室で梶谷岩男の遺体を発見したのが同じ人物だというのは、少し怪しくないですか」

ざっくりした問いかけに、法月警視は眉《まゆ》をひそめて、

「同じマンションに住んでたんだから、別に怪しくはないだろう。それとも何か、溝口高則と加治屋咲恵が交換殺人のパートナーで、溝口の妻を手にかけたのも加治屋咲恵のしわざだったというのか？」

「可能性のひとつとして、検討する価値はあると思いますけどね。加治屋咲恵と梶谷岩男は同じマンションの住人ですから、二人の間に何らかのトラブルないし悪感情が生じたとしてもおかしくはない」

「馬鹿《ばか》を言うな。仮に二人が交換殺人のパートナー同士なら、加治屋咲恵が王子署の捜査本部に溝口らしき男を目撃したと報《しら》せるわけがない。溝口の犯行と知れたら、巡りめぐって自分の

首を絞めることになりかねないからだ」

警視の言うことは理にかなっている。自分が無茶を言っているのは承知のうえで、それでも綸太郎は加治屋咲恵の行動に引っかかりを感じていた。

「事件当日、加治屋咲恵の交換殺人プランに何らかの手ちがいが生じて、午後七時から九時のアリバイが確保できなくなったとします。計画変更を強いられた加治屋が溝口高則の犯行を止めにいったとしたらどうでしょう？　ところが時すでに遅しで、梶谷岩男はとっくに殺されており、溝口ももっと早い時刻に現場から立ち去っていた。アリバイのない加治屋は、万に一つでも自分に嫌疑がかからないように、九時過ぎに溝口と遭遇したという目撃証言をでっち上げ、犯行時刻を繰り下げて自分のアリバイを強調する。言うまでもなく、留置場で自殺した溝口がパートナーの証言を覆すことはありません」

法月警視は腕を組んで天井を仰いだが、じきに息子の顔に目を戻して、

「面白い仮説だが、あいにく加治屋咲恵の金曜日のアリバイは盤石だ。午後七時から八時半まで、市谷の職場にいたことが複数の証言で確認されているし、退勤して王子駅まで東京メトロ南北線の電車に乗り、駅から自宅マンションまで歩いて帰るまでの所要時間も、交通系ICカードのスマホ対応アプリのログからきちんと裏が取れている。平日の帰宅時間はいつも九時過ぎで、事件当夜も普段通り、予定外のアクシデントもなかった。本人が積極的に捜査に協力してくれたおかげで、第一発見者への疑いをスムーズに払拭できたんだ。前日木曜の深夜のアリバイまでは確かめていないが、彼女が溝口喜和子を殺害したとはとても――」

「ちょっと待ってください」

急にほかのことが気になって、綸太郎は再び父親をさえぎった。警視は不満そうにため息をついて、

「おいおい、またそれか。今度は何だ？」

「加治屋咲恵の平日の帰宅時間は、いつも九時過ぎだと言いましたね」

「たしかにそう言ったが、それがどうかしたか」

「ひとつ彼女に確かめてほしいことがあります。片仮名で印字されたダイレクトメールが過去にも何度か誤配されたことがあるそうですが〈カジタニ〉と〈カジヤ〉、そのどっちがどっちの集合ポストに紛れ込んだか、正確な回数を思い出してほしいんです」

「どっちがどっちの？」

唐突な質問に、法月警視はけげんそうな顔をして、

「一応確認してみるが、そんなことが事件と関係あるのか」

「大ありですよ、お父さん。彼女の返事次第によっては――二つの事件に対する見方がひっくり返るかもしれません」

読者への挑戦

溝口高則と共謀して、溝口喜和子を殺害したパートナーは誰か？
実行犯の名前（フルネーム）とその理由を述べよ。ただし、梶谷岩男を殺害した犯人は溝口高則である。

解答編はP259へ

方丈貴恵

第一章 フーダニット

問題編

封《ふう》谷《だに》館《かん》の殺人

図❶【封谷館断面図】

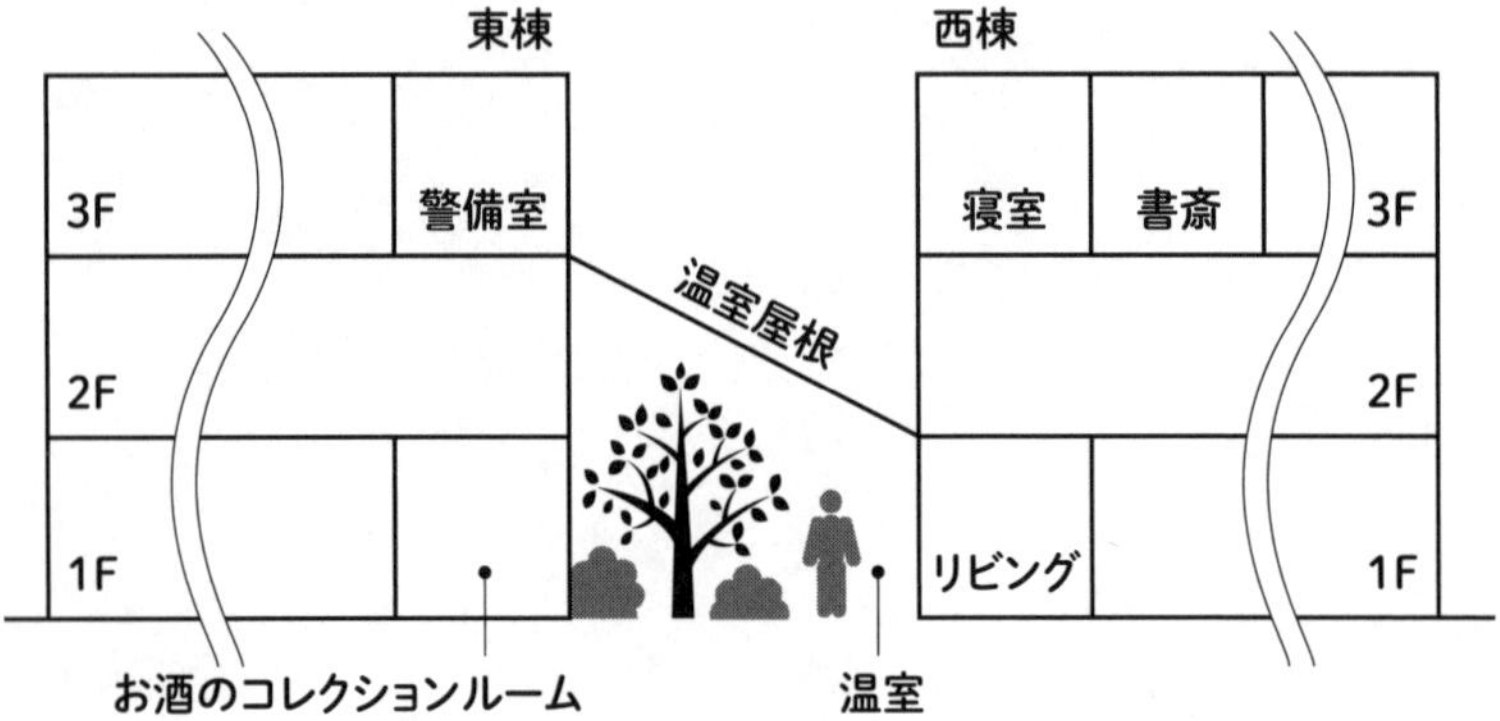

登場人物

波多野《はたの》六彦《ろくひこ》　宝石商　封谷館《ふうだにかん》の主人

酒井《さかい》和樹《かずき》　老執事　元傭兵《ようへい》

波多野夕子《ゆうこ》　六彦の後妻　元歌手

波多野弘一《こういち》　高校一年生　六彦の長男

波多野浩二《こうじ》　小学三年生　六彦の次男

広瀬《ひろせ》信也《しんや》　六彦の秘書

杉《すぎ》花江《はなえ》　雑誌記者　六彦の愛人

卯月《うづき》香帆《かほ》　使用人　語り手

＊

封谷館《ふうだにかん》のいいところは、都会の喧騒《けんそう》とは無縁なことだ。

私が使用人として働くこの館《やかた》は一番近い集落からでも、車で三十分以上かかる辺鄙《へんぴ》な場所に建っていた。東京都心は今まさに猛暑に喘《あえ》いでいるはずだが、ここは素晴らしい避暑地だ。窓を開けば山の斜面に広がる針葉樹と、それを鏡のように映し出す湖面に見惚《みと》れずにいられない。

一階にある自室を出てリビングルームに向かおうと思ったら、二階のベランダの扉を開閉する音が聞こえてきた。確認のため、私は二階へと急ぎ……ベランダ前の廊下で、杉花江《すぎはなえ》と出くわした。

彼女は封谷館の滞在客の一人だ。

封谷館の風光明媚《ふうこうめいび》な景色に惹《ひ》かれたのか、それとも外で煙草《たばこ》を吸いたくなっただけなのか……杉は二階のベランダに出ていたようだ。私は黙礼し、杉がコツコツと靴音を立てて自分の部屋に戻るところを見送った。それから、階段を降りて一階へと舞い戻る。

目的地であるリビングルームに着いてからも、私は敢《あ》えて部屋の電灯をつけずに、真っ暗な中でメイド服のポケットから懐中電灯を取り出した。そして、その光だけを頼りに、壁に掛かった額縁へ……リビングに一つしかない本棚の上に掛けられた、四〇センチ×二五センチほどの大きさの油絵へと近づいた。

私は思わずニッコリとする。

「もうすぐ、この絵は私のもの」

封谷館の主人である波多野六彦《はたのろくひこ》は絵画には興味がないらしい。

というのも、六彦はこの封谷館に素晴らしい宝飾品のコレクションを保有していながら、絵画となるとこの一枚しか持っていなかったからだ。

この油絵は六彦の祖父が第二次世界大戦後のどさくさで手に入れたもので、シュルレアリスムの名品だった。六彦本人がこの価値を理解しているかは知らないが、今売りに出されれば二千万円以上の価値がある。

私が封谷館に使用人として潜り込んだのは……全《すべ》て盗みのためだった。

――まずは、警報装置を無効化しないと。

宝飾品のコレクションを保管しているだけあって、封谷館のセキュリティは固かった。館の周囲には監視カメラが死角なく配置され、この額縁にも有線の警報装置が取りつけられている。

本当のことを言うと……私も最初は封谷館に保管されている宝飾品を狙《ねら》っていたのだが、そちらは警備が固くて盗み出せなかった。そこで、この絵に目をつけたという訳だ。

私は特注の黒縁眼鏡《めがね》のフレームに懐中電灯を取りつけ、工具を取り出した。それから、額縁から伸びているケーブルをたどって被覆をはがしていく。

頼りになるのは、懐中電灯の明かりだけ。少しでも手順を間違えれば、館内に警報が鳴り響くことになる。だから、ゆっくりと慎重に……。

作業をはじめて数分が経過した頃、ズドォンとくぐもった音がした。

私は訝《いぶか》しく思って腕時計を見下ろす。時刻は午前一時になったところだった。

――雷鳴？　いや、それにしては音が短すぎるか。変わった音だけど、近隣の山で密猟者が猟銃でも撃ったのかな？

慌てて私は頭を振る。

「ダメダメ、幻聴かもしれない音にかかずらっている暇はないんだから！」

一刻も早く、絵を頂いてここから立ち去らなければ。

私はポケットから小型の端末を取り出した。この端末をケーブルの被覆をはがした箇所に接続すれば、警報装置を攪乱《かくらん》して実質的に無効化してくれる。

「よし」

一分ちょっとで警報装置と端末の接続を無事に完了させ、私は端末を本棚の棚板に置いた。その上で壁の額縁にすっと手を伸ばす。……が、今日は最悪最低にツイていなかったようだ。

突然、コツコツという靴音が近づいてくる。

「えっ、何？」

私は慌てふためいて懐中電灯を消すと、真っ暗な中を這うようにソファの陰《かげ》に身体《からだ》を隠した。直後に、廊下から誰かがリビングルームに入ってくる気配がある。

ソファの向こう側を覗《のぞ》く度胸もないまま、私は冷や汗まみれになっていた。

部屋の電灯をつけられたら、おしまいだ。警報装置のケーブルに怪しい端末がつながっていることがバレバレになってしまう。

幸い、『何者か』はリビングの電灯をつけなかった。フローリングを歩く足音から察するに、窓から入ってくる僅《わず》かな月明りだけを頼りにリビングを進みはじめた様子だ。

私はホッと胸を撫《な》で下ろした。

——なんだ、リビングは通り抜けるだけか。

封谷館は東棟と西棟に分かれていて、二つの棟の間には温室があった。

『何者か』はリビングから温室に出ようとしているのだろう。あるいは、温室も通り抜けて向かいの東棟に入るつもりなのかもしれない。

——さっさと消えて！

そんな私の祈りも空《むな》しく、『何者か』は派手に躓《つまず》く音を立てた。ほとんど同時に大きく舌打ちする音と、何かを勢いよく蹴飛《けと》ばす音が続く。

『何者か』が何に躓いたかは想像がついた。

——そういえば、本棚の前には踏み台が置きっぱなしになっていた。きっと、それに躓いたのね。

波多野六彦には息子が二人いた。

長男の弘一《こういち》は高校一年生で、次男の浩二《こうじ》はまだ小学三年生だ。

昨晩の午後九時ごろにリビングに皆で集まって歓談していた時、浩二のインコが本棚の上に飛び上がって降りてこなくなるアクシデントがあった。その時は泣きそうな顔をしている弟を見かね、兄の弘一が隣の部屋から踏み台を取ってきてインコを捕まえ事なきを得たのだが……歓談が終わった後も、踏み台は放置されたままになっていたらしい。

ここまで考えたところで、私は青ざめた。

——もし『何者か』が踏み台に躓いたのだとすれば、私が持ってきた端末のすぐ傍《そば》にいることになる。何かの拍子《ひょうし》に、あの端末の存在に勘づかれたらどうしよう?

だが、それは杞憂《きゆう》に終わった。

『何者か』は癇癪《かんしゃく》を起こして蹴飛ばす音を立てるなり、電灯をつけることもせずにまた速足で進みはじめたからだ。温室へつながる扉を開く音がして、そのまま足音は遠ざかっていく。

靴音が完全に消えた後も、私はしばらく動けなかった。

またすぐに『何者か』が戻ってこないか不安だったからだ。だが、屋内はしんと静まりかえってもう何の音もしない。

私はホッとしつつ、懐中電灯のスイッチを入れて立ち上がった。

案の定、本棚の右端《みぎはし》下部に放置されていた踏み台は……油絵の真下近くにまで移動していた。やはり、『何者か』はこれに躓いて蹴飛ばしたのに違いない。

私は踏み台を避けて油絵の前に立つと、額縁ごとすっと壁から取り外した。それから油絵をうっとりと見つめる。

——後は、警報装置に嚙《か》ませてある端末を回収するだけね。

私は油絵の額縁を近くの壁に立てかけ、警報装置と端末の切り離しに取りかかった。

と、その時……ズドォンという音が封谷館に響き渡った。

雷鳴に似た音。つい五分前にも聞いたばかりだったが、今回は前とは比べものにならないほど大きく明瞭《めいりょう》なものだった。銃声……それも近くで発砲されたものに違いない。

「きゃっ！」

反射的に飛び上がった私は例の踏み台に足を取られて、後ろにひっくり返ってしまった。それも……警報装置につないであった端末を握りしめたまま。

あっと思う間もなく、手元で何かが千切れる感触があった。警報装置のケーブルを傷つけてしまったのだ。

——ヤバい！

私は派手に尻《しり》もちをつき、床に強打した腰の痛みに息を詰まらせた。直後に館内にけたたましい警報ベルが鳴り響く。

『ジリジリジリジリ、至急、リビングルームを確認して下さい！　ジリジリジリジリ、至急、リビングルームを確認して下さい！』

ベルが鳴り出すのとほとんど同時に、もう一発ズドォンと銃声が響いた。警報ベルにもかき消されなかったその音は、やはり近くで発砲されたものに違いない。

一分もしないうちに、誰かが温室からリビングに飛び込んできた。

でも、私は痛みで思うように動けない。コツコツという靴音に頭を振り向けてみると……懐中電灯の光に、革靴を履いた中年太りの男が浮かび上がった。

——広瀬《ひろせ》か。

彼は波多野六彦の秘書だ。

カピバラみたいなボーッとした顔をしているが、英語と中国語とスペイン語とフランス語が話せるマルチリンガルだった。宝石商の六彦が海外に行く時には通訳も兼ねている。

逃げ切れないと諦《あきら》め、私は握りしめていた端末をポケットに突っ込んだ。それから、懐中電灯を眼鏡のフレームから外して手に持つ。

その時、パッと部屋の明かりがついた。

広瀬が電灯のスイッチに手をやったまま、途方に暮れたように私を見つめる。

「あれ……卯月《うづき》さん？」

「申し訳ございません！　寝つけずに温室を散策しようと思って出てきたんですが、その途中でズドォンという音が聞こえて……驚いた拍子に、その辺りにぶつかって油絵を落としてしまいました」

もちろん、大嘘だ。

「え？　警報ベルがうるさくて、よく聞こえないよ」

そんなことを言いつつ、広瀬は私の言ったことをほぼ理解している様子だった。彼は壁に立てかけられた油絵に目を落として言う。

「絵は無事みたいだ」

「良かった」

——良い訳あるか、せっかくの計画が台無しだよ。

「立てそう？」

広瀬の右手を借りて立ち上がった瞬間、私はよろけて彼の身体にぶつかった。

――うぇぇ。

普段から酒豪で酒に目がない広瀬の息はアルコール臭かった。おまけに彼のジャケットやズボンは全体的に冷たく……肌触りまでもが半乾きの洗濯物みたいにしっとりしていて気持ちが悪い。

広瀬は私が顔を歪《ゆが》めているのに気づかなかったようで、窓の外に視線を移した。

「さっきのは何だったんだろう？　銃声みたいに聞こえたけど」

「きっと、近くに密猟者がいるんですよ」

超適当に相槌《あいづち》をうちながら、私は油絵を拾い上げて元通りに本棚の上の壁に引っ掛けた。こうしておいたほうが、ケーブルの被覆剝《は》がれや破損が目立たなくていいだろう。

この館の警備システムは波多野家が独自に設置したもので、警報ベルが鳴ったからといって外部の警備会社が駆けつけてくることはない。だから当面は、誤って警報を作動させてしまったという言い訳で誤魔化せるはずだ。

やがて、広瀬が大きくため息をついた。

「……にしても、なかなか酒井《さかい》さんが来ないねぇ。この館の警備担当はあの人なのに」

酒井は封谷館の執事だった。

波多野六彦からの信頼は厚く、彼は温室や宝飾コレクションの管理から警備まで全てを一任されていた。

当人はもう七十歳を越えているのだが、若い頃は傭兵《ようへい》として世界各地を飛び回っていたと聞く。その当時の負傷が原因で、今は杖《つえ》なしに歩くことはできないが……それでも、老体だと思って舐《な》めていたら痛い目に遭うのは間違いなかった。

その時、西棟の廊下側の扉が開いた。

てっきり酒井かと思ったが、違った。コツコツと靴音を立てながらリビングルームに入ってきたのは杉花江だった。

彼女は警報ベルに手で耳を押さえている。

「何これ？　リビングルームを確認してくれってアナウンスを繰り返してるから、念のために来てみたんだけど」

彼女は部屋着の黒いTシャツとステテコという姿で、靴だけは高級そうなパンプスを履いていた。どうやら、室内用のスリッパで外に出てくるのは躊躇《ためら》われたらしい。

杉は六彦の愛人だ。

波多野家の夫婦生活は実質的に破綻《はたん》していた。……まあ、六彦がこの館に愛人をしょっちゅう招いている時点で、どれほど異常な状況かは察しがつくというものだろう。もちろん、毎週のように招待を受けてここに来ている杉もとんでもない面の皮の厚さだ。

杉はヒット企画を複数担当したグルメ雑誌の記者で、業界ではちょっとした有名人らしい。仕事のために食べ歩きをしているだろうに、一五〇センチない小柄《こがら》な身体は細くて贅肉《ぜいにく》一つついていなかった。

すぐさま、私は杉に警報は誤って鳴らしてしまったものだと説明した。だが、その頃になってもまだ警報ベルは鳴りやまなかったし、酒井がリビングを確認しにくる気配もない。

私は二人に向かって言った。

「この時間帯ですと、旦那《だんな》さまは睡眠薬をお飲みになってぐっすり眠っているはずです」

杉も苦笑いを浮かべる。

「確かに、六彦さんへの報告を急ぐことはなさそうね。睡眠薬を飲んですぐだと、あの人は大声で呼びかけても揺すっても起きないから」

「ひとまず……先に酒井さんにリビングに異常がなかったことを伝え、この賑《にぎ》やかな警報ベルを止めてもらうのはいかがでしょうか？」

＊

杉にはリビングルームに留まってもらい、警報ベルを聞いて部屋を確認しにきた人がいたら、『単なる誤作動なので心配ない』と伝える係になってもらうことにした。

一方、私と広瀬はリビングから温室へと出た。

……封谷館の西棟は居住スペースになっている。

波多野一家の私室は西棟の三階にあり、二階は客室と食堂などが、一階には使用人部屋やリビングルームなどがあった。そして、この西棟から屋外を経由せずに東棟に行こうとしたら、西棟にあるリビングから温室へ出て東棟に入るルートしかなかった。

温室に足を踏み入れるなり、生ぬるい空気に包まれた。

背後のリビングからは、微《かす》かに言い合いをする声がしている。

私たちが出発した直後、西棟の廊下から誰かがリビングに入ってきた気配があった。言い合いをしている声から察するに、来たのは波多野夕子《ゆうこ》らしい。

正妻と愛人という犬猿の仲の二人が真っ先に顔を合わせてしまった訳で……取っ組みあいの喧嘩《けんか》に発展しなければいいのだが。

警報ベルが鳴り響く中、私と広瀬は温室を駆け抜けて東棟へ急いだ。

温室のガラスハウス自体は古かったが、中にはタイマーで動く頭上自動灌水《かんすい》（水やり）装置も取りつけられ、ヒーターも完備してあった。

石畳がまだ濡《ぬ》れて滑《すべ》りやすいのは、午前一時に一分ほど自動灌水装置が作動して、水やりが行われたためだ。執事の酒井によれば……試行錯誤の結果、夏場はこの時間帯に一度水やりをしておくのが最適という結論に至ったのだという。

温室では希少価値の高い植物が数多く栽培されており、これだけでも一財産だったが……私もさすがに植物は守備範囲外だ。こんなデリケートなものを枯らさず盗み出せる気がしない。

そして、東棟には六彦自慢のコレクションが保管されていた。

温室から入ってすぐの部屋はお酒のコレクションルームだ。

ここは温室とうって変わって空調が効いていて、世界各地から集めた酒類が並べられていた。一角には冷蔵庫付きのバーカウンターもあり、お酒のテイスティングも楽しめる快適空間になっている。

更に、東棟の二階と三階には宝飾品のコレクションも保管されていた。

元傭兵の酒井は、これらのコレクションの見張り番も兼ねている訳だ。そのため、彼が西棟の使用人部屋で過ごすことはほとんどなく、実質的に東棟三階の警備室を私室代わりにして、そこで寝起きをしていた。

東棟の三階まで駆け上がったところで、私と広瀬は立ち止まった。

警備室の扉が半開きになっていたからだ。几帳面《きちょうめん》な性格の酒井らしくもない。

「大丈夫ですか、酒井さん？」

警報ベルに負けないよう大声で呼びかけ、私たちは警備室へ近づいた。

とはいえ……この時はまだ、私も酒井が体調不良で倒れていないか心配していただけだった。銃声らしき音を聞いてはいたが、密猟者の猟銃の音か何かだろうと内心では思っていたからだ。

だが、警備室内から漂い出してきた特徴的な臭《にお》いに私は顔を歪める。隣の広瀬もすっかり取り乱した様子で呟《つぶや》いた。

「これは……硝煙の臭いだ」

警備室の窓は開け放たれ、閉じられた遮光カーテンが微かに風で揺れていた。それでも、室内にはまだ少しだけ発砲後の煙が漂っているようだ。

部屋の右奥では、銀髪の男性が仰向けに倒れていた。

「酒井さん！」

恐ろしいことに、彼の胸は深紅《しんく》の血に染められていた。私は酒井に駆け寄ってその首筋に触れる。だが、指先には僅かな脈も感じられなかった。

「死んでる……そんな」

ショックで喉《のど》が詰まり、それ以上の言葉が出てこなかった。

酒井は小ざっぱりとした長袖《ながそで》長ズボンの部屋着姿だった。犯人に抵抗しようとしたのか、左手は振り上げられ、そのすぐ前方のフローリングには彼が愛用していた杖が落ちていた。室内には特殊警棒やサスマタもあったが、それらを手にする間もなく襲われたのだろう。

そして、凶器と思われる拳銃《けんじゅう》は……警備室の手前側に転がっていた。それも普通の拳銃ではない。グリップに紫水晶やオパールで飾りが施された特別なものだ。

銃に目を留めた広瀬が目を見開く。

「……これは、社長の『紫電《しでん》』？」

私などは封谷館で働き出してまだ日が浅かったので、『紫電』の実物を見るのは初めてだったが、それでも存在だけは噂《うわさ》に聞いていていた。

この館の主である六彦は銃好きだ。

彼は東南アジアに出張中に、あるレトロな拳銃と出会って一目惚《ひとめぼ》れをした。六彦はすぐさまそれを購入し、グリップに紫水晶やオパールで宝飾を施して『紫電』と名づけた。その後、六彦がどうやって『紫電』を日本国内に持ち込んだのかは分からない。

ただ……確かなことが二つあった。

一つは『紫電』が間違いなく、封谷館にある六彦の寝室に保管されていたこと。もう一つは、六彦が泥棒である私に負けず劣《おと》らず、法律をまともに守る気がない人間だということだ。

犯人が隠れていないか不安になり、私はざっと室内を調べた。窓は三つとも開け広げられてカーテンだけ閉じられていたが、カーテン自体が短いので人が隠れられるようなスペースはない。

私は遺体の傍にあった金庫に目を留めて、思わず声を上げた。

「あれは……銃弾が当たった痕《あと》でしょうか？」

放心しかかっていた広瀬は私の声にビクッと飛び上がったが、すぐに金庫に近づき頷《うなず》く。

「間違いない、一発はここに着弾したんだ」

奥の窓際に置かれていたのは、膝《ひざ》くらいの高さの金庫だった。

他の家具となじませるためだろう、表面には木目調の加工が施されており……その右肩に弾丸が一つめり込んでいた。

私は目を細める。

——酒井個人の金庫とも思えないし、警備室に宝飾品そのものが置かれているということもなさそう。きっと、コレクション周りの鍵《かぎ》類が保管されている金庫ね。

職業柄パッと見ただけで分かったのだが……この金庫にも警報装置が取りつけられていた。西棟のリビングルームにあったものと全く同じで、一定以上の振動や衝撃を検知して警報を鳴らすものだ。

とはいえ、この金庫はサイズ的に子供でも中に隠れるのは無理だった。念のためにベッドやクローゼットも確認したが、どこにも犯人の姿はない。また、改めて酒井の遺体を確認してみ

図❷【東棟・警備室見取り図】

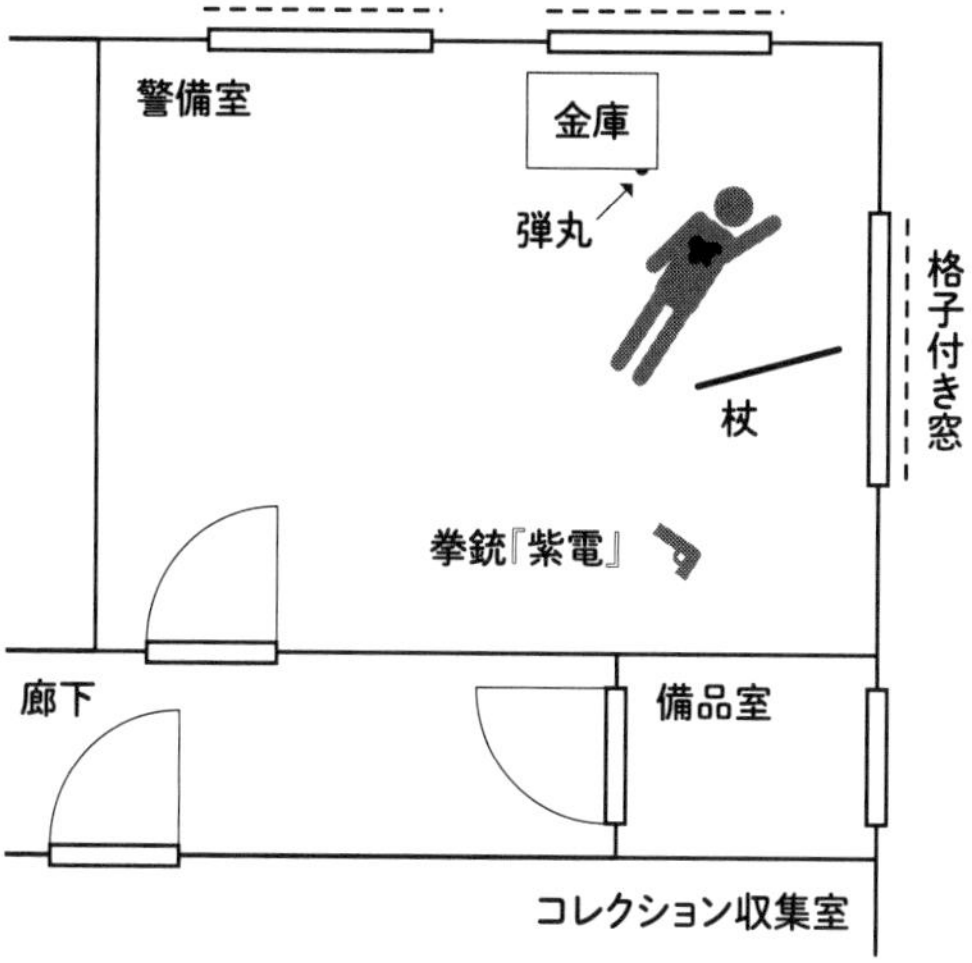

るも、弾丸が背中に抜けた様子はなかった。弾は体内に残ったままになっているようだ。

私は唇《くちびる》を噛んで呟いた。

「……何者かがこの部屋で『紫電』を二発撃ち、そのうちの一発が酒井さんの命を奪ったのですね。床に薬莢《やっきょう》が見当たらないのは『紫電』が回転式拳銃《リボルバー》だからか」

これを受けて、広瀬が暗い笑みを浮かべる。

「卯月さんもなかなか銃に詳しいね。さすが、封谷館付きに抜擢《ばってき》されただけのことはある」

「恐れ入ります」

「まあ、それはこの館にいる全ての人について言えることだけどね」

波多野六彦は自分と馬の合う人間かを判断する際に、相手に銃の知識があるかどうかを材料にする傾向があった。

言い換えれば……彼に近づきたいと思う人間は銃について勉強して射撃の腕前さえ磨《みが》いておけば、その分だけ有利になるということだ。私もそうやって六彦に取り入って使用人の立場を得た訳だし、秘書の広瀬も同じように六彦に媚《こ》びを売ったクチだろう。

　その時、広瀬が思わぬ提案をしてきた。

「とりあえず……『紫電』だけ回収して西棟へ戻ろうか」

「し、しかしながら、警察が来るまで事件現場は保存しておかないと」

　警察という言葉に反応したのか、広瀬は苦虫を嚙みつぶしたような顔になる。

「それはそうだけど、犯人がどこに隠れているかも分からない状況で、拳銃を放置しておくのは危なすぎるだろう？」

　一理あった。

「それでしたら、後で警察に拳銃がどんな風に落ちていたか説明できるように写真を撮影しておきましょう」

　私と広瀬はそれぞれのスマホのカメラで現場を何枚も撮影した。その後、広瀬は撃鉄や引き金に触れないように気を遣いながら、ハンカチ越しに拳銃を拾い上げる。

　間近で見てみると、『紫電』は恐ろしく美しかった。

　六彦が惚れ込んだのも分かる。グリップに飾られた紫水晶やオパールは傷一つなく、眩《まぶ》しいくらいの輝きを帯びていた。

　広瀬はそんな『紫電』を見下ろして深くため息をついた。

「この銃が事件に関わっている以上……警察に通報する前に、先に社長に報告だけ入れておくべきだろうな」

＊

西棟のリビングルームに戻ると、室内は嫌な沈黙で満たされていた。

六彦の愛人の杉は、ソファに足を組んで座って油絵を見上げている。対する波多野夕子は、落ち着かない様子でリビングを歩き回っていた。パンプスのコツコツいう靴音が耳障《みみざわ》りだったが……『奥さま』相手に文句をいう訳にもいかない。

私は個人的に夕子が嫌いだった。

それは彼女がひどい吝嗇《りんしょく》家だったからだ。勤務初日から、私のことを給料泥棒扱いしてきたことは忘れもしない。その後も、細かいミスを探してはそれをネタに減給しようとしてきた。

——失礼な。私が給料なんて小さなものを狙うはずもないのに！

夕子は六彦の後妻で、二人の子供たちとは血のつながりがなかった。六彦と結婚したのもどうせ財産が目当てだろうから、彼らへの愛情も当然ない。

噂をすれば影とやら……私たちが戻るのと時を同じくして、弘一と浩二が西棟の廊下から姿を現した。

弘一は小さく肩をすくめる。

「警報ベルが作動した時は、危ないから子供は自分の部屋で鍵をかけて待ってろって親父《おやじ》に口酸っぱく言われてるんだけど……いくら待っても誰も来やしない。待ちくたびれて、さっき浩二と合流したんだ。一体、何があったんだ?」

兄弟はスタイルがよく、二人ともその年齢の平均身長は超えている。長男の弘一がカーキの無地Tシャツにスウェットズボンにスニーカーという格好なのに対し、次男の浩二はゲームキャラクターが大きく印刷されたパジャマにスニーカーを履いていた。そして、浩二の左手首からは白い包帯が覗いている。

あれは私が就寝前に巻いてあげたものだ。三日前に乗馬をした時に手首をひどく捻挫《ねんざ》して以来、私が浩二の湿布を貼《は》り替える係になっていたから。

浩二は兄の傍で今にも目が閉じてしまいそうな様子だ。普段は早寝することが多いので、深夜に叩《たた》き起こされて眠くて仕方ないのだろう。

その後、私たちは酒井の遺体を発見した報告もそこそこに、三階にある六彦の部屋へと急いだ。寝ぼけている弟を連れた弘一が少し出遅れたようだったが、それに構っている余裕もなかった。

……この頃には、警報ベルは止まっていた。

封谷館の警報ベルは作動してから一定の時間が経過すれば、自動で止まる設定になっていたようだ。まあ、異常が起きたことを知らせる役割を果たしてからも、延々と鳴り続けても仕方ないといえばそうだ。酒井がその時間で止まるように設定していたのだろう。

広瀬は左手に『紫電』を持ったまま、右手で六彦の部屋をノックした。

「社長、失礼します」

緊急事態であることもあり、彼は声だけかけて返事は待たずに扉を押し開いた。部屋からは古い本の匂《にお》いが漂い出してくる。

てっきり睡眠薬を飲んで休んでいる頃だと思ったのだが……六彦は寝室ではなく手前にある書斎にいた。

デスクを前に、彼は小柄ながら貫禄《かんろく》ある身体をゲーミングチェアに埋めている。別に六彦はゲーム好きではない。ただ座り心地がいいからという理由で、このキャスター付きのゲーミングチェアを愛用しているだけだ。

彼は灰色のパジャマを着て、屋内でいつも履いているゴム製のスリッパをつっかけ、ヘッドレストに首をもたせかけていた。

……酒井と全く同じように、その胸を深紅に染めて。

夕子が悲鳴を上げて書斎の黒いタイルカーペットの床にくずおれ、広瀬と杉も茫然《ぼうぜん》と部屋の入口で立ちつくす。

「そんな……社長まで？」

頼りにならない三人の後ろから、私は書斎を見渡した。

東棟の警備室と違って、この部屋は窓が全て閉められていた。だから、空気には淀《よど》みがあって、ほんの微かに血の臭いが漂っている。

激しい吐き気《はけ》に襲われたが、私は義務感に駆られて六彦に近づいた。もし息があるなら、すぐに救命処置をはじめなければ……。だが、既に六彦は完全に息絶えていた。

私は首を横に振って報告をする。

「残念ながら、旦那さまはもう」

その瞬間、血を吐くような声が部屋に響き渡った。

「あぁ……嘘だろ、親父！」

弘一が顔を悲痛に歪めて扉のところに立ちつくしていた。

その傍には兄に寄りそう浩二の姿もある。ついさっきまで寝ぼけていた浩二も、完全に眠気など消し飛んだ様子だった。父親の変わり果てた姿を前に、彼は火のついたように泣きはじめる。

弘一は膝をついて弟を抱きしめた。

「心配ない、これは悪い夢だよ。今は……部屋に帰ろう」

自身も今にも泣き出しそうな声になりながら、兄は精一杯の嘘をつき続けた。

やがて、弘一は私たちに小さく目礼をすると、弟を連れて浩二の部屋へ……廊下を挟んで書斎の真向かいにある部屋へと消えていった。

二人を見送った私はふと、デスクに空になったマグカップが放置されているのに気づいた。カップに薄《う》っすらと残った液体はコーヒーだろう。

――六彦はチェアにもたれたまま殺された。逃げようとした形跡がないのは、もしかして眠らされていたから？

六彦は睡眠薬を常用していた。それを誰かが盗み出してコーヒーに混ぜて飲ませたのだろうか。もしかすると、彼は椅子《いす》に座ったまま眠り込んだところを、殺害されたのかもしれなかった。

図❸【西棟・書斎見取り図】

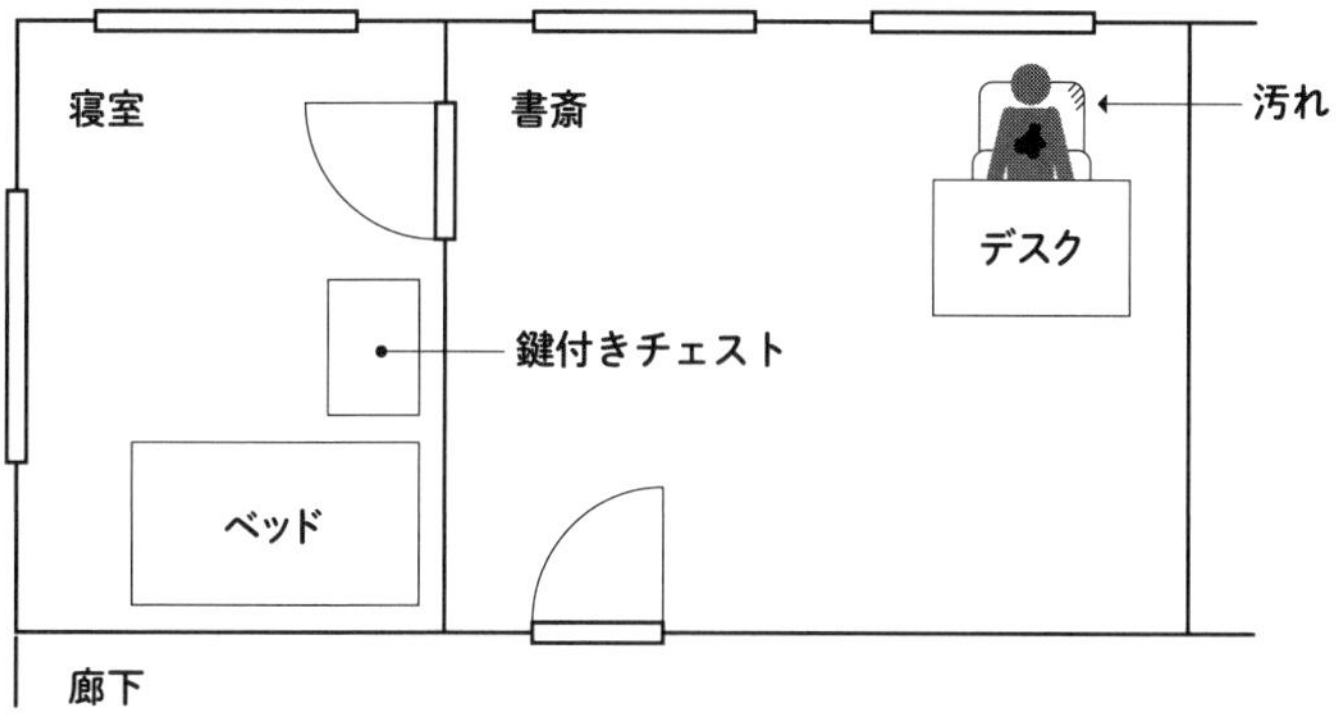

遺体の背中を調べてみると、六彦に当たった弾丸も貫通せずに体内に留まっていることが分かった。その時、六彦が座っているゲーミングチェアの背もたれに薄っすらと黒っぽい汚れがついているのが目に入る。

椅子の正面から見て、右側に当たる位置だ。

私は訝しく思ってデスクの右側に回り込んだ。汚れがついているのは主に背もたれの側面で、汚れている範囲は二〇センチほど……縦に擦《なす》りつけて広げられたものに見えた。

——この汚れは一体？

それから書斎は騒然となった。

貧血で倒れた杉をどうにか広瀬が抱き止め、夕子も廊下の先のトイレに駆け込んで吐きはじめた。杉の介抱もそこそこに広瀬は警察へ通報を行ったが……電話を終えるなり、彼は青ざめきった顔色になって報告する。

「警察はすぐには来られないそうです」

「えっ？」

「何でも、午後十一時半ごろに山の下手で崖崩《がけくず》れが起きて……封谷館につながる唯一の道路が土砂で埋まってしまったらしくて」

私は慌ててスマホを取り出し、自らの目でも崖崩れのニュースを確認して愕然《がくぜん》とする。

「そんな……」

同時に、私はひどく複雑な気持ちになっていた。

例の油絵を盗み出した後、私はすぐさま封谷館を出て逃げるつもりでいた。

もし、私が絵を盗み出すのに成功していたら、逃走の途中で土砂に埋まった道路で行き詰まって絶望していたことだろう。そして、『封谷館から逃走した』という理由で、六彦と酒井を殺害した犯人とみなされていたはずだ。

――絵を盗むのに失敗したのは、逆にラッキーだったのかもね。

この騒ぎは浩二の部屋にまで聞こえていたようで、弘一もいつしか弟の部屋から廊下に顔を覗かせていた。彼は不安そうに問う。

「それで、警察の到着までどのくらいかかるの？」

広瀬は唇を湿してから答えた。

「封谷館へ来られるのは……最速でも明日の朝以降だそうです」

トイレから戻ってきたばかりの夕子もこの言葉に息を呑《の》む。杉は貧血を起こしてから寒気がするのか、気持ち悪そうにTシャツの袖の部分を手で擦《こす》りながら呻《うめ》いた。

「つまり……私たちはこれから二十四時間以上も、殺人鬼と一緒にこの陸の孤島に閉じ込められいなきゃならないってこと？」

私は目を閉じて頷いた。

「状況は絶望的です。とはいえ、不安に苛《さいな》まれながら『ただ待つ』のも耐えがたいものがあります。それならいっそ……警察が来るまで、私たちで独自に事件の調査を進めるというのはいかがでしょう？」

＊

私は封谷館では一番の新参者だ。

六彦の愛人である杉もそうだが、私は下手をすると他の全員から『お前こそが怪しい』と吊《つる》し上げられかねない立場にある。おまけに、油絵を盗もうと警報装置に細工をしていたことも、いつバレてもおかしくない状況だった。

ならば、私自身の手で犯人を見つけ出し、その人物以外には犯行が不可能だったと証明するしかないだろう。これなら少なくとも、私に殺人の冤罪《えんざい》がかけられることはなくなる。

できる限りしかつめらしい顔を作って、私は言葉を続けた。

「まずは……封谷館に外部から侵入した者がいないかを確認しましょう」

侵入者の有無を確認するのは簡単だった。

封谷館の周囲には死角なく監視カメラが設置され、一定以上の大きさがある動物が館の周囲に近づいたらＡＩが検知し、その部分の映像だけ『要確認ファイル』にコピーする機能がついていたからだ。

私と広瀬は夕子のノートパソコンを借りて、『要確認ファイル』を調べはじめた。

……今では、全員が書斎の向かいにある浩二の部屋へと移動していた。

そこは子供部屋だったが、十二畳ほどあって広さは全く問題ない。それで、うとうと眠りはじめた様子の浩二の安全を確保するためにもここに集合するのが一番だという話になったのだった。

念のため、『要確認ファイル』は直近の五日分を調べた。

『要確認ファイル』への振り分けを行うＡＩは精度が高く、私や酒井が買い出しで外出した時はもちろん、洗濯や清掃などで屋外やベランダ・バルコニーに出たちょっとした動きさえ、全て検知していた。

そういった日常的な行動以外では……五日前に六彦が子供たちを連れて新学年の準備のために買いものに出た時の様子、三日前に波多野一家で乗馬に出かけて浩二が手首を捻挫して帰ってきた時のことなどもしっかり記録されていた。

中でも重要なのは、昨日から今日にかけての映像だ。

昨日の午前十時には広瀬が封谷館にやって来た時の記録が、午後十一時には杉が封谷館に到着した時の記録が残っていた。……本来なら、杉も夕食前には着くはずだったのだが、東北自動車道で事故が発生した影響で到着が大幅に遅れたのだ。

本日について言うと、午前零時五十分から五十六分にかけて、二階のベランダで煙草を吸う杉の姿が映像に残っていた。

絵を盗むためリビングに向かう直前、私はベランダ前の廊下で杉と会った。時間的に考えて、あれはこの喫煙からの帰りだったに違いない。

昨晩、彼女は封谷館に到着するなり気分が優れないからと、六彦にも会わないまま西棟の玄関から客室へ直行して籠《こも》ってしまった。その後、休んで体調が回復してきたので、煙草を吸いに廊下からベランダに出たという流れなのだろう。

『要確認ファイル』を全て見終わった広瀬と私は、顔をひきつらせた。

「封谷館に何者かが外部から侵入した形跡はないね」

「ええ……旦那さまと酒井さんを殺害した犯人は私たちの中にいるようです」

その頃には、もう午前五時を回っていた。

弘一は薄っすらと白みはじめた窓の外を眺《なが》めていた。ガラスの外側には水滴がついている。これは私たちが『要確認ファイル』を調べている間に、急に一雨来たせいだ。

夕子と杉はインコの鳥かごを挟んでそっぽを向いていた。正妻と愛人の二人は相変わらず冷戦状態を続けているらしい。

私は浩二のベッドに向かった。彼が起きた気配があったからだ。

「浩二さま、ご気分はいかがですか？」

目を真っ赤に泣き腫《は》らしてはいたが、少しは落ち着いてきたらしい。浩二はパジャマの袖をめくって左手首を差し出した。

「包帯が緩《ゆる》んじゃったみたい」

「でしたら、湿布も一緒に貼り替えてしまいましょう」

浩二の手首の捻挫は、昨日に比べれば多少はマシになっていた。

だが、まだ腫れはかなり残っているし、内出血の青黒さが消えるには時間がかかりそうだ。

痛がる浩二をなだめつつ、私は湿布を貼り替えて包帯を巻きなおしていく。

「我慢できたの、偉かったですね」

そう言って微笑《ほほえ》みかけると、浩二は屈辱を受けたと言わんばかりに口元を歪める。

「幼稚園児みたいな扱いは止めてよ」

「ふふ」

「……卯月さんは、何の宝石が好き？」

浩二が思わぬ質問を投げかけてきたので、私は目を丸くした。

「え？」

「ダイアモンドとかアレキサンドライトとかターフェアイトとか、色々あるでしょ？」

宝石商の息子だけあって流通量の少ないマニアックな石の名前が例に出てきた。私は顎《あご》に指先をやって考え込む。

「しいて言えば、サファイアですかね。……他の石も好きですが」

そう答えながらも、私は内心で焦っていた。

——いつ崖崩れの土砂の撤去が終わるかも分からないし、早く犯人を特定しないと。

私は部屋にいる全員を見渡して、改めて提案をした。

「次は……『紫電』を調べてみませんか？」

ハンカチに包まれていた拳銃を取り出しただけで、硝煙の臭いが鼻をついた。

私は盗みのために用意していた白手袋をつけ、『紫電』のシリンダーを左にスイングアウトさせてから皆にも見えるように示す。

「シリンダーに装塡《そうてん》できる弾数は六発で、そのうち三発が発射済です。……聞こえた銃声の数と同じですね」

私たちが聞いた銃声は、どれも雷鳴に似た響きを帯びていた。

銃声を聞いた時は驚き動揺したこともあり、とっさに誰も思い当たらなかったようなのだが……冷静になってみると、あの銃声は六彦が『紫電』を試し撃ちしていた時の音とそっくりだったらしい。

浩二がベッドから身を乗り出して言う。

「お父さんが言ってたよ。『紫電』には特注の弾丸しか込められなくて、その弾と組み合わさって初めて、あの特徴的な音が生まれるって」

この言葉を肯定して皆が頷くのを見て、私は目をぱちくりとさせた。

「弾丸が特注なのはいいとして……まさか、旦那さまは未成年の弘一さまや浩二さまにも銃の撃ち方を指南していたんですか？」

「ああ、俺も浩二も親父にガッツリ仕込まれてるよ」

答えたのは弘一だった。夕子も気怠《けだる》そうに続ける。

「二人とも海外の射撃場でよく練習してるし、十メートルくらいの距離なら小さな的でも百発百中よ」

私は内心で舌打ちをした。

この中で最年少の浩二はまだ九歳で、しかも左手首を捻挫していた。

彼にだけは犯行は不可能だと思ったのだが……それだけ射撃が得意なら話は変わってくる。右手だけで銃を握り、左の腕で支えるようにして引き金を引けば、同じ室内にいる相手の心臓を撃ち抜くくらいはできそうだ。

その後、念のために館内にある全ての銃……散弾銃四丁とライフル三丁も取り出して調べてみた。だが、紛失している銃はなかったし、最近に発砲された痕跡《こんせき》も一切なかった。

――聞こえた銃声は確かに特徴のある音をしていたし、他の銃が使われた形跡もないということは……実質的に、凶器は『紫電』で確定ね。

なら、次に確認すべきは、犯人が『紫電』を入手した方法だ。

「旦那さまは『紫電』を寝室に置いていたと聞いていますが、鍵のかかる場所に保管していたはず。その鍵は普段どちらに？」

私が問いかけると、弘一が言いにくそうに答えた。

「寝室のチェストの鍵なら、親父がいつも首にかけて持ち歩いていたよ。……というか、鍵のありかを知らなかったのは卯月さんだけだと思う」

弘一の言う通りだった。

六彦の家族はもちろん……新参者である私以外の全員が『六彦がチェストの鍵をチェーンで

首から下げていた』ことを知っていたと認めたからだ。


私たちは鍵について確認するために六彦の部屋へと戻った。

まず書斎で遺体の襟元をめくって調べてみたが、そこにチェストの鍵はない。

……鍵は、書斎の奥にある寝室で見つかった。『紫電』が入っていたチェストの鍵穴《かぎあな》に挿し込まれたままになっていたのだ。

私は寝室を見渡した。

この部屋も書斎と同じ黒いタイルカーペット敷きだ。壁も黒色で、チェストの真向かいにはガラス窓があった。その窓の真正面には……東棟にある警備室の格子付き窓が見えている。

西棟と東棟の三階の窓はほとんど同じ高さにあった。直線距離で考えると、この寝室と東棟の警備室は五メートルほどしか離れていないだろう。

私は窓を開いて外を覗いた。

警備室側の窓の遮光カーテンは閉ざされている。それでも風を受けてカーテンが揺らぐと、格子越しに警備室の中が見えることがあった。逆に言えば、警備室にいた酒井からも寝室の様子が見えた可能性があるということだ。

「なるほど。……警備室にいた酒井さんは、犯人が寝室から『紫電』を盗み出す姿を目撃したかもしれないということですね」

その後、私たちは浩二の部屋に戻って、事件について改めて整理することにした。

「一発目の銃声が聞こえたのは確か、午前一時ちょうどでしたね。それから五分ほど経《た》って、午前一時五分ごろに二発目の銃声がした」

私の言葉に、広瀬が苦笑いまじりに応じた。

「その二発目の銃声に驚いて、卯月さんは警報ベルを鳴らしてしまったんでしたね？　そして、直後に三発目の銃声が聞こえた」

「問題は……一発目の銃声だけ音が小さかったことです」

全員が同意を示して頷き、広瀬が再び口を開いた。

「それは一発目が西棟で社長を撃った時の音だったからですよ。書斎は扉や窓が全て閉め切られていたし、銃声も外に漏れにくかったのだと思います」

書斎とは対照的に、東棟の警備室は窓が三つとも開け広げられていた。

「つまり、二発目と三発目は東棟の警備室で撃たれたものだった訳ですね」

ここで杉がテーブル上の『紫電』に目をやって身震いしながら言った。

「一発目が聞こえて二発目の発砲が行われるまで、間には五分しかなかった。犯行が連続して行われているし、凶器も同じ『紫電』だから……六彦さんと酒井さんを殺害した犯人は同一人物ね」

私はすかさず頷く。

「ええ、私も単独犯だと思います。一応、犯人が西棟で発砲した後、寝室の窓から銃を東棟の警備室にいる共犯者に投げ渡した可能性も考えてみましたが……それには警備室の窓の格子が邪魔すぎます。二つの窓は五メートルも離れていますし、普通に投げたらどうしても狙いがずれて格子にぶち当たってしまうでしょう」

私は手袋をつけた手で『紫電』を取り上げた。

「このグリップについている宝石には傷一つありませんが、例えばオパールは衝撃に弱い石です。格子にぶつけたりしたら、傷やヒビが入ってしまっていたことでしょう」

それに『紫電』はレトロな銃なので、シングルアクションのはずだ。

知識のある人が携帯する分には安全性に特に問題はない。だが、五メートルもの距離を投げ渡したりすれば、格子にぶつかったり手で受け止めた拍子に暴発する可能性があった。封谷館にいる人間がそんな危険な方法で銃の受け渡しを行ったとは考えにくい。

ここまで考えたところで、私は広瀬をまじまじと見つめた。

「あの……犯人がまず西棟の書斎で旦那さまの命を奪い、その後で『紫電』を持って東棟の警備室に移動して酒井さんを撃ったと考えると……『犯行が可能だったのは広瀬さんだけ』という結論に至りませんか？」

空っとぼけているのか本当に驚いているのか、言われた広瀬はキョトンとしていた。

「どうして」

私は小さく咳払《せきばら》いして続ける。

「……二発目の銃声が聞こえた直後、私は西棟のリビングルームの警報装置を作動させてしまいました。私はその時点で間違いなく西棟にいた訳で、全く同じタイミングで東棟の警備室で発砲するなどできたはずがありません。それはご理解頂けますよね？」

「ああ、卯月さんは犯人じゃない。それは分かってますよ」

広瀬はあっさりそれを認め、他の皆もそこに疑義を挟んでこなかった。

絵を盗もうと画策してやったことが、結果的に殺人事件のアリバイになるなんて皮肉なものだ。

「状況から、犯人は『三発目の発砲時に東棟にいた人間』に絞り込まれます。……警報ベルが鳴ってリビングルームに駆けつけてきた時、広瀬さんは東棟とつながっている温室からリビングに入ってきましたよね？　その他の皆さんは全員が西棟の廊下からリビングに入ってきたのに」

つまり、『三発目の発砲時に東棟にいた人間』は広瀬しかいないということだ。

そう指摘されても、広瀬は肩をすくめただけだった。

「おっしゃる通り、僕は東棟にいました。もう隠しても仕方ないから言ってしまいますけど、一階のバーカウンターで社長の酒のコレクションを盗み飲みしてたんです」

私はハッとした。

「そういえば、あの時の広瀬さんはアルコール臭かったですね」

広瀬はヤケになったように笑い出す。

「秘書を長年務めてきましたが、給料は上がらないし法律違反のこともやらされるし、近いうちに退職願いを出そうと思っていたんです。で、もう辞めるんだしどうにでもなれと思って……お酒のコレクションルームに行ったのが午前零時五十三分ごろだったな。それから警報ベルが鳴るまで一人で飲み放題をやってました」

盗人猛々《ぬすっとたけだけ》しい言葉に、夕子が般若《はんにゃ》のような形相《ぎょうそう》になる。

「ちょっと！　この間うちが独占してる宝石の産地に関する情報が他社に流出していることが分かったんだけど……それにもあんたが関わってたんじゃないでしょうね。まさか、そのことがバレたから主人を手にかけたの？」

やましいことがあるのか広瀬は顔面を蒼白《そうはく》にしたが、すぐに言い返した。

「そ、そっちこそ、波多野六彦の妻という立場を得るために随分と汚いこともやったという噂じゃないですか。それが今では社長に捨てられそうになって、このままじゃ遺産がもらえなくなると焦ってた癖《くせ》に！」

醜《みにく》い舌戦に、今度は杉が嬉々《きき》として加わってきた。

「六彦さんの前の奥さんは四年前に事故死したと聞いてるけど……まさか、あんたが妻の座を手に入れるために何かやった訳じゃないのよね？」

杉の言葉に私は背筋が寒くなった。

彼女の言ったことが事実かは知らない。そんなことより……前妻の実子である弘一と浩二の前で、こんな話をはじめた神経が信じられなかったのだ。

案の定、兄弟はものすごい顔になって杉を見つめていたが、彼女はそれにすら気づかずに夕子と激しい睨《にら》みあいを繰り広げていた。

突然、広瀬が腹を抱《かか》えて笑い出す。

「何言ってるんですか、杉さんだって社長の金が目当てでしょうが！　いや、奥さまより性質《たち》が悪いか……。あなたは社長に鉱山の儲《もう》け話を持ち込んで出資させてましたけど、ぶっちゃけ、あれって詐欺《さぎ》ですよね？」

夕子もこの言葉に勢いを得たように唾《つば》を飛ばしながら喚《わめ》き出す。

「このアバズレ！　主人に詐欺だと気づかれたから、訴えられる前に口封じをしたの？　それとも、早くも主人に捨てられそうになった？」

繰り返される悪意の応酬に、私でさえ吐き気がした。

とはいえ、こんなことで時間を無駄にする訳にはいかない。私は三人の間に割り込んだ。

「ちょっと、想像で動機を探してぶつけ合うのは止めましょう！　動機が一番強い人が『優勝』で犯人だと確定する訳でもないんですから」

ようやく室内に静けさが戻ってきた。私は改めて言葉を継ぐ。

「今、重要なのは『三発目の発砲時に東棟にいた人間』が広瀬さんだけということです。犯行が可能だった人間が物理的に一人に絞り込まれた訳ですから……」

突然、広瀬が憐《あわ》れむような視線を私に向けてきた。

「あのねぇ。卯月さんは封谷館について、一つご存じないことがあるんですよ」

「ど、どういう意味ですか」

「確かに、監視カメラに映らずに西棟から東棟に移動しようとしたら、リビングを抜けて温室内を経由するルートしかありません。でも……東棟から西棟に向かう場合は話が違う。温室内を通らずとも監視カメラに映らずにすむルートが、一つだけあるんですよ」

封谷館の全体図を思い浮かべた私はハッとした。

「まさか、温室屋根を使うルートですか！」

「そう。温室屋根は東側が三階の床相当の高さなのに対し、西側は二階の床相当の高さしかありません。東西で強い勾配《こうばい》があるから、西から東に屋根の上を登ることは不可能です。でも……東から西に向かう場合は、滑り台の要領で一気に移動できるんですよ」


私は広瀬と嫌がる夕子を伴って、東棟の三階にある備品室に向かった。

この部屋の窓には格子がなかったので、三階の他の部屋と違って温室屋根の東端に出られるようになっていた。ここから温室屋根の上を滑り下りれば、西棟の二階にある倉庫の窓から西棟に入ることができるらしい。

備品室の窓の鍵は開いていた。

——酒井の閉め忘れか、犯人が実際にここを滑ったのか……どっちだろう?

私は見える範囲で念入りにガラス屋根を調べた。

もう辺りも明るくなっていたので、屋根にヒビや凹《へこ》みがないことはすぐに分かった。ただ……誰かが滑った形跡があるかは、明け方に来た通り雨のせいで確認ができなくなってしまっていた。

「この屋根は骨組みもそれほど強そうなものではないですよね。……本当に人の体重を支えられるんですか」

夕子は返事するのも大儀そうに答えた。

「この屋根を壊さずに移動できるのは、体重が軽い人だけよ。実際、これまでに何人も温室屋根に上がってガラスを割ったりフレームを曲げてしまったわ。ここにいる広瀬さんもその一人だけど」

広瀬はニコニコ笑い出す。

「ああ、五年前の前の奥さまがご健在だった頃の話ですね？　そうか、あの頃にはもう奥さまは愛人として封谷館に入り浸っていたんでしたか」

歴史は繰り返すというが、夕子は自分がかつてやったことを杉にやり返されているらしい。

夕子は安っぽい挑発には乗らずに呟いた。

「そう……あの時は、温室の屋根にビニール袋が引っ掛かったのよね」

何でも、当時まだ小さかった弘一が親に黙ってビニール袋を取ろうと屋根の上を滑ったところ、その音で気づかれて怒られたらしい。

その後、小柄で体重も軽かった弘一の母親が屋根を何度か滑ったが、ビニール袋を取ることはできなかった。……そして、広瀬が手助けしようとして、自身の体重でガラスにヒビを入れてしまったのだという。

その後、ガラスを弁償させられたという広瀬は哀《かな》しげに続けた。

「五年前には私も痩《や》せていて、体重も五二キロほどしかなかったのですが……それでもガラスは耐えてくれませんでした」

五二キロといえば、一六五センチある私より軽いくらいだ。私の弟は平均的な体格だったが、高校一年生の時にはその体重を軽く超えていた記憶がある。

「それだと、かなり小柄な女性か、男性の場合はせいぜい中学生……いや、十二、三歳までの子供でないと、屋根を壊さずに移動するのは無理そうですね」

そう問いかけると、夕子は肩をすくめた。

「過去には体重が五〇キロの人でもダメだったことがあるから、そんなものでしょうね」

私は唇を湿らせてから更に問う。

「ところで……この温室屋根が移動手段として使えることは、杉花江さんもご存じだったんですか？」

広瀬と夕子はしばらく考えるようだったが、やがて二人とも頷いた。

「知っていたはずです」

「あのアバズレが滞在していた時に、玩具《おもちゃ》を追いかけた浩二が屋根の上を滑ったことがあったもの。あのガラス屋根、滑ると結構賑やかな音がするのよね。その音で主人にバレて浩二はめちゃくちゃ叱《しか》られ、その場にあのアバズレも居合わせていた」

これはかなり重要な情報だった。

「滑るとそれだけ大きな音がするということは、昨夜から今朝にかけて誰にも気づかれずに温室屋根を滑って移動しようと思ったら……」

すかさず広瀬が断言した。

「警報ベルが鳴っている間に、その音に便乗して滑りでもしない限りは無理ですね」

続いて、私たちは西棟二階の倉庫に向かった。

この部屋は温室屋根の滑り台の下側にあたる場所だ。倉庫の窓もやはり鍵はかかっていなかったし、窓から分かる範囲では……温室屋根にはヒビなどの損傷もなかった。

窓の外に首を出してみると、温室屋根の最も低くなっている部分に小さな黒い水たまりができているのが目に入った。位置的には、倉庫から見て右側……滑り台のように下りてきた人から見ると左側だった。

——なるほど、ガラス屋根の排水が上手《うま》くいっていない部分があるのね。だから、ここに砂や泥が集まってくるんだ。

その間にも、広瀬はまだアルコールの残る息で喋《しゃべ》り続ける。

「社長は小柄で痩せた女性が好きだったんです。だから、今の奥さまも杉さんも身長が一五〇センチくらいで痩せた体型をしているでしょう？　……そういえば、前の奥さまは体重が四〇キロなかったと思いますが、夕子奥さまも杉さんも同じくらいですよねぇ」

彼は普段なら絶対に口にできないようなことをベラベラと垂れ流し続けていた。もはや、自分以外に容疑者を増やすためなら手段を選ぶ気がないらしい。

私は深くため息をついた。

——何にせよ、温室屋根を傷つけずに移動できるくらい体重が軽い人が封谷館にたくさんいるのは間違いないみたいね。

これでは犯行後に西棟にいるのが確認できていても、犯行が不可能だったと言い切れなくなってしまう。容疑者の絞り込みはイチからやり直しだった。

浩二の部屋に戻ったところで、私は覚悟を決めた。

これまでは盗みのためにリビングルームに隠れていた時に見聞きしたことについては黙っておくつもりだったのだが……容疑者を絞り込むために、やむを得ない。

私は大きく息を吸ってから口を開いた。

「一つ、お話ししておかなければならないことが。……実は、午前零時五十七分ごろから警報ベルを鳴らして広瀬さんに発見されるまで、私はずっと西棟のリビングにいたんです」

今回ばかりは全員が「は？」という顔になった。杉だけはすぐに何かに思い当たった様子で言う。

「そういえば、私がベランダで煙草を吸って戻ってきた時に廊下で会ったわね。もしかして、その後でリビングルームに直行したの？」

私は頷き、絵を盗もうとしていた部分だけ誤魔化しながら話しはじめた。

「私は敢えて照明をつけずにリビングの窓から景色を楽しんでいたんです。そうしたら、午前一時に第一の銃声が聞こえました。問題は……更にその数分後に、『何者か』が廊下からリビングに入って温室へ抜けていったことです」

弘一が大きく目を見開く。

「第一の銃声といえば、親父が西棟で撃たれた時の音じゃないか！　その後、第二の銃声がする前に西棟から温室に出た人がいたとしたら……」

私は重々しく頷いた。

「ええ、この事件の犯人だと思います」

部屋を沈黙が包んだ。私は素直に犯人と思われる人間の顔や姿は一切見ていないことを伝え、あの時に聞いた、『何者か』が立てた躓き蹴飛ばした音について説明した。

それを聞いた浩二が不思議そうに小首を傾《かし》げる。

「誰かが部屋に入ってきたなら、どうしてその人に話しかけなかったの?」

「申し訳ありません。……夜中に勝手に出歩いていることが知れたら叱責《しっせき》を受けると思ったんです。だから、反射的にソファの陰に隠れてしまいました」

上手い言い訳ではない。だが、私にはリビングルームで警報装置に引っかかったという、アリバイがあった。それが効いているのか、誰からもそれ以上の追及はなかった。

私は改めて広瀬に視線を向ける。

「先ほど、あなたは東棟一階にあるバーカウンターで酒を盗み飲みしていたと言っていましたよね。その時、何か見ませんでしたか?」

これこそ、私がこの話をした目的の一つだった。広瀬が犯人の場合は嘘をつくだろうが、それでも失言をしてくれればそれでよかったし、新しい情報が得られる可能性も高い。

だが、彼はしれっとこう答えただけだった。

「僕も盗み飲みがバレると思って隠れたから、何も見てませんよ。速足でコツコツいう足音を聞いたくらいで」

読者への挑戦

——波多野六彦と酒井和樹《かずき》を殺害したのは誰か？

真相を看破するために必要な材料は、皆さまの前に全て揃《そろ》っています。もちろん、犯人は『登場人物』の一覧に名前がある一人です。

卯月香帆《かほ》が五感を駆使して得たあらゆる情報を論理的に分析すれば……たった一つの答えにたどり着くことでしょう。どうか、直感ではなく推理によって謎を解き明かして下さい。ただし、一見正しく見えるものでも真相とは限りませんので、ゆめゆめご油断はなさらぬように……。

皆さまのご武運とご健闘をお祈りいたします。

解答編はP279へ

我孫子武丸

第二章　ホワイダニット

問題編

幼すぎる目撃者

1

つい数日前に東京でも大雪の降った、二月上旬。橋谷薫《はしたにかおる》はモニター上のまだ何も書き込まれていない報告書フォーマットを睨《にら》みつけながら呻吟《しんぎん》していた。〝作文〟は苦手ではないが、事件を追体験することになるので、手が止まってしまう報告書というものはどうしてもある。

「橋谷さん」

後ろから声をかけられて振り向き、杉並《すぎなみ》警察署生活安全課の課長である星野太一《ほしのたいち》の顔を見つけてほっとした。少しでも目の前のこの苦行から解放される口実があるならいくらでも飛びつきたい。強面《こわもて》だらけの刑事達の中で、ここの課長は飛び抜けて腰の低い紳士で、女子受けもよかった。コロナ禍初期からきっちり不織布マスクを欠かしたことのない慎重派だ。

「はい。何でしょうか」

何であろうと聞きますよ、という勢いで椅子《いす》を回して立ち上がる。

「いえね、一昨日《おととい》の殺し」

「えー」

課長の言葉を聞いて一瞬で解放感は失《う》せ、もう既に薫は椅子に腰を戻している。

「まだ何も言ってないでしょう」

「いや、だって……」

一昨日の事件は昨日一日大きくマスコミでも報道されたが、その前から署内のあちこちから噂《うわさ》が飛び込んできていた。

すわ、猟奇殺人事件発生か、と思わせるような「男性が自宅で包丁で全身を刺され死亡。その場に留まっていた被疑者は確保」という第一報に署内全体が一旦《いったん》ざわつき、その後ややトーンダウンしたものの、二十代女性が自宅で自分の夫を刺し殺したようだ、現場にはまだ幼《おさな》い子供もいていつまでも泣き喚《わめ》いていたようだ、と聞くと何ともやりきれない。こんな職業でなければニュースからも耳を塞《ふさ》いでいたい類《たぐ》いの事件だ。

正確なところ何があったのかまだ分からないが、自分は別の事件（の報告書を書くという大事な仕事）があるし、そもそも生活安全課なので関《かか》わることはないと安心しきっていた。

「変な心配しなくていいんですよ。誰もあなたに現場に行けとか被疑者の取り調べしろなんて言いやしないから。そうじゃなくて、子守なんですよ、子守。こっちに誰かいいのいないかと聞かれたんで、ちょうどいいのがいますって」

「子守……ですか？」

「ええ。聞いてるでしょ。現場には四歳の長男がいたんです。もちろんショックを受けてるだろうし、まともな話は聞けなくてもしょうがないんだけど。でも被疑者もまだ放心状態らしくて詳しいことは何も分からないって。裁判で証言することもないでしょうから、そんなかっちりした取り調べをしろって話じゃないんです。あなた、取ったんですよね、チャイルドカウンセラーの資格」

生活安全課に配属されてから、少年や女性の犯罪者、被害者と接する機会が増え、少しは何かの役に立つかと勉強を始めたら、他《ほか》ならぬこの星野にハッパをかけられたこともあり、チャイルドカウンセラーの資格を一応取りはしたのだ。

「あ、はい。でも、あんな通信講座でちょっと勉強しただけで、どれくらい役に立つのかは……」

「通信でも何でも資格は資格でしょうが。さっきも言いましたが誰も重要な証言だの証拠だの期待してるわけじゃありません。こう言っちゃなんですが、『資格を持ってる女性警官が優しく聞き取りを行《おこ》ないました』って、事実が欲しいんです。無理矢理に喋《しゃべ》らせる必要なんてないですよ。間違っても、警察は怖いところだなんてトラウマを植え付けるような真似《まね》だけは勘弁です」

確かに、このフロアにいるような男性刑事達に、恐ろしい事件に遭ったばかりの幼児の相手を任せられるかと言えば、無理だろう。そして――と周囲を見回してみても、元々数少ない女性は刑事ではなく事務職員ばかりしか今は残っていない。この課長なら、と思わないでもないが、もちろん課長を貸し出すわけにはいかない。

薫とて四歳というのは滅多《めった》に接することもない年齢だが、自分がやるしかないようだと覚悟を決めた。

「分かりました。――こないだの少女……強姦《ごうかん》事件の報告書は、あとでもいいですよね？」

2

捜査係に行けと言われて赴《おもむ》くと誰もおらず、突っ立っている薫に目をくれるものもいない。

「生活安全課の方……ですか？」

か細い声が耳元で聞こえて振り向くと、ヤクザかプロレスラーみたいな坊主頭《ぼうず》でサングラスを掛けた大男が覆《おお》い被《かぶ》さるように立っている。慌てて後ずさったのでデスクにお尻《しり》をぶつけてしまい、山と積まれたファイルを崩しそうになった。百七十センチの薫より頭一つ分以上大きいので百九十近いのかもしれない。

「はいっ……そうです、が」

「あ、すみませんすみません。びっくりしますよね」

男も申し訳なさそうに後ろへ下がる。マスクにサングラスではあるものの、見覚えのある強行犯係の刑事だとようやく分かった。

「協力をお願いしました強行犯捜査係の綿貫《わたぬき》と言います。子供の話を聞きに行きたいんですけど、お前は絶対ダメだと言われてまして」

「でしょうね」

思わず強く頷《うなず》いてしまい、慌ててフォローを試みる。

「あ、いやそのつまり……」

「いいんですいいんです。怖がられるのには慣れてますから」

そう思うのならせめてサングラスを外せばいいのに、と薫は思った。

「今から警察病院に行くんですけど、とりあえず概要だけ摑《つか》んでおいていただけますか。何を聞けばいいか分かると思いますので」

「はあ……」

休憩用に使っているらしいボロボロのソファに案内されて座ると、綿貫はその向かいに空いている椅子を転がしてきて腰を下ろす。ただでさえ見下ろされる立場なのに、闘牛の牛に睨まれているようだった。写真を渡されて見てみると、にっこり笑っている夫婦とその間に立つ幼稚園児が幼稚園の門らしきところで並んで写っていた。聞いた子供の年齢からすると去年の春のものだろうか。

「被害者の皆川遙人《みながわはると》さんと被疑者で妻の清美《きよみ》。そして長男の昴《すばる》くんです」

綿貫は囁《ささや》くように喋るので、写真に目を落としたまま声に集中していると、威圧感は感じずに済むと分かった。

「通報は、マンションの一室から飛び出してきた子供に呼ばれた、お隣の住人の方からでした。一昨日の午後一時頃のことです。子供は怯《おび》えて口も利けない様子だけれど、何だか血がついている。少し前には家の中から争うような声と悲鳴のようなものも聞こえていたので、怖くて中には入れない、と。それで警官が向かったところ、そのお宅のご主人、皆川遙人さんの刺殺されたご遺体と傍《かたわ》らで包丁を握りしめて放心していた被疑者、皆川清美を発見。その場で緊急逮捕しました。その後の捜査でも彼女が夫を殺害したのだろうことは疑う余地はありません」

ある程度は知っていたが、改めてそう淡々と経緯を話されるとかえって陰惨で怖い。

「ところが、今のところ近所や親戚《しんせき》、知人の話からは夫婦に何か問題があった様子はないんです。いたって仲の良い幸せそうな家族だった、と皆さん口を揃《そろ》えておっしゃるんですね」

夫婦の間のことはなかなか他人には分かりにくいものなのだろう。

「……そして、何より気を遣わざるを得ないのが、被疑者は第二子を妊娠中で、臨月なんですよ。いつ産まれてもおかしくないような状態で」

薫は臨月の妊婦が包丁をかざす光景を想像してぞっとした。なぜとは分からないが、余計に怖い。妊婦というものには慈愛に満ちた表情でいてほしいものだからだろうか。

「それはまた、何と言ってよいやら……聴取も難しそうですね」

「そうなんです。そんなわけで警察病院の方に入院させて、診察を受けさせつつ合間に聴取、というような有様《ありさま》で。子供の方も、近くの病室で診察してもらっています。外傷は特にないようなのですが、何しろショックが大きいでしょうから、こちらも慎重に取り扱わないと……おまけに面倒を見てくれそうな親しい親族がみんな遠方でしてね。そろそろ誰か来てくれると思うんですが」

東京中野《なかの》にある東京警察病院は、その言葉の響きとは異なり別に警察関係者、犯罪被害者、被疑者等だけが利用する場所ではなく一般の診察も受け付けている。しかし特に杉並署は距離的に近いこともあって何かと利用させてもらうことが多いのは確かだ。今回のような特殊なケースでは誠に重宝する。新型コロナウイルスの感染拡大以来どこの病院でも個室の確保が難しい昨今だから、特に病気でもない人間のために二部屋用意してもらうのはかなり無理を言ったのかも知れない。あくまで緊急措置だろう。

「長男の昴くんはもうすぐ五歳。幼稚園の年中組です。元々活発で、よく遊びお友達も多い子だ……という話ですが、保護直後は放心したり泣き喚いたりと手こずり、まともな話はまだ何も聞き出せていないようなんです。そしてどうも我々のような男性刑事は近づくことさえできないようで。今は、地域課などの女性に何度か様子を見てもらっていますが、まだほんとに子守しかできていない様子で。あなたはチャイルドカウンセラーの資格をお持ちだそうですね」

「え、いえ、わたしも決してそんな大したものじゃなくて、ただ子守をすればいいと言われたんですが……」

「ああすみません、プレッシャーをかけるつもりはないんです。もちろん無理に証言を引き出すなんてことは求めてません。しかしどうにも状況が状況なので、少しでも手がかりをつかめればと」

確かに、被疑者ははっきりしていても本人に強く供述を求められず、動機がまるで分からないままでは送検もできないだろう。たとえ想像でも何らかの「シナリオ」が欲しいはずだ。

「今からよろしければ一緒に行ってもらえますか？　わたしは直接話さない方がいいと思いますので、基本お任せします」

こうして話してみるといたって腰の低い温和な人らしいと分かるけれど、この見た目の大男が黙って後ろに立っていたらかえってその方が怖いのではないかと思ったが、そのことは言わないでおいた。万が一子供が泣き出したら出て行ってくれるだろう。

「分かりました。できる限りのことはしてみます」

歩けないこともない距離だが、正午過ぎ、綿貫の運転する車で警察病院に向かった。

空は晴れているが、先日の大雪の名残《なごり》がまだビルの日陰《ひかげ》に残り、空気はきんと冷やされているようだ。歩道には残った雪が踏み固められてできた氷のように滑《すべ》りやすい個所《かしょ》がちらほら残っている。普通の革靴を履いている らしい人々は恐る恐る歩いたり避けたりしている。もっと雪の残っていた昨日の通勤時は、実際何人か転んでいる人を見たものだ。

二重になった扉と扉の間で二人とも念入りに消毒液で手を消毒し、マスクがずれていないか確認して中に入る。

杉並署に来てまだ三年だが、それでも何度か仕事でも私用でも訪れるので広い警察病院内のマップは頭に入っている。入院病棟へのエレベーターに乗り、ナースステーションに辿《たど》り着《つ》くと白髪の女医が外に出て周囲を見回していた。

「すみません。箕輪《みのわ》先生、ですか？ 杉並署の綿貫と申します」

ニコッと笑って振り向いた医師の顔が、綿貫の顔を見た途端、リモート会議でフリーズしたみたいに硬直したのがマスクをしていても分かる。

「あ、同じく杉並署の橋谷です。昴くんへの聴取はわたくしが行ないます」

薫は慌てて前へ出てフォローするように言った。ちらりと隣の綿貫を見るとしょんぼりした様子で落ち込んでいるように見える。

「……そうですか。いずれにしましても、少し落ち着いたとはいえ、非常にセンシティブな状態と思われるので、極力手短かに、静かにお話し願えればと思います。……大丈夫ですよね？」

「はい、あの、もちろんです。そのようにいたします」

箕輪医師について歩いて行き、通路の突き当たりになる角部屋らしき個室に着いた。チラチラと綿貫の方を気にしているようだったので、薫は気を利かせて、「わたしがまず先に入って話を聞いてみますね」と綿貫を押しとどめた。さすがに出しゃばりすぎかと思いきや、医師も綿貫もほっとした様子だったので問題なかったようだ。

「ここに待機しておりますので、必要があれば声をかけてください」と綿貫。

薫は医師の後に続いて入りながら、慌ててバッグの中のボイスレコーダーのスイッチをオンにする。通常の聴取なら録音していることを告げる必要があるが、今回はいいだろう。どのみち証拠にする必要はないはずだ。

個室内は暖かく、光に溢《あふ》れていて、そこだけにもう春が来たかと思うような明るさだった。しかし、ベッドの上の少年の周囲だけが陰《かげ》になっているみたいに暗く思えた。まだ五歳にもならないはずなのに、頬《ほお》がこけているせいか妙に大人びて見える。

「昴くん。こんにちは。今日は具合はどう？　お昼ご飯、食べたくなかった？」

見ると、足下まで下げられたベッドテーブルには手つかずのご飯とおかずが残されたトレーが載っていた。フルーツミックスらしき紙パックだけはストローが刺さっているから飲んだのだろう。

声をかけられた少年は何か返事をしかけたようだったが、医師でも看護師でもない人間——もちろん薫だ——がいることに気づくと、上掛け毛布を被《かぶ》って潜り込んでしまった。

「今日はね、昴くんにまた少しお話を聞きたいって人が来てるんだけど……優しいお姉さんだから、怖がらなくていいよ？」

箕輪医師が言うと、少年はちらっと上掛けをめくって眼だけ覗《のぞ》かせる。しばらく品定めするようにこちらを見つめるので、薫は軽く笑みを浮かべてみた。マスク越しではどれくらい伝わっているのか自信はないが。

「だれ？」

「……杉並警察署の、橋谷薫と言います。少しだけお話聞かせてもらってもいいかな？」

大人に対するようにすればいいのか子供扱いしていいのかまだ判断に迷う。

「警察署……またお巡りさん？」

「そうです」

「ママどこ？　パパは？」

責めるような口調だ。

「お母さんは……ママは……この病院にいるよ」

どこまで教えていいのか分からなかったが、嘘《うそ》はつきたくない。昴は上掛けから頭を出した。利発そうな少年だ。眼にはまだ輝きがある。心が壊れてしまってはいない。

「ほんと？　ママ、病気なの？」

「病気……じゃないと思う」

心の病気かもしれないけどね、という言葉は飲み込む。

「でもね、赤ちゃんが生まれるでしょう。だからお医者さんに診てもらわないとなの。……座ってても、いい？」

薫は許可を求めてから様子を窺《うかが》ったが、嫌だとは言わなかったのでパイプ椅子に腰掛けた。

マスク越しでは余計に話しづらいから取ってしまおうかと思ったとき、昴はベッドから身を起こし、枕元《まくらもと》に置いていたらしい子供用の不織布マスクを取って着けた。

「昴くん、マスクするんだ。偉いね」

「ママがね、人とお話するときはきちんとマスクしなさいって。いつも言ってた」

それでは薫も外すわけにはいかない。でもこうやって話してくれる気になったことが喜ばしい。

しかし突然昴は首を大きく捻《ひね》り始め、「あれー、あれー」と何かを不思議がっている。

「どうかした？」

「ママ帰ってきたときね、マスクしてなかった」

突然何を言い出したのか分からなかったが、事件の日の話かも知れないと気づき、慎重に言い回しを考えながら質問した。

「それはいつの話？　おととい？　昨日の、そのまた昨日？」

頷いたように見えた。

「それからね、ママぼくのこと突き飛ばした。転んで痛かった。でもママ……ママ、パパを……」

突然一度に思い出したのか顔を歪《ゆが》め、泣き始める。

「そんなこと、これまでにもあった？　その……ママは昴くんを突き飛ばしたりしたことあった？」

「ない！　ママはそんなことしない！　あれはママじゃない！」

マスクと泣いているせいで言葉が聞き取りにくい。

犯行日、皆川清美はどこかから帰ってきて、その時点でもう正気ではなかった、ということだろうか。メモを取りたかったが何となく今のこの流れを乱したくなくて頭の中にだけ刻みつける。ちゃんと聞き取れるよう録音できていればいいけれど。

「怖かったね。でももうママは落ち着いてるからね。妊婦さんはね、時々不安定になるの。赤ちゃんを産むのは大変だから。ママ、お腹《なか》大きくなってたでしょう。あそこにね、赤ちゃんがいるの」

「知ってる！　妹だよ！　妹ができるの！　スピカちゃん！」

今泣いていたように思ったが、ぱっと顔を明るくしてそう叫ぶ。

スピカちゃん……？　今どきはそういう名前があってもおかしくないか。確か星の名にそういうのがあったような。しかし、産まれる前から名前までつけていたというのにこんなことになってしまい、一体この子達はどうなるのだろうと暗澹《あんたん》たる気分になった。

「知ってる？　おとめ座の一等星！　スピカちゃん！　……スピカちゃんは、大丈夫？　産まれてくる？」

「お医者さんがついてるからね。きっと大丈夫だよ」

「ママ、すごく心配してた。パパと……パパと喧嘩《けんか》したときも……」

再び言葉が乱れ、顔が歪む。明らかに恐ろしい光景を思い出している。「喧嘩」というのが今回の犯行を指しているのかもしれない。

「ママとパパはよく喧嘩した？」

「しない！　ママもパパも喧嘩しない！　人をぶったりしちゃダメよって。ぼくがね、ケントくんをぶったときにね、ぜったいぜったい人をぶったりしないでって、約束したの。ママはパパをぶったりしない……ママじゃない……」

　この子自身だって気になっているはずだ。思い出させたくはないが、現に今こうやって思い出している。もう少し、肝心な点を聞き出さないと。

「おととい、ママは一人で出かけてたの？　どこに出かけてたか知ってる？」

　彼は頷いて答えた。

「ケンシン」

　ケンシン……健診か。産婦人科に行っていたのだろう。恐らく彼女の足取りは調べられただろうから既に分かっているに違いないが、もしかしたら抜けていることもあるかもしれない。綿貫がドアの陰で聞いていてくれればいいが。

「そう。赤ちゃんを診てもらいに行ってたんだね。何時くらいに——いつ帰ってきたか覚えてる？　お昼ご飯を食べた後か、食べる前か、とか」

「んー……ママがお迎えに来れないから、パパが来たの。それからお家《うち》に帰って、お昼ご飯食べた。すっごく寒かったからパパが鍋焼《なべや》きうどん作ってくれた。熱々のをふうふうして食べたら火傷《やけど》した」

　よし。通報は午後一時頃のはずだから、辻褄《つじつま》は合う。普段は母親が迎えに行く幼稚園に、父親は仕事を休んでか、あるいは育休を取っているのか、とにかく迎えに行った。寒い中家に戻り、父親は慣れないせいか、幼児には熱すぎる昼ご飯を作った。何とも心温まる風景だ。とてもその後の惨劇を予想させるものはない。

「おうどん食べた後、どれくらいしてママが帰ってきた？」

「……少し」

「何時だったか分かる？　時計の見方はもう習った？」

「時計分かるよ！　数字の時計も針の時計も分かるよ。どっちも持ってるもん」

「そう。凄《すご》いね。じゃあ、おうどん食べたのが何時で、ママが帰ってきたのが何時か、分かるかな？」

黙ったまま首を横に振った。見ていたとしてもそこまでは覚えていられないか。

「んーと、おうどん食べてから、何かした？　パパと遊んだ？」

「遊んだ！　ゴルフした。マリオのゴルフ」

テレビゲームのようだ。

「そう。どっちが勝ったのかな？」

「……途中でママが帰ってきたから……」

一ゲーム終える間もなく帰ってきて、中断されたということか。三十分とは経《た》っていないのではないだろうか。

「ママが帰ってきたから、昴くんは玄関にお迎えに行ったの？」

昴はしかつめらしく眉《まゆ》を顰《ひそ》めて考え込み、答えた。

「……パパがね、ぼくの番のときに玄関に行ったの。誰か来たって」

「ピンポン鳴った？」

「ピンポン鳴らない」

「ママは、いつも帰ってくるときピンポン鳴らす？」

「鳴らす！　ママはね、パパがいないときでもピンポン鳴らすの。なんかね……なんだっけな……とにかくもし昴が一人で帰ってきて、鍵《かぎ》持ってても必ず一回ピンポン鳴らしなさいって。そんなことまだないけど」

チャイムを鳴らせば、中に人がいるように見える。後をつけて押し入るようなことを考えている犯罪者には手軽で効果がある方法かもしれない。子供も鍵っ子になったらそうしろということだろうか。かなり慎重に思えるが、何か気にする理由があったのかもしれない。ストーカーとか？

「パパが迎えに行ったんだね？　それから？」

「なんか怖い声聞こえて、パパとママ入ってきた。ママすごい声で怒《ど》鳴《な》ってた。怖くてママのとこに行った。やめてって。そしたら……どんって……びっくりした」

再び涙声。

これが「突き飛ばされた」ということだろう。

「……それから？」

いよいよ危険な領域のように思えるが、話せるのなら話してもらわなければならない。

「ママがダイドコに行って……パパもママも怒鳴って……何度も何度もママがパパをぶって

た。赤いジュースがいっぱいこぼれて……とにかくやめて欲しくて、お隣のおばさんのとこに行ったの」

彼女が包丁を手にしているのはよく見えなかったのだろうか。「ぶった」というのはおそらく突き刺していたのに違いない。

分からないが、分かった。とにかく皆川清美は、帰宅するなり夫を殺した。時間的に考えてもそういうことなのだろう。突然の狂気かもう少し納得できる理由があるのか分からないが、それは彼女が産科の健診に行って帰ってくるまでの間に発生した。チャイムも鳴らさず入ってきたのは、既にもう普通の状態ではなかったからだろう。夫を殺す、そう決意して入ってきたように思える。健診で何かありえないような事実が分かった、とか？

ずっと黙って二人の様子を見ていた箕輪医師が久しぶりに口を開いた。

「どうですか。もう充分なんじゃありません？　これ以上この子に話せることがあるようにも思えませんし」

「あ、はい。そう……ですね。――昴くん。怖いこと思い出させちゃってごめんね」

「ううん。ママのとこに行ってもいい？　パパもそこにいる？」

父親が死んだとはまだ分かっていないようだ。母親が殺人者になったことも。いくら何でもそれを伝える役まで引き受けたつもりはなかった。

「ごめんね。ママにはまだ会えないの。もう少し我慢してて。そしたらお祖父《じい》ちゃんかお祖母《ばあ》ちゃんか、きっと迎えにきてくれるからね」

「いや！　ママがいい！」

どちらの親戚も近所にいないのであれば滅多に会うこともないのだろう。もしかすると折り合いがよくないのかもしれない。それが犯行のきっかけになった、ということもありうるだろうか。いや、近くにいるからこそ色々な問題が起きるのか。遠方の親戚は関係ない……？

「さっきも言ったけど、ママは赤ちゃん産まなきゃいけないでしょう？　ちゃんと産まれるまではすごく大事にしてあげないといけないの。だからお医者さんがいいよって言うまで我慢してね」

「……分かった。でもパパは？」

何となく誤魔化されてくれるかなと思ったが無理だった。何か言わねばならない。

「パパはね、ママとの喧嘩ですごく大怪我《おおけが》をしちゃったの。だから、しばらくは昴くんには会えないし、ママにも会えないの」

そう言って箕輪医師をちらりと見ると微《かす》かに頷いたので、どうやら今のところまだその程度の説明しかしていないのだと分かった。余計なことを言わなくてよかった。

「スピカちゃんが無事に生まれたら、昴くんはお兄ちゃんになるよ。それまでもう少し、一人で待っててあげられるよね？」

昴は神妙な顔つきでこくりと頷く。

「偉いね。──色々話してくれてありがとう。じゃあね」

またね、と言っていいものかどうか分からなかったのでそれだけで部屋を出る。医師は続けて問診のようなことを行なうらしく、薫が腰掛けていた椅子に座って話を始めていた。

薫は戸口で軽く二人に頭を下げ、外へ出た。少し離れたところで電話をしている綿貫の背中が見える。

「……はい……はい……そうです……はい、分かりました」

電話を終えた綿貫は振り向いて薫の方へずんずんと近寄ると頭を深く下げる。

「ありがとうございます。おかげで助かりました。我々にはやはりちょっとあいうのは難しいようで……」

「大体聞こえてらっしゃいましたか？　被疑者が産科健診に行った前後がポイントのようですけど……」

「もちろん、聞き込みに行かせました。通ったと思われる経路沿いはローラーで当たらせます。被疑者の聴取に当たってるものにも伝えました」

犯人ははっきりしていてもう逮捕されているというのに、それでもこんなにたくさんの刑事が裏取りをしなければならない。改めて大変な仕事だと思う。

「そうですか。それではわたしはお役御免ってことで、よろしいですか」

重大事件とあってかなり緊張していたのだろう、どっと疲労感が押し寄せてきていた。昴くんと赤ちゃんの行く末は心配だが、こればかりはもう自分がどうにかできる話ではないし、事件の真相を突き止めるのも任ではない。

「……あ、あの……もしよければ、なんですけど。お昼をその……ご馳走《ちそう》させてください。いえ、わたしのポケットマネーじゃないです。課長が『丁重におもてなししてこい』と言うものですから。協力していただいたお礼です」

同じ署内なのだからそんな気を遣う必要もないだろうにと思いつつ、ちょうどお腹が空いていたこともあり、断わる理由は何もなかった。

「……じゃあ甘えさせていただきます」

3

「すぐそこにちょうどいい店があるので」と言われ、黙って十分ほど歩かされた後に辿り着いたのは、鄙《ひな》びた様子の蕎麦屋《そばや》だった。ガタつく格子戸を開けて中へ入ると、まだ一時を過ぎたばかりなのに客の姿はほとんど見当たらない。

「奥、いいですか？」

勝手知ったる様子で綿貫が座って新聞を読んでいる主人らしき男に声をかけると、「ああ、空いてるよ」とちらりと見ただけで返事する。綿貫の容姿を見て驚かないということは常連なのだろう。

「奥」というのは、店内の奥、障子《しょうじ》で仕切られたお座敷《ざしき》だった。

「せいろ二枚、お願いします」

まだ腰をおろしもしないうちから、綿貫は注文をする。薫はまだ何があるかも見ていなかったのだが、それがオススメならそれでもいいかと黙っていると、

「橋谷さんは、どうなさいますか。やっぱり温かいものの方がいいですか」と聞いてきたのでようやく彼が一人で二つ食べるのだと気づいた。

「ああ……じゃあわたしもせいろで」

「せいろもう一枚と、かき揚げも二つ。あ、すみません。かき揚げも美味《おい》しいのでどうぞ。もし食べられないようなら残しちゃってください」

「はあ」

しばらく会話が途切れた。お互い何を話していいのか分からず、凍《こお》りついたように静止している。

「あの……」

「えっと……」

「あ、すみません。どうぞ」

綿貫に促《うなが》され、仕方なく先に切り出す。

「……何かお話があるんでしょう？」

「……分かりますか」

「分かりますよ。こんなところに連れてきて。人に聞かれたくない話をするときに来る店なんでしょう？」

綿貫はしばらく考えていたようだったが、溜息《ためいき》をついて話し出した。

「先ほど、聴取を拝見——聞いてただけですけど、聞いてて、正直感心しました。あの子からあんなに色々聞き出せたのは、あなたが若い女性だからというだけじゃないと思います。相手の状態を判断してうまく誘導し、話しやすいようにさせてますよね。誰でもできることじゃないです。わたしは正直苦手なので、羨《うらや》ましいくらいです」

「……わたしみたいな小娘には、威圧したり脅したりとか、できませんから……あ、いや別に綿貫さんたちがそうしてるだろうと思ってるわけじゃなく……」

いや、正直そう思っているのだった。綿貫自身は話してみると温和に見えるけれど、犯罪者、被疑者を前にしてもこうだとはとても思えない。彼らが相手を威圧して吐かせることに長《た》けている分、繊細な扱いが不得意なのはある意味当然だ。

「わたしがこんなミラーのサングラスまで掛けてるのは、相手を威圧するためだと思われていますか」

突然斜め上というか、ずれた話を始める。

「え？　まあ、そうなんでしょうね。舐《な》められちゃいけないこともあるでしょうし」

「そうです！　舐められないために、掛けてるんです。威圧したいわけじゃありません」

「同じことでしょう？　舐められたくないっていうのは……」

綿貫がおもむろに手を伸ばし、サングラスを外したので薫は絶句した。

驚くほど長い睫《まつげ》とぱっちりした二重瞼《ふたえまぶた》の奥で、キラキラした少女マンガのような瞳《ひとみ》が輝いていたからだ。

ぷっ、と笑いかけて薫は慌てて息を止めてそれを封じ込めたが、遅かった。

「ごめんなさい。その……そんなつもりじゃ……ああ……ほんとごめんなさい……」

ダメだ。もう取り返しがつかない。

「いいんです。そういう反応には慣れてるので。みんな笑うんですよ。どんなに身体《からだ》が大きくなっても、柔道大会で優勝しても、この眼を見た途端、舐められるんです。署内でのあだ名は着任した瞬間から今までずっと『お嬢』です」

悲愴な顔つきでそう言うのを聞いて再び笑いが込み上げたが、必死で我慢した。

「睫を短くしてみたりもしたんですけどね。大して変わりませんでした。一重に整形しようかと思ったこともありますが、正直それは怖くて……」

綿貫は再びサングラスを掛け、続けた。

「別にこんな恥ずかしい打ち明け話はどうでもいいんです。できればあなたにもう一仕事お願いできないかと」

「もう一仕事……？　というとまさか──」

「ええ。被疑者の聴取です。あなたなら皆川清美から真実を引き出せるかもしれない。少なくともあなたは昴くんと繋《つな》がりができた。そのことが足がかりになるのではないかとも思います。もちろん無理強《むりじ》いはしませんし、プレッシャーに感じる必要もありません。ただ、今回に限ってはあなたは我々の誰より適任かも知れないと思っただけです。お恥ずかしい話ですが、実際今日も、誰も彼女から碌《ろく》な話が聞けていないようです」

さっきの昴の話を持ち出すことで、会話のきっかけを作れるかもしれないのはその通りだろう。そして、朝は、夫を滅多刺《めったざ》しにした女になど決して近づきたくないと思っていたのに、その息子を知ってしまった今、一目顔を見てはみたい、できることなら話が聞きたいと思ってしまっている自分がいることに気づいた。一体何があったら、これほど幸福に見える生活を自ら滅茶苦茶《めちゃくちゃ》にしてしまうようなことができるのか。そこにはどんな恐ろしいことがあったのか。

「分かりました。やってみます。正直、もやもやしてたんです。何かもっとできることがあるんじゃないかって。だって、あまりにあの子が可哀想《かわいそう》で──」

「よろしくお願いします」

綿貫は深々とスキンヘッドの頭を下げる。

そこに主人がせいろそばとかき揚げを見計らったように運んできたので、二人はそれを平らげてから病院に戻った。実のところまったく期待していなかったのだが、そばもかき揚げも、綿貫が言うように確かに美味しかった。


皆川清美の病室は意図してかどうか、息子の部屋の真上にあった。エレベーターからも近いので見張りの警官などの行き来はしやすいだろう。病室の外には先ほど聴取を行なったばかりであろう刑事が二人、休憩なのか警備なのか、パイプ椅子を向かい合わせに置いて座り、談笑している。

綿貫たちが来たのに気づくと、一人がよっ、というように手を挙げて挨拶《あいさつ》し、もう一人は振り向いた。

「お嬢さん二人で吐かせてやってくれんのか？　助かるよ。正直うんざりだあ、頭のおかしい女はよ」

顔に大きな傷跡があり、サングラスなどしていなくても充分ヤクザみたいに——というか、ヤクザにしか見えない刑事が言った。薫はこれがやはり強行犯係かと考えを改める。多分、綿貫の方が変わり種なのだろう。

「お疲れ様です。こちらは生活安全課の橋谷巡査です。先ほど被疑者の長男、昴くんからたくさん話を引き出しました。被疑者も何か話してくれるのではと期待しています」

「ああそうかい。一つ頼むよ」

そう言いながらも、薫の姿を頭から足下まで舐め回すように見て舌打ちする。何も期待などされていないようだ。

「お邪魔にならないよう努力します」

できる限り殊勝《しゅしょう》に聞こえるよう、そう言って薫は頭を下げたが、心の中では逆に、こんな小娘が手柄《てがら》をあげたらこの人達はメンツが潰《つぶ》れるのかもしれないと意地の悪いことを考えていた。やってやろうじゃないの。

今回は綿貫が先にドアを開けて中へ入っていった。恐らく彼も一度はここに入り、被疑者に聴取をしたのだろう。薫は身震いしながらその後に続いた。

昴の部屋と階が違うだけで同じ位置のはずだが、太陽の向きが変わったからかかなり違う印象に思えた。寝ているのが大人の、それも臨月の妊婦であることで、四歳の子供とはかなり存在感が違う。そして点滴を受けている左手がベッドの手すりに手錠で繋がれていることも、改めて被疑者の犯した罪の重大さを思い出させる。明るさはさほど変わらないはずだが、部屋全体が何とも重苦しい空気で満ちていた。

「皆川清美さん。お邪魔します。昨日もお伺いした綿貫です。今日はこちらの橋谷巡査が話を伺います。橋谷巡査は、先ほど昴くんにも会ってきました。元気にしていましたよ」

息子の名前を聞いた途端、生気が戻ったように目の色が変わった。

「……昴……？　会いたい……昴に早く会いたい……！」

夫を惨殺したとはとても思えない、華奢《きゃしゃ》な女性だった。胸から下は上掛けで見えないが腕も肩も首も、ポキンと折れそうに細い。息子同様この一両日何も食べていないのかもしれないが(点滴しているのはそういうことだろう)、元々痩《や》せていたのには違いあるまい。身長も多分、薫よりは低そうに思えた。

薫は前に出て、先ほどと同じようにパイプ椅子をベッド脇《わき》に置き、腰掛ける。バッグの中のボイスレコーダーのスイッチは先ほど入れてあるので、そっと足下に置いた。

「橋谷といいます。昴くん、元気でしたよ。ママに早く会いたいって。そう言ってました」

薫がそう言うと、ポカンとした表情でじっとこちらを見つめる。

「分かりますか？　昴くん、ママに早く会いたいって——」

「あんたに何が分かんのよ！　いい加減なこと言わないで！」

突然の激昂《げきこう》。薫の方に右手を伸ばし、身を起こして空中を引《ひ》っ掻《か》くが、左手の手錠が引っ張られガチャガチャと鳴った。さっと綿貫が薫とベッドの間に割り込んだのでかろうじて摑まれることはなかったが、薫の心臓は思い切り蹴飛《けと》ばされたみたいにバクバク弾んでいた。

「どうしたんですか、清美さん。何か気に障《さわ》ることを言ったのなら失礼しました」

「だって……だってこの女が……」

うわあっと泣きながらベッドに倒れ込み、大きいお腹を庇《かば》うように向こうを向いて丸まってしまう。

こんな調子だからまともな話も聞けないのか。一体どうすれば、と思いつつふとベッドサイドのテレビが載った棚にマスクが置かれていることに気づいた。袋を破って出してはあるが、使った様子はないのでペタンと平らなままだ。なぜかは分からないがそれが妙に気になる。

「昴……昴は殺させない……絶対あたしが守る……」

泣きながら、自分に言い聞かせるようにブツブツと呟《つぶや》いている。

「清美さん。誰が昴くんを殺すんですか？　まさか、ご主人——遙人さんじゃないですよね？」

「あいつよ！　あいつが殺そうとしたのよ！　あたしも、昴も！」

ガバッと再びこちらを向いて、薫にその怒りをぶつけるように怒鳴る。

「遙人さんが、あなた方を殺そうとしたから、正当防衛で遙人さんを殺したんですか？」

「そうよ！　正当防衛よ！」

一応会話にはなっている……のだろうか？　これは妄想なのか？

しかし、昴の話を一旦すべて無視するなら、これはこれでありうべき説明だろう。何らかの方法で遙人が妻と息子を殺そうとしたが、息子は幼すぎてそのことが理解できていないだけかも。妻は夫の企《たくら》みに気づき、自分と息子を守るためにやむなく夫を殺害した——。これならすっきりと説明がつく。そして自分の犯行自体にショックを受け、混乱のあまりちゃんとした説明がこれまでできなかった。そういうことなのか？

「清美さん。遙人さんがどうしてあなた方を殺そうなんて思うんですか？」

「邪魔になったからに決まってるじゃない！　あいつには、邪魔なのよ！　あたしも、昴も……」

悲痛な叫び声がそのまま嗚咽《おえつ》へと変わる。長い嗚咽はやがて嘔吐《えず》きに。こんなストレスも妊婦には危険かもしれないと薫は気が気でなかった。綿貫がすすっと戸口まで後ずさるとドアを細く開け、外の刑事達に何事かを伝えている。遙人に怪しい点がないかをもう一度よく調べろということだろう。愛人か何かがいたということであれば、俄然《がぜん》この話にも信憑性《しんぴょうせい》が出てくる。

「大丈夫ですよ。あなたは守ったんですから。もう誰もあなた方を傷つけたりしません。もう大丈夫なんです」

襲われる危険は承知で近づき、丸まった背中をさすりながらそう声をかけた。幸い少しずつ功を奏したようで、徐々に嘔吐きも治まり、飛びかかってくることもなくこちらを見上げた。涙でぐしゅぐしゅになった眼に、希望の光のようなものが見えた気がした。

「ほんとに？　ほんとにもう大丈夫？」

「ええ。大丈夫です。だから安心して、全部話してください。一昨日何があったのか」

清美は必死で自分を落ち着かせている様子だったが、やがて話し始めた。

「健診は午前中で終わって、二人で電車に乗って帰ってきたの」

「ちょ、ちょっと待ってください。二人って、どなたと？」

薫は慌てて口を挟んだ。清美は訝《いぶか》しげに見上げる。

「もちろん、あいつ——主人です」

遙人は昴を幼稚園に迎えに行かねばならないから家にいたはず……いや、そうとも限らないのか？　とりあえず話の続きを聞こう。

「すみません。それからどうなさいました？」

「駅を出たところでどうしても一回歩道橋を渡らなきゃいけなくて。その歩道橋を昇って、降りるところであいつに突き落とされたのよ！　しばらく倒れてて誰かが救急車を呼んでくれた。あいつじゃないよ。あいつは逃げたんだから！」

ぞっとする話だ。夫が、子供の父親が、妊婦を階段から突き落とす？　そんな恐ろしいことが本当にあったのだとしたら、それは逆に殺そうとしてもおかしくないだろう。そして、一人で逃げ帰り、平然と幼稚園に息子を迎えに行った？　昼ご飯を作ってやり、ゴルフゲームで遊ぶ？　ありえなくはないが、何だかしっくりこない。しかし、清美が作り話をしているようにも思えなかった。彼女の怒りも嘆きも演技とは思えない。作り話でないなら、やはり妄想に囚《とら》われているということだろうか。

綿貫が再び戸口まで行きボソボソと話をしている。「駅近の歩道橋」となればかなりポイントが絞れているから、そこで聞き込みをすればこの話が本当か嘘かすぐに分かることだろう。

薫は重要なことを思い出した。はっきりと理由は分からないが、そのことが何かの手がかりになるような気がした。

「清美さん。あの日は雪が、降ってましたよね。雪はいつ、降ってきましたか？」

あの日は予想を超える雪が、予報よりも早く降りだし、午後には電車もバスもダイヤが大きく乱れた。彼女の話からはまったくその様子が窺えないことを不思議に思ったのだ。

「雪……？　そういえば雪が突然ひどくなったわね。いつ……よく覚えてない」

「歩道橋には雪が積もっていませんでしたか？」

「……分からない。積もってたような、積もってなかったような……」

妊婦にとって歩道橋の昇り降りはただでさえ大変なのに、もし雪が積もっていたら、それは渡るのをやめようかと思うくらいのものではないだろうか。積もっていたかどうかを忘れることなどあるだろうか？　やはり彼女の証言は信用ならない。殺したことを認めておいてこんなところで嘘をつくのに一体何の意味があるのか。

妄想に囚われているのだとしたら、細かい話を聞いても意味などないのかもしれない。聞くたびに答えも変わるのかも。

戸口から戻ってきた綿貫が手帳に走り書きをして、そのページを破ってよこした。見ると、「救急車　該当なし」と書かれている。清美の言うような場所、時間に出動した救急車の記録はない、ということだろう。やはり彼女は嘘をついているか妄想で話をしている。実のある話を聞くことは不可能ということか——。

他に聞いておくべきことが何かあるだろうか、と清美の顔を見つめているうち、ふと気になったことがあった。

「……清美さん、マスクをされなくていいんですか」

清美はそう言われて、ちらりと棚に置きっぱなしのマスクを見やる。

「マスクなんか、なんでしないといけないのよ。あんたたちもみんな医者みたいなマスクしてさ、おかしいんじゃないの？」

薫はその瞬間事件の真相に気づき、足が震えるほどの恐怖に襲われた。

嫌だ。本当にそんな恐ろしいことが起きたんだろうか。

できればこれは自分の妄想であって欲しいと思いながら、必死で平静を装った。何か重要なことを話してしまったのだと清美に気づかれたくない。

「ありがとうございました。ゆっくりお休みください」

声の震えを抑えつつ、薫は何事もなかったかのように聴取を終わらせ、訝しむ綿貫を促して外へ出た。

読者への挑戦

通常の「犯人当て」パズルでは、動機については考えず、物的証拠とロジックにより犯人を絞り込むよう手がかりを配置するものですが、「ホワイダニット」はそもそも動機を問うものですので、「論理的に解ける」とはなかなか言えません。が、かなりの「ヒント」をばらまきましたので勘のいい方は橋谷巡査と同じタイミングで真相の一端が見えただろうと思います。できればそこで終わらず、犯行の詳細な再構成をしていただければと思います。

解答編はP305へ

田中啓文

第二章　ホワイダニット

問題編

ペリーの墓

第二章
ホワイダニット

昭和九年、横浜港《よこはま》にほど近い山中にある小村の村長宅を五、六人の男たちが訪れた。そのなかのひとり、頭を総髪にし、口ひげをたくわえた、五十代ぐらいの威厳《いげん》のある人物は、歴史学者猿若健四郎《さるわかけんしろう》と名乗った。ほかのものは皆若く、洋服を着ているが、猿若だけは和装で、ぎろりと村長をにらみ、

「この村のどこかに異国から来た人物の墓があるはずだが」

「異国人かどうかはわかりませんが、貴人の塚《つか》だから大切に扱うように、と言い伝えられているものなら森のなかにございます」

「そこに案内せよ」

森のなかにはふたつの盛り土があり、傍《かたわ》らに小さな石碑が建っている。猿若は村長に、

「名前はあるのかね」

「伯理塚《はくりづか》と呼ばれております。左の塚には貴人が、右の小さな塚には神が埋まっている、と聞いております」

「ほう……神が埋まっている、か」

猿若が連れてきた若い男のひとりが、

「これでしょうか」

猿若はうなずき、

「間違いなかろう」

石碑に彫られた文字は風雨に削られてよく読めない。村長がおずおずと、

「この塚がどうかいたしましたか」

「じつは、わが猿若家に伝わる古文書をこのたび解読したのだが、それにこの村の名と塚のことが書かれていた。ここにはおそらくたいへん興味深いものが埋まっているはずだ。そして、それはある殺人事件の真相に関わるものなのだ」

「なにをおっしゃっておられるかわかりませんが……」

猿若はふたつの塚に向かって手を合わせ、

「天にましますあなたさまの眠りを妨《さまた》げることはわが本意ではありませぬが、どうしても必要なこと。しばらくのあいだのご無礼をお許しください。アーメン」

そうつぶやいていたかと思うと、村長を振り返り、

「この塚を掘り返させていただく。――おい、支度《したく》にかかれ」

猿若が同行者にそう言うと、スコップや鍬《くわ》などを持った若者たちは盛り土を崩しにかかった。村長があわてて、

「困ります！　尊いお方や神の眠る塚ですぞ。こんな罰当たりなことを……」

しかし、猿若は取り合わず、

「このことは警視庁の許可も受けておる。これが許可証だ」

そう言うと、ふところから一枚の紙を取り出して村長に示した。村長がそこに書かれている文言を読もうとすると、猿若はすばやくそれをふたたびしまい込み、

「よいか。江戸時代の出来事とはいえ、殺人事件の犯人がここに埋まっているかもしれぬのだ。その証拠たる品とともにな」

「殺人事件の犯人？　それはいったい……」

猿若は重々しく、

「教えてやろう。これはペルリの墓なのだ」

村長は唖然《あぜん》として、

「ペルリ……？　幕末に黒船《くろふね》で来た、あのペリーのことですか？　あはははは……馬鹿《ばか》馬鹿《ばか》しい」

「まことのことだ。よいか、伯理とは『ペルリ』と読むのだ」

「ペリーなら、アメリカに戻って死んだはずです」

「猿若文書によるとペルリは二度来日した、と思われているが、実際は三度来ている。三度目にこの村で亡くなり、ここに葬《ほうむ》られたのだ」

その会話のあいだにも、ふたつの塚には大きな穴が開けられ、傍らには掘り出した土がどんどん積み重なっていく。

「あんたたちは頭がおかしい。これはうちの村の守り神というべき大事な塚だ。やめろ……やめてくれ！」

村長は無言で土を掘っている男たちを止めようとしたが、そのなかのひとりに突き飛ばされ、尻《しり》もちを突いた。猿若健四郎は村長に、

「もうひとつ教えてやる。私は長年、なにゆえ江戸時代のひとたちがペリーをペルリと呼んだのか不思議だった」

「ラフカディオ・ハーンをヘルンと呼ぶのと同じでしょう」

「私も当初はそう思っていた。ただの聞き間違えだろうとな。しかし、そうではなかったのだ」

呆《あき》れたように首を横に振る村長に猿若はなおも言った。

「こういうことはほかにも例がある。おまえはキリストの墓のことを知っているか」

「キリストの墓？　イエス・キリストのことですか。たぶん中東かどこかにあるんでしょう」

「それが、日本にあるのだ」

「はあ？」

「青森の戸来村《へらいむら》というところに眠っているそうだ」

「でも、キリストはたしか十字架にかけられて殺されたはずでは……」

「それは弟のイスキリで、兄の身代わりになったのだ。本物のキリストは日本に来て、イスキリス・クリスマス、福の神、八戸太郎天空神《はちのへたろうてんくうしん》として死んだ」

「ははは……冗談でしたか」

「私も最初に聞いたときは冗談だと思ったが、主張している当人は大真面目《まじめ》らしい。だから、この村のペルリも……」

言いかけたときに、

「先生……見つかりました」

汗だくで塚を掘り返していた若者のひとりが振り返ってそう言った。

「うむ……あったか！」

「はい」

猿若は穴をのぞき込んだ。左側の「貴人が埋まっている」という方には、人骨とほつれた黒い布のようなものがあった。肩章《けんしょう》らしきものや金ボタンも見受けられたので、おそらくもとは洋服だったのだろう。そして、右側の「神が埋まっている」方からは、ご神体というべきものなのか、金属製の箱が出土した。

「おおっ、これだ……！」

猿若はみずから穴に降りるとその箱を拾い上げ、蓋《ふた》を開けた。そこには数枚の便箋《びんせん》にインクで書かれた文書ともうひとつ「あるもの」が入っていた。

「保存状態もよい。これこそペルリが殺人を犯した証拠だ！」

猿若は満足げにうなずいた。そして、村長に、

「乱暴をして悪かったが、わが先祖が書き残したものがまことかどうか確かめるためにはどうしてもやらねばならぬことだったのだ。許してもらいたい」

村長は立ち上がると、

「それは……○○のように見えますが……」

「そうだ」

「そんなものがどうしてその、あなたのご先祖に関わりあるのです？」

「うむ……今後のこともあるゆえ、お聞かせしたいが……まずはこの塚を元通りに埋め直そう。ただし、この○○だけは持ち帰らせていただく。私にはその権利がある。さきほども言ったとおり、このことは警視庁の許可を受けているのだ。よろしいな」

村長は、猿若の高圧的で強引な態度に、ついうなずいてしまった。若者のひとりが、

「先生、埋め直しが終わりました」

「よろしい」

猿若は塚に向かってもう一度手を合わせ、

「これにてすべてが終了いたしました。どうぞ安らかにお眠りくだされ。アーメン」

そう言うと、

「では、戻ろう」

村長にそう声をかけ、先に立って歩き出しながら、

「私の先祖は、江戸の猿若町に住む甚平《じんぺい》という十手《じって》持ちだったのだが、明治の平民苗字《みょうじ》許可令のときに猿若という姓を名乗ることにしたのだ……」

そう話し始めた。

◇

嘉永《かえい》六年六月三日、浦賀《うらが》沖に突然四隻《せき》の巨大な船が出現した。アメリカ海軍提督マシュー・

ペリー率いる船団である。旗艦サスケハナ号とミシシッピ号は蒸気フリゲート船で、プリマス号、サラトガ号は帆走スループ船だった。いずれも大砲を多数搭載しており、黒煙をはいて接近してくる様子に浦賀の住民たちは怯《おび》え、うろたえた。その黒々とした外観からひとびとは四隻の異国船のことを「黒船」と呼んだ。

仰天した浦賀奉行《ぶぎょう》からすぐさま一報が江戸に届けられた。江戸城内は大騒ぎになった。老中首座阿《あ》部《べ》正弘《まさひろ》は、

（しまった……まさか本当に来るとは……）

と天を仰《あお》いだ。じつはペリー一行の来航はすでに幕閣には通知されていたのだ。約一年まえ、オランダ商館長から長崎奉行経由で幕府に、

「アメリカ議会が日本を開国させるべく艦隊を派遣することを決議した」

として、船舶四隻の名前が司令官オーリックの名とともに文書の形で伝えられていた。その後、オーリックは解任され、新しい指揮官はペリーという人物である、という追加情報まで与えられていたのである。しかし、そのような事態に阿部はどう対処してよいかわからず、長崎奉行に問い合わせると、

「オランダ人は信用できないので、おそらく誤情報だろう」

との回答を得た。阿部正弘以下の幕閣たちはそれを聞いて、とくに根拠もなく、

（アメリカ船は来るまい）

と考えた。いわゆる正常性バイアスのせいであろう。結局、幕府がなんらかの措置をほどこすことはなかった。ただ「聞かなかったことにした」のである。アメリカ船が来るかもしれな

い、という情報は一部の幕閣や譜代《ふだい》大名のあいだで共有されたが、実務を担当する浦賀奉行や与力《よりき》たちなどには一切知らされていなかった。だから、現場の人間にとってはまさに「寝耳に水」の驚きだったのである。

浦賀奉行は当初、奉行所の与力を「副奉行」と詐称させて接触しようとしたが、ペリー側のブキャナン艦長、アダムス参謀長、コンティー副官の三人は、

「我々はアメリカ大統領の親書を日本側に渡し、返答を得るのが目的であるが、親書は最高官位の役人にしか渡さない。もしそのような身分のものが来ないならば、武力を行使《こうし》せざるを得ない。わが艦隊四隻はこのまま湾を北上し、上陸して江戸城に入り、将軍に直接親書を手渡すであろう。返答の期限は三日だ」

とつっぱねた。驚いた浦賀奉行は阿部正弘にその旨を報告した。阿部正弘はさっそく幕閣を集めて鳩首《きゅうしゅ》した。しかし、よい案が急に出るわけもない。

「賊船はただちに武力をもって追い払うべし」

という強硬意見もあり、また、

「強大な軍事力を持つアメリカと戦になって、清国《しんこく》のように植民地にされてしまったら元も子もない」

という意見もあったが、たいがいはなんの考えも持ち合わせていなかった。

ペリーは武装したボートを四隻出し、湾内を測量させた。浦賀奉行が、

「それはわが国の国法に反している。ただちにやめてもらいたい」

と抗議したが、ペリー側は、

「我々は我々の国法に基づいて行っているのだ。断じてやめない」

と測量を続けた。翌々日、測量ボートは江戸湾の奥にまで入り込み、ミシシッピ号も護衛艦として同行した。幕閣たちが震え上がっているあいだに三日が経《た》ち、阿部正弘は決断を下さざるを得なかった。

「とにかく早く立ち去ってもらいたいから、とりあえず受け取ろう。返事を先延ばしにして、そのあいだに対策を講じよう」

そして、浦賀の久里浜に応接所を仮設させ、戸田氏栄《とだうじよし》と井戸弘道《いどひろみち》という二名の浦賀奉行に日本の代表として親書を受け取らせることにした。

会見日の前日、浦賀奉行所の与力たちはサスケハナ号を訪れ、ペリー側と翌日の会見の場所や時間、手はずなどに関する諸事を細部にわたって打ち合わせた。ペリー側の出席者はブキャナン艦長、アダムス参謀長、コンティー副官、アナン司令官、そして、ペリーの息子で秘書官のオリバー・ハザード・ペリー二世である。三時間ほどの会談が終わり、酒宴になった。料理とともに洋酒が出され、与力たちもはじめての異国の酒に舌鼓《したつづみ》を打った。

「こんな美味《うま》い酒があるのか」

与力のひとりはそう思った。日本の酒に比べるとかなりきつい酒ではあったが、アメリカ人たちはがぶがぶとそれを飲んでいる。やがて、菓子が供されたころには、与力たちもアメリカ人たちもかなり酩酊《めいてい》していた。たがいに、

（ようやく会見にまでこぎつけた……）

という思いがあり、かなり座が乱れた。与力のひとりが隣に座ったペリーの息子オリバーに

言った（もちろん通訳を介して、である）。

「あなたは『オリバー・ハザード・ペリー二世』というお名前だそうですが、日本で『二世』というと師匠の名跡を継いだひとという意味です。あなたの『二世』はどういう意味ですか」

「私の父ペリーにはオリバーという兄がおりまして、エリー湖の戦いにおいて大きな武功をあげ、アメリカ中に名前が知れ渡るほどの英雄でしたが、若くして疫病《えきびょう》で亡くなってしまいました。父は、尊敬する兄の名を私に引き継がせたのです」

「なるほど、そういうことでしたか。――しかし、あなたのお父上はなかなか我々のまえに出てこられませんな。まだ一度もお目にかかっておりません」

「父は、アメリカ合衆国を背負って日本との交渉に当たっているという意識が強いのです。日本人に姿を見せないことで自分を威厳ある、神秘的な存在と思わせ、畏敬《いけい》の念を抱かせようとしているのでしょう。琉球《りゅうきゅう》でもいつも輿《こし》に乗って移動しておりました。――まあ、私にとってはただの『熊《くま》おやじ』ですけどね」

「熊おやじ？」

「態度が尊大で、声が大きく……まるで熊のようなのでついたあだ名です。水兵たちは皆、陰《かげ》でそう呼んでいますよ」

「ははは……熊おやじとは面白い。アメリカ人はユーモアのセンスがおありのようですな」

「父は謹厳実直で普段はくそまじめですが、羽目を外すときには外します。メキシコ戦争中の息抜きの余興で、顔のよく似た部下に自分の扮装《ふんそう》をさせて帽子をかぶらせ、その部下が父の物《もの》真似《まね》をして威張り散らすのを皆がげらげら笑って見ている後ろからそっと近づき、部下の帽子をパッと取ると頭が禿《は》げていた……というコントをするのを見たことがあります」

「はっはっはっ……それは愉快だ。明日は代理を立てるのではなくご本人に出席いただけるのでしょうね」

「もちろんです」

「そうだ……明日のことでひとつ確認したいことがあります。あなたのお父上のことは『水師提督マッテウセ・ペリー』とお呼びしてよろしいか」

「ペリー？　あのひとはペリーではない。ペルリですよ」

酔って真っ赤な顔になったオリバーは言った。

「ペルリ？　それはオランダ式の発音で、アメリカ式にはペリーが正しいのではないか、と通《つう》詞《じ》が申しておりましたが……」

オリバーはかぶりを振って、

「あれはペルリです」

「では、あなたもペルリですか」

「いや、私は……」

なにか言いかけて、

「あ……いや……そうじゃない。ペリーでもペルリでもどちらでもいいです。ペリーはペルリ、ペルリはペリー。はははは……」

そして、急に話題を変え、

「あなたにききたいことがあります。日本にはカブキという芝居があるそうですね。私の父ペリー提督も芝居が好きでしてね、ときどき若い水兵たちに船内で余興に芝居をさせるのです。かつらや衣装をつけさせてね……私も毎回見物しますが、なかなか楽しいものですよ」

「そうですか。日本の歌舞伎《かぶき》芝居は役者衆だけでなく、伴奏する大編成のオウケストラやコーラス隊、大道具、小道具を作る裏方、衣装やかつらを作る係など大勢の人間がかかわることで成り立っておるのです。ぜひ一度、皆さんにご覧になっていただきたいものです。――でも、どこで歌舞伎のことを耳になさったのですか」

「サスケハナ号には仙太郎《せんたろう》……我々はサム・パッチという愛称で呼んでいる日本人が乗っています。彼から聞いたのです。仙太郎は漂流民で、日本に帰国させるつもりで連れてきたのですが、上陸したら役人に捕縛《ほばく》されて殺される、と思い込んでいるのです」

「一度会いたいですね」

「ダメでしょうね。日本人と会うのを怖がっていて、船室から出てこないのです。このままアメリカに連れて帰るしかない、とあきらめていますよ」

「日本は蛮国ではありませんよ。いくらなんでも、いきなり殺したりしません。きちんと取り調べたうえ、罪がなければ命を取ったりはしませんよ」

「私たちもそう思って、先日、日本側の通詞と話させようとしたのですが、ぶるぶる震えるばかりで結局ひとことも発しなかったそうです。心配性で臆病《おくびょう》な性質なのですね。――その彼がなかなかのカブキ通で、仕事で江戸に行ったときはかならず立ち見の安い席で芝居見物をしたそうです」

「立ち見席ならソバヌードル一杯と同じぐらいの料金ですからね」

「アメリカも商業演劇が盛《さか》んです。ニューヨークのブロードウェイというところには千人の客を収容できる大きな劇場があって、大勢のスター俳優たちが出演しています」

「日本でも、人気のある歌舞伎俳優は『千両役者』といって大スターです。ひとりの役者が男の役、女の役、老人の役、若者の役……さまざまな役を衣装を替え、かつらを替えてこなすのです」

「それはすごい」

「江戸には三座といって中村《なかむら》座、市村《いちむら》座、森田《もりた》座という幕府公認の三つの芝居小屋が猿若町という場所に並んでおり、芝居茶屋や役者、裏方……といった芝居にかかわるものたちの住まいもそこに集まっています」

「一度行ってみたいものです。父もそう言うでしょう」

オリバーは真剣な顔でそう言った。

「もし、よかったら、つぎに来日されるときには観劇できるよう手配りしておきますよ」

「それでは遅いのです」

オリバーはそうつぶやいた。

翌日、久里浜《くりはま》において、彦根《ひこね》藩、川越《かわごえ》藩、会津《あいづ》藩、忍《おし》藩などの藩士《はんし》たちを動員し、陸上に三千二百人、海上に百八十隻の船を配備するという厳重な警備のもとで、浦賀奉行が親書を受け取る「親書受け取りの儀」が執《と》り行われた。四隻の軍艦が横並びになって海岸に砲門を向けている、という一触即発のひりついた空気のなかにおける会見であった。

武装した数百名の水兵、軍楽隊、陸戦隊などで構成されたペリー一行は、軍楽隊がアメリカ国歌を吹奏するなかを重々しく行進し、急拵《きゅうごしら》えの応接所へと入場した。ほかのものは無帽だったが、はじめて日本人のまえに姿を現したペリー提督はナポレオンのような二角《にかく》帽をかぶり、アダムス参謀長は短い鍔《つば》のある帽子をかぶっていた。ペリーは胸を張り、自分を見せつけるようにゆっくりゆっくり、威風堂々と歩きながら周囲を睥睨《へいげい》した。

応接所は葵《あおい》の紋がついた幔幕《まんまく》に覆《おお》われ、内部は畳のうえに毛氈《もうせん》が敷かれ、金屏風《きんびょうぶ》が立てられていた。これでも日本側としては精いっぱいの支度なのである。ペリーは開口一番、

「我々の任務は、江戸城に行き、将軍に直々にこの親書を渡すことなのだ」

浦賀奉行は、

「今、将軍は病《やまい》の床にあり、とてもそのようなことはできないのです。嘘《うそ》ではありません」

すると、ペリーはあっさりと、

「わかった。それなら仕方がない。あなたを代理として、この親書を託そう。ただし、これを将軍が受理せず、返事がなかったら、それはアメリカ合衆国を侮辱したことになり、戦争の引き金になると心得てもらいたい」

しかし、浦賀奉行は、

「今申し上げたとおり、将軍が重病につき、返事は一年後、長崎にてオランダか清国を経由して渡したい」

「長崎に行くつもりはまったくない。我々は一旦《いったん》去るが、一年後、ここ浦賀に戻ってくる。そのときは四隻ではない。全艦隊を率いてくるので、かならず返事を用意しておくように」

こうして会見は終わった。ペリーは、

「じつは、ひとつだけ日本の方々にお願いしたいことがある。ニコルズという船員が病死したので、無人島があればそこに埋葬したいと思うのだが……」

浦賀奉行は、

「無人島に葬るのは不憫《ふびん》です。寺院でよければ、仏教式の葬儀をして、墓地に埋葬することができますが……」

「それはありがたい。貴国の配慮に感謝する」

ペリーは何度も礼を言った。

幕府は、任務を果たしたペリー艦隊がすぐに立ち去るものと思っていたが、ペリーは徳川《とくがわ》幕府に対するダメ押しとして、ミシシッピ号に乗り込み、江戸湾を北上して、江戸城が見えるところまで接近し、そこに停泊した。江戸市中は騒然となり、江戸城内もひっくり返るような状態となった。今にも大砲を撃ちかけられるのではないか、と幕閣たちは震え上がったが、物見高い江戸っ子たちは湾に小舟を出して、黒船見物としゃれこんだ。その数は何百艘《そう》にも及んだという。近代軍艦の威容を十分に見せつけておいて、ペリーの船は悠々と江戸湾から引き返した。そして、ペリー艦隊はその三日後日本を去り、琉球へと向かった。

これが一度目の黒船来航のあらましである。以下に、なぜペリーたちが日本に現れたか、その背景について説明しよう。

一八五一年、アメリカ合衆国は日本を開国させる必要に迫られていた。それまではとくに関心を持たれていなかった小国がなぜにわかに注目されたのかというと、新興国であるアメリカは東洋との貿易に関し、イギリス、ロシア、フランス、オランダ、ドイツ……などに比べると大きく後れをとっていた。というのも、アメリカから東洋に至るには大西洋を渡らねばならないが、その距離はヨーロッパ諸国から東洋へのそれと比べはるかに長かったため、当時の蒸気船の能力では不可能に近かったからである。しかし、一八四八年にメキシコとの戦争に勝利し、太平洋に面する地域を得ることができたため、遅ればせながら東洋貿易に参加することが国策として決定したのである。

ただし、アメリカから中国に至るには莫大《ばくだい》な水、薪、石炭などが必要となり、途中でそれらを補給する必要があった。また、当時は工業用の鯨油《げいゆ》を得るための捕鯨が盛んで、日本近海でも三百隻を超える数の捕鯨船が航行していたが、一度海に出ると何年も帰らないそれら捕鯨船の基地としても日本を利用したかった。

すでにイギリスやロシアは日本に開国のアプローチをしている。彼らに先を越されたら、アメリカが日本と結ぶ条約の条件は著《いちじる》しく不利になるだろう。

「アメリカは一番であらねばならぬ。二番はない」

新興国アメリカは国際競争に勝とうと必死になっていた。世論も、アメリカが真っ先に日本を開国させて通商条約を結ぶべきであり、漂流民を送り届けることをそのきっかけにせよ、という論調に傾いていた。

「これから海洋国家としてアメリカが発展していくには、どうしても日本を開国させねばならぬ。かたくなにそれを拒《こば》むなら、武力をもってしてもなしとげるしかない」

こうしてアメリカ政府はまず、ジェームズ・ビドル提督を二隻の軍艦とともに日本に送り込んだ。しかし、ビドルは必要以上に日本に迎合し、見物客と親しく交流し、あげくのはては船頭に殴られるというさんざんな屈辱を受けた。しかも、幕府からは親書の受領を拒まれ、今後二度と来てはならない、との宣告を受けて追い払われてしまった。長崎では「ビドルというアメリカの提督が来たが、日本人に殴られて尻尾《しっぽ》をまいて逃げ帰った。アメリカは弱い連中である」という噂《うわさ》が広まり、それは合衆国にまで届いた。アメリカの威厳は失墜した。

つぎに日本開国の命令を受けたのはジョン・オーリック提督である。彼は三隻の艦隊を従えて出港したが、部下であるサスケハナ号の艦長とトラブルになるなどさまざまな失態の結果、解任された。そして、ついにペリーが指名されたのだ。

ペリーは日本に来る直前、メキシコ戦争において艦隊を率いて奮戦し、ついにはアメリカを勝利に導くという圧倒的な指揮ぶりを見せた。偉大な兄オリバーには及ばないが全米に名を知られる英雄となったのである。

しかし、ペリーの二年間にわたるメキシコでの暮らしは彼をむしばんだ。疲労と黄熱病により、身体《からだ》は衰弱しきっていた。司令官の交替を申し出たが、海軍長官に却下され、しかたなくペリーは最後まで任務を完遂《かんすい》した。ようやく戦争が終結し、ニューヨークに戻ったとき、ペリーは心臓疾患と重いリウマチに苦しむようになっていた。また、海軍士官としては分不相応な豪邸を建てたことによる借金が彼に重くのしかかっていた。ペリーに「東インド艦隊の指揮官となり、日本を開国させよ」という命令が海軍長官から下されたのはそんなときであった。

体調がすぐれないこともあって、最初ペリーはその任務を固辞したが、ペリーは軍人であり、軍人は命令には絶対服従が原則である。

「アメリカが他国に後れをとることがあってはならない」

という海軍長官の説得をペリーは受け入れるしかなかった。

それからペリーは日本に関するあらゆる文献を読み、情報を収集した。その結果得た結論は、

「日本を開国させるには『力』を背景とせねばならない」

ということだった。日本人にあなどられてはならない。これまでの失敗は、幕府に対してアメリカが遠慮し、弱腰だったことに起因する。イギリスが清国に対して行ったような「武力」による外交が有効だと考えられる。けっして妥協することなく、こちらの要求を断固として貫徹する姿勢で臨まねばならない。それには、強大な艦隊が必要である。日本に対して友好的に接するが、同時にアメリカは日本をはるかに上回る軍事力を持つ大国であることをはっきりと示す、いわゆる「砲艦外交」を行うべきである。つねに威厳を保《たも》ち、一瞬たりとも気を抜かないことが重要だ……。

ペリーは、十二隻の大艦隊を要求した。しかし、船を出航できる状態にするのにかなりの時間がかかり、なかには故障が発見されて修理を行わねばならない艦も数隻あって、全艦がそろうのは相当先になりそうだった。これでは埒《らち》が明かない、とペリーはとりあえずミシシッピ号に乗り込み、先に出発した。そして、香港《ホンコン》においてほかの三隻と合流し、日本に向けて大海原を進むことになった。十二隻の大艦隊の威容で圧倒するつもりだったペリーは、

(四隻ではたして日本に対する「脅し」が利くだろうか。なめられてしまうのではないか……)

そんな心配を抱きながらの来日であったが、容易に日本人のまえに姿を見せず、妥協するこ

となく、ときには恫喝《どうかつ》をまじえた威厳ある態度を貫《つらぬ》きとおしたペリーに日本側は手玉に取られた形だった。ペリーの策略が功を奏したのである。

◇

「伊之《いの》さん、いなさるかい」

猿若町の裏通りにある貧乏長屋《ながや》の一室にいた伊之助《いのすけ》は、びくりとして仕事の手を止めた。入ってきたのは、ふたりの男だ。ひとりは上背《うわぜい》があって、肩幅が広く、目つきが鷹《たか》のように鋭い。もうひとりは小太りで、無精髭《ぶしょうひげ》を生《は》やし、左頬《ほお》に十文字の傷がある。どちらも堅気《かたぎ》には見えない。芝居小屋の周辺でゴロついて、日々そこで生み出される金の残滓《ざんし》を啜《すす》っている連中である。

「な、なにしにきやがった」

伊之助の耳たぶは、左より右の方がかなり長い。彼は蒼白《そうはく》になってふたりを見上げた。小太りの男が、

「なあに、しばらく賭場《とば》で顔を見てねえんで、会いにきたってわけさ」

「家にまで来なくていいだろう。おいら、仕事が忙しいんだ。帰ってくれ」

「へえ、俺ぁまた、おめえは博打《ばくち》が仕事かと思ってたぜ」

「そんなわけねえだろ。おいらは森田座の裏方職人だ」

「ほう、そうかえ。毎晩うちの賭場に入り浸ってるもんで、てっきり本職かと……」

小太りの男はそう言いながら伊之助に近づくと、いきなりその胸ぐらをつかんだ。

「く、苦しい……なにしやがる」

「おう、俺たちをなめるなよ。てめえの借金、いくらあるかわかってるのか。三十両だぜ」

「だから……そのうち返すよ」

「そのうちそのうちって何年待たせるつもりだ。うちの親分は、今日返さねえようだったら、右腕をへし折ってこい、と言ってなさった。それでも返さなきゃあ、つぎは命だ」

「そ、そいつぁ勘弁してくれ。そんなことをされちゃ仕事ができなくなる」

「じゃあ返すのか」

伊之助はかぶりを振った。

「金は……ねえ」

小太りの男は伊之助を板敷きの間に叩《たた》きつけると、草履《ぞうり》でその横面をぐいぐいと踏みつけた。

「痛い……痛い……やめてくれ」

「おい……おめえはもう、命であがなうしかねえんだよ」

「おいらを殺したって、おめえらにゃ一文も入らねえぜ」

「おめえみてえなやつを放っておくと、ほかの客も俺たちをなめはじめるからな」

「待て……待ってくれ。い、今、金はねえが、入るあてがある」

「どんなあてだ」

「小田原《おだわら》の叔父さんがぽっくり死んじまった。身寄りがおいらしかいねえんで、貯《た》めてた小金をもらえることになったんだが、往復に四日はかかる。だから、四日したら耳をそろえて返すよ」

「耳をそろえて？　嘘じゃねえだろうな」

「ああ……本当だ。間違《まちげ》えのねえ話なんだ。信じてくれ」

小太りの男と背の高い男は顔を見合わせた。小太りの男が、

「まあ、こいつをぶっ殺しても一文の得にもならねえ。四日ぐれえなら待ってやるか」

「そうだな。親分も得心なさるだろう」

男たちは、

「四日後にもらいにくるからな。逃げようなんて気、おこすんじゃねえぞ」

そう言うと帰っていった。伊之助は手ぬぐいで横面についた泥を拭《ふ》いたあと、

「バーカ……おいらにゃ親類なんていねえよ」

やがて真夜中。仕事の道具を風呂敷《ふろしき》に包むと、

「さ……行くか。大坂の道頓堀《どうとんぼり》てえところに芝居小屋が並んでるそうだから、そこに行きゃ仕事もあるだろう」

そうつぶやいて家から出ていこうと戸に手をかけたとき、それが勝手にすーっと開いた。

（しつっけえな。また催促かよ。やべえ……逃げようとしてるのがバレちまう）

あわてる伊之助に、

「すんません、こちらに伊之助さんという方がおいでかね」

さっきのふたりとは明らかにちがう声だった。

（こんな夜更けにだれがなんの用で……）

不審には思ったが、入り口はひとつしかない。逃れようのない伊之助は、

「どちらさんだね」

「あんたに折り入ってお願いしたいことがあってね……」

「今、取り込み中なんだ。またにしてくんな」

「儲《もう》け話だよ」

「儲け話」という言葉に伊之助は耳をそばだてた。今、彼が求めているのはまさにそれなのだ。

「どういうことでえ」

「入ってもいいかね」

「あ……ああ」

入ってきたのは見知らぬ若い男だった。頭はざんぎりで、小ざっぱりとした身なりである。腰には寸鉄《すんてつ》も帯びていない。ヤクザではなさそうだ。男は、外に向かって小さな声で、

「ヘイ、オリバー、カモン」

べつの男が入ってきて、頬かむりを解いた。その顔を見て伊之助は仰天した。それは、異人だったのだ。

「お、おめえさん、まさか今、浦賀に来てるてえ黒船の……」

伊之助はまくしたてたが、若い男が言った。

「彼は日本語を理解できません」

伊之助は汗を拭いて、

「おったまげたぜ。異人を見るのは生まれてはじめてだ。どうやってここまで来たんだね」

若い男は、

「黒船のうちの一隻ミシシッピ号が江戸湾の奥まで侵入したとき、小舟を下ろし、見物の小舟にまぎれて上陸しました。——私は仙太郎と申します。怪しいものではありません。黒船の通詞をしております」

「その通詞が、おいらに儲け話たぁどういうことだ。じつぁちいとばかり忙しくてね、今から出かけなくちゃならねえのさ」

「こんな夜中にですか？」

「ああ、急ぎの用なんだ。そいつぁ本当に儲け話なんだろうな」

「ええ、請け合います」

伊之助は座り直した。

「それなら話はべつだ。じっくり聞かせてもらおうじゃねえか」

「あなたは歌舞伎芝居のお仕事をされていますね」

「ああ、近頃はもっぱら森田座から請け負ってるよ」

「私も歌舞伎が好きで、日本を離れるまえは、しょっちゅう観にいっておりました。もちろん立ち見ですが。そのときにあなたの名前を耳にしたことがありました。腕のいい職人だ、と」

「へへへ……腕じゃあほかの連中にゃあひけはとらねえよ。ただ、博打好きが玉に瑕《きず》でね、借金で首が回らねえんだ。今も、取り立てが怖くて夜逃げしようとしていたところさ。それでその、儲け話てえのはなんのことだい。言っておくが、おいらの借金は半端《はんぱ》じゃねえんだ。一両、二両じゃあ引き受けられねえぜ」

「三十両お支払いする用意があります」

「さ、さ、三十両だと？　おいらになにをさせようてえんだ。命をくれったってお断りだぜ」

「あなたの本来のお仕事をしてほしいだけです。ただし、今から黒船に来ていただき、そこで仕事をしていただきたいのです。三日後に黒船は琉球に向かって出航しますから、それまでに終えてほしいのですが……」

「悪くねえ話じゃねえか。もっと詳しく聞かせてくれよ」

「はい。じつは……」

仙太郎の説明を聞いた伊之助は大きくうなずいて、

「なるほどねえ。ブツを見せてもらわなきゃはっきりとは言えねえが、なんとかなるだろうよ。腕の振るい甲斐《がい》があるってもんだ。よし、引き受けようじゃねえか」

「ありがとうございます。この秘密を知っているのは提督と私、そして、ここにいる提督の息子で秘書官を務めるオリバーの三人だけです。日本人はもちろん、黒船の船員たちにも知られぬようにするために、仕事のあいだ、船室にこもっていただきます。もちろん三度の食事は私が運びますし、お望みならばお酒も用意します」

「そいつぁありがてえ」

それから半刻《はんとき》ほどのち、三つの影がその長屋を出ていった。町々の木戸を越えて江戸湾までたどりつき、そこに隠してあった小舟に乗り込んだ。

「こんな小さな舟で浦賀まで行けるのかね。おっかねえ……」

「そのつもりでこのオリバーを漕《こ》ぎ手として連れてきたのです。彼は優秀な水夫《かこ》でもあります」

「速え……」

仙太郎と異国人が漕ぐ小舟は驚くべき速度で海上を進んだ。仙太郎は、

「我々は水兵ではなく、私は通詞、このオリバーは秘書官ですが、遭難時に備えるため、ペリー提督の命令で、日頃、手漕ぎ舟の訓練を受けているのです」

こうして伊之助の姿は江戸の町から消えたのである。

◇

ペリー一行が日本を去った十日後、将軍家慶《いえよし》が心臓の病で死亡した。家慶は全部で二十七人の子どもをもうけたが、二十六人が早逝し、二十歳を越えて生存していたのは四男の家定《いえさだ》ひとりだったため、家定を後継者とするしかなかった。しかし家定は、幼《おさな》いころからきわめて病弱で、ひとまえにはほとんど出ず、およそ政《まつりごと》などできる状態ではなかった。そのため、国政は実質、老中首座の阿部正弘によって行われることとなった。

阿部はペリーによる親書を、幕閣をはじめ諸大名や旗本《はたもと》などにも回覧して検討したが、なんの妙案も出なかった。日本を開国させようとする夷狄《いてき》は断固打ち払うべし、という強硬論を唱えるものも多かったが、彼らは蒸気機関や高性能大砲などといった黒船の持つ恐るべき能力を

理解せずに威勢のいいことを言っているだけであった。阿部は頭を抱《かか》えた。

（もしもアメリカが一年後、ペリーが言ったように、四隻ではなく全艦隊を率いて戻ってきたら……。それに、アメリカだけではない。ロシアやイギリスなどがつぎつぎと開国を要求してきたら……）

「異国船は打ち払え」というような幼稚な考えではとうてい今後の国際情勢のなかではやっていけない、と阿部は考えていた。ペリーが戻ってくるまでに至急なにか対策を取らねばならない。阿部はまず、海軍を創設することを決定し、それまでは五百石以上の大船の建造を禁じていたのを撤廃して、各藩に大型軍艦を造ることを許可した。幕府も率先して大型船の建造に着手し、オランダにも軍艦を発注した（のちの咸臨丸《かんりんまる》）。また、品川《しながわ》沖に大砲を並べた台場を作り、黒船の攻撃への備えとした。

とにかく受け取った親書への回答を用意しなくてはならない。阿部は、攘夷《じょうい》を主張する国内の多くの大名たちと開国を要求するアメリカのあいだに挟まって、中庸《ちゅうよう》の策を取ろうとした。いくつかの港を開いて外国船の寄港を容認するがそれは薪水《しんすい》、石炭などの供給のために限り、通商は行わない。また、準備に時間がかかるので、開港は五年先になる。そう返事をしておいて、そのあいだに海防を強化して対応しようと考えたのである。

一方、ペリー率いるアメリカ艦隊は香港にいた。追加の船が到着して隻数は九隻に増えており、日本政府への土産の品を積んだ輸送船もすでに着いていた。そんなペリーの耳に届いたのは、ロシアのプチャーチンが日本の開国を企《くわだ》てている、という情報だった。ロシアに先を越されてはアメリカの面目が丸つぶれである。また、将軍家慶が死去し、新たな将軍は無能で国内が混乱しているということも知った。そこで、ペリーは一年後と言っていた日本再訪を半年早めることにしたのだ。

九隻の艦隊を率いてペリーはふたたび浦賀へとやってきた。一年後と聞いていた幕府はうろたえたが、すでに親書への回答の内容は決している。浦賀奉行の使者が交渉のために旗艦を訪れたが、ペリーは病気を理由に面会せず、アダムス参謀長を代理に立てた。太陽暦二月二十二日から話し合いがはじまり、日本側は浦賀での応接を主張したがアダムスは、

「浦賀は大艦隊での停泊に不向きである。我々は大統領より江戸の将軍と直《じか》に面会しての条約調印を命じられている。もっと江戸に近い場所での応接を要求したい」

と返答した。幕府側はあくまで「浦賀応接」を主張したが、ペリー側は譲らず、全艦隊を羽《は》田《ね》沖《だ》に進め、江戸上陸をも匂《にお》わせることで幕府を威嚇《いかく》した。あわてふためいた幕府は妥協案として横浜での応接を提案した。当時の横浜は田園風景の広がる戸数八十戸ほどの寒村《かんそん》だったが、ここに陣屋を建てようというのだ。こうして二週間もの長い折衝のすえ、ようやくアメリカ側は交渉の場所を横浜とすることに納得した。すぐに応接所の建設がはじまった。

三月に入ってようやく応接所が完成し、そこで日本側とアメリカ側との話し合いが行われた。アメリカの士官たちは揃《そろ》いの青い将校服、水兵は白い上着に青いジャケット、それぞれサーベル、小銃、ピストルなどを持ち、軍楽隊の演奏を背景に一糸《いっし》乱れぬ行進を見せた。ペリーは青い燕尾服《えんびふく》を着、三角帽子をかぶっていた。アメリカ側の出席者はペリー司令官、アダムス参謀長、ふたりの通訳、そして、ペリーの息子で秘書官のオリバー、日本側からは老中から全権を任された儒者林大学頭《じゅしゃはやしだいがくのかみ》、江戸町奉行井戸覚弘《さとひろ》、浦賀奉行伊沢政義《いざわまさよし》らだった。

どちらも譲らぬぎりぎりの交渉が一ヵ月近く続き、その結果、アメリカ船に対する薪水、食料、燃料の供与は認めるが、通商条約は結ばないことになった。また、開港する港は下田《しもだ》と箱館《はこだて》が選ばれた。開港の日どりは日本側は五年先としたが、アメリカ側は即日を主張し、結局、下田は調印後すぐに、箱館は一年後ということになった。

こうしてすべての事前準備が整い、三月三十一日に日米和親条約が調印された。ペリー側は百四十点にも及ぶ贈答品を日本側に渡した。そこには蒸気機関車の模型とレールや高額な百科事典、電信機、ピストル、望遠鏡なども含まれていた。ついに日本は、二百年の長きにわたってオランダと清国以外には固く閉ざしていた国の門戸を開くことになったのである。この偉業を成し遂げたマシュー・ペリーの態度は前回の来航時にくらべてもじつに堂々として威厳に満ちており、「体調が悪い」との噂が嘘のようであった。林大学頭をはじめとする日本側の全権たちはその自信にあふれた様子に圧倒されて、いくら主張を通そうとしてもアメリカ側に有利に話が運んでしまうのである。ペリーの考える「力」による外交、すなわち「砲艦外交」が見事に的中したのだ。

アメリカ大統領からの贈り物に対する日本側の返礼として贈られたのは大量の米俵《こめだわら》だった。アメリカの水兵は、ふたりでひとつの俵を運ぶのがやっとだったが、江戸から呼ばれた相撲取《すもうと》りたちはひとりで何俵も軽々と抱えて運ぶのでアメリカ人たちは肝をつぶしたという。

その後、ペリーは日本側の大使たちを旗艦に招待して料理と酒をふるまった。泥酔《でいすい》した儒者の松崎純倹《まつざきじゅんけん》はペリーの首に抱きついて酒臭い息を吐《は》きかけ、

「日米皆同心！」

と何度も叫んだという。このときばかりはさすがのペリーもうろたえて、

「ゲッタウェイ！」

と松崎を突き飛ばした。

調印を終えたペリー一行は開港予定の箱館を視察したあとふたたび関東に戻り、六月二十日、下田において日米和親条約の付帯協定である下田条約を締結した。下田には十九日間停留したが、六月二十八日、艦隊は下田を離れ、四ヵ月半にも及ぶ日本滞在に終止符を打ったのである。

琉球王国をも開港させ、香港に向かったペリーは指揮権を譲ると、そこで艦隊と別れて陸路ヨーロッパに赴いた。イギリスにアメリカ領事として赴任していた小説家のナサニエル・ホーソーンと会い、今後、自分が執筆する予定の「ペリー艦隊日本遠征記」について相談するなどした。その後、イギリス船に乗り込んで大西洋を渡り、ニューヨークへと帰着した。一八五五年一月十一日のことだった。じつに二年以上にわたる長期の任務を遂行し終えた瞬間であった。ペリーは二十四日に東インド艦隊司令長官を退任し、家族の待つ家へと戻った。

帰国後は「日本遠征記」の執筆に精力を傾けたが、かねてから患《わずら》っていた心臓病に加え、痛風、リウマチ、アルコール依存症などが相まって、わずか三年ほど後、一八五八年三月四日、六十三歳で死去した。「日本遠征記」はベストセラーになり、大勢の読者が極東の「ミカドの国」日本について正しい知識を得ることとなった……。

◇

歌舞伎芝居の裏方職人伊之助の死体が下田の森のなかで見つかったのは、嘉永七年(一八五四年)五月末のことだった。大銀杏《おおいちょう》に寄りかかるように倒れていたという。額《ひたい》に弾痕《だんこん》があったため、猟師に猪《いのしし》と間違えられて撃たれ、下手人《げしゅにん》は逃げたのではないか、という意見が大勢を占めた。しかし、まだペリーの艦隊が沖に停泊中であり、急遽《きゅうきょ》設置された下田奉行所は異人への対応が主たる職責であるため、日本人の死は任務の外であった。下田は幕府の直轄地であり、伊之助の住まいは江戸の猿若町なので、事件としては江戸町奉行所扱いになるが、町奉行所は遠い下田での出来事などほとんど眼中になく、同地の代官の報告を鵜呑《うの》みにして「猟師による誤射」ということで片づけてしまい、与力や同心《どうしん》が現場に足を運ぶこともなかった。

「伊之助の野郎が殺されただと?」

煙草盆《たばこぼん》のまえに座った猿若町の甚平は子分のへらへら長治《ちょうじ》に言った。

「そうなんでやす。あっしもたった今、伊之助の長屋の糊屋《のりや》のババアから聞いたんですがね、なんでも下田の森のなかで山猟師に猪と間違えられて撃たれたとか……」

「下田? なんであいつがそんなところに……。親類でもいるのか?」

「さあ……あいつは独り身《ひとみ》だし、ふた親も早くにおっ死《ち》んじまったそうだし、兄弟も親類もいねえって言ってましたからねえ」

「それがどうして下田にいたんだ」

「黒船見物にでも行ったんじゃねえでしょうか」

「なるほど、そりゃあありうるな。死骸《しがい》はどうなった」

「身寄りがねえんで、ついさっき大家のところに運び込まれたそうですよ」

「うーむ……猪と間違えられて殺された、たあ最期まで間抜けなやつだな。殺《や》った猟師はどうなったんだ」

「それが……森のなかで撃たれて死んでたのが見つかったんで、土地の代官が、そうじゃねえか、と言ってるだけだそうで下手人はわかっちゃいません。たぶんうやむやになるんじゃねえかと……」

「だろうな」

甚平は腕組みをして、

「博打好きで誰かれなく借金して踏み倒す、ろくでもねえ野郎だったが、俺の縄張りの住人だ。殺されたとあっちゃほっとけねえ。焼香かたがた、ちいっと調べてみるか」

そう言うと立ち上がり、十手を帯に差した。

「親分も物好きでやすね」

「ははは……じつぁ俺もあいつに金を貸してあるのさ」

甚平と長治は、伊之助の長屋に赴《おもむ》いた。遺骸は大家の家に寝かされており、旦那寺《だんなでら》の和尚が形ばかりの枕経《まくらぎょう》をあげていた。甚平は両手をあわせたあと、大家に断って顔の白い布を取った。額には生々しい黒い穴が開いている。甚平は首を傾《かし》げた。猪と間違えたのなら、かなり遠くから撃ったはずである。こんなに見事に額の真ん中を撃ちぬくだろうか。後頭部を見てみる。そこにも穴が開いており、弾丸は完全に貫通していることがわかった。しかも、銃創は黒く焦《こ》げたようになっている。

（おかしいな。よほど近くから撃たねえとこうはならねえと思うが……）

甚平は伊之助が固く握りしめている右手のひらをこじあけてみた。そこには二十本ほどの細い糸のようなものがあった。髪の毛のようにも思えたが、一本つまみあげてみると、ごわごわしたそれはやや赤みを帯び、茶色といってもいい色あいだった。長治が、

「なにか気になりやすか」

「ああ、いろいろとな」

甚平は隣近所の連中に聞き込みをした。その結果わかったのは、伊之助は「赤蛇の鈍助《どんすけ》」という博打打ちの親分の賭場でたいそうな借金をこしらえ、危うく命を奪われるところだったが、「小田原の叔父さん」が急死してその遺産が転がり込んだので、借金を完済することができた、ということだった。

「そいつぁいつ頃のこった？」

甚平がきくと長屋のものは、

「たしか去年の水無月《みなづき》ごろでした。ペルリが一度目にやってきたときなんで、よく覚えてます。あの野郎、濡《ぬ》れ手《て》に粟《あわ》で大金が入ったって喜んで、大酒を食らってましたっけ」

長治は首をひねり、

「おかしいなあ。身寄り頼りはねえと聞いてたんだが……」

「あいつぁ森田座のヅラ屋だろう？　そんな仕事で大金は稼げめえ」

ヅラ屋というのは歌舞伎芝居のかつらを作る職人のことで、「かつら師」と呼ばれることが多い。歌舞伎は、ひとりの役者がさまざまな役を兼ねるため、千種類以上のかつらが必要となる。それを作るのがかつら師である。

「ですが、ヅラ屋としちゃあ伊之助はかなりの腕だったようですぜ。銅の板で役者の頭の型を取って、それに毛を植えていくんですが、できあがったかつらは役者の頭にぴったり合って、まるでかつらかどうか、かぶってる当人にもわからねえほどだって評判でやした。博打さえしなけりゃさぞかし名もあがったんでしょうがね」

長治はへらへらしながらそう言った。

伊之助は五月の二十日ごろ、だれにもなんとも言わずに急に姿を消したという。借金をすべて返して安心したのか、伊之助はふたたび博打にのめり込み、以前に倍する借金を赤蛇一家に対して背負うことになったらしい。いなくなる前日に、赤蛇一家の子分ふたりが訪ねてきて、大声で怒鳴《どな》り合っていたのを隣の糊屋の婆《ばあ》さんが聞いていた。殺すの殺されるのという言葉が飛《と》び交《か》っていたそうだ。

「まさか赤蛇の子分が殺したんじゃねえでしょうね」

「でけえ出入りでもあるめえし、ヤクザが鉄砲《てっぽう》担いで下田くんだりまで行って、ヅラ屋を殺すとは思えねえ。――あいつがなにをしに下田まで出かけたのか……それが知りてえ」

「親分がわざわざ乗り出すほどの事件とは思えねえ。なにに引っかかってるんです？」

甚平は、

（やつが二度姿を消したのが、どっちもペルリが来てやがったときだてえのが気にいらねえんだ……）

　そう言いたかったが、あまりに荒唐無稽《こうとうむけい》だと思った甚平はその言葉を飲み込み、

「お奉行所に行ってくらあ」

　甚平はひとりで北町奉行所に行った。同心のひとりに頼んで伊之助の件に関する書付を借り出してもらい、奉行所まえの腰掛け茶屋で読んでみたが、たいしたことはなにも書かれていなかった。近隣の猟師を集めて詮議《せんぎ》した形跡もなく、貫通したはずの弾丸の所在も不明となっていた。また、銃声を聞いた、というものもいないようだった。

「なんでえこりゃあ」

　甚平は呆れたように言った。たしかに身寄り頼りのない博打狂いの町人がひとり、誤射されて死んだ、というだけだ。ほじくり返して咎人《とがにん》を出すよりは、放っておく方がいいのかもしれない。しかし、甚平は納得できなかった。真実をつきとめるまで徹底的に調べるのが甚平のやり方である。彼は、へらへら長治を連れて下田まで行くことにした。もちろん自腹である。町奉行所の同心は自分が使っている岡《おか》っ引《び》きに対してたまに小遣いを渡すだけで、あとはほったらかしなのだ。

「親分も物好きだね」

「俺ぁまことのことが知りてえのさ」

　徒歩《かち》だったので途中二泊して三日目にようやく下田に着いた。旅装を解くまえに真っ先に森へ向かった。大きな森だったが、大銀杏というのは一本しかなかった。ふたりは半日がかりで周囲を徹底的に調べた。日の差さぬ暗がりで、しかも木の葉が大量に積もっているなかでの作

業は難航を極めたが、ようやく血痕《けっこん》とおぼしきものが見つかった。

「やっぱりここで殺されたんだ……」

そして、その後もしつこく探しているうちに、甚平はとうとう土にめり込んだ弾丸を見出《みいだ》した。

「おい、長治……こんな鉄砲の弾、見たことあるか？」

それはいわゆる球形の「玉」ではなく、片方が細くなった円錐《えんすい》形のものだった。長治はかぶりを振り、

「この近所の猟師が使ってるたぁ思えねえ。伊之助がこいつで殺された、てえならいったいどこのどいつが……」

そこまで言いかけて、長治はふと海の方を見た。

「うひょお……すげえじゃありませんか。あれが黒船か。どうです、あの煙……！」

長治は港から遠望できるペリー艦隊の威容を見て大はしゃぎしはじめた。甚平も少し心が動いたが、今は見物しているときではない。甚平は浜辺へ行き、焚《た》き火《び》で小舟を炙《あぶ》りながら網の破れを繕《つくろ》っている老人に言った。

「爺《じい》さんは漁師かね」

「ああ、そうだ」

「黒船騒動で迷惑してるんじゃねえのか」

「えへへ……そうでもねえよ。江戸から見物に来た連中が舟を出してくれってせがむんで、いい小遣い稼ぎになってるぜ」

「俺ぁ、伊之助てえ男のことをたずねてまわってるんだが、なにか聞いちゃいねえか」

「知らねえなあ。この四月《よつき》ばかり、毎日のように客を乗せてたから、いちいち名前なんざ覚えちゃいねえよ」

「右の耳たぶが左よりかなり長えんだ」

老人は網を繕う手を止め、

「そういや、そんな男をしばらくまえに乗せたぜ。黒船を観《み》たいってえからできるだけ近くまで近寄せたんだが、急に海に飛び込んで……なに考えてやがるんだろうと思ったが……」

「それでどうなったんだ」

「抜き手を切って黒船に向かって泳いでいきやがったが、それっきりだ。そのあとのこたあ知らねえ。関わり合いになるのはごめんだから、わっちはあわてて舟を戻した」

「伊之助は、この近くの森のなかで銃で撃たれておっ死《ち》んでたんだ。殺したやつに心当たりはねえか」

「あるはずなかろ。けど、海に飛び込んだもんが森で死んでたてえのは妙だな」

甚平は礼を言ってその場を離れた。長治が待ちかねたように、

「親分、どういうことでえ」

「伊之助が握りしめてた髪の毛は、俺の見立てじゃ異人のものだ。どうして歌舞伎のかつら職人が異人の髪の毛をつかんでたと思うね？」

「そりゃあまあ……えーと……わかんねえ」

それから甚平は長治とともに黒船と伊之助に関わるこまごまとしたネタを集めに集めたが、

よそ者の伊之助はこの土地では知られておらず、たいした情報は入手できなかった。しかし、ペリーや船員たちに関する噂をできるかぎり収集した。甚平は、

「長治、おめえは江戸に帰れ」

「親分はどうなさるんです」

「せっかくこんな田舎《いなか》まで来たんだ。もうちっと……やれるだけやってみるさ」

甚平がふたたび森に戻り、伊之助の死体が寄りかかっていたという大銀杏のまわりを調べ始めたとき、

「なにをしてるんです?」

声がかかったので振り返ると、異国の水兵服を着た男が立っていた。ぎくり、としたが顔を見たら東洋人だと思われた。

「だれだおめえは」

「仙太郎というものです。元漁師で、今は黒船の通詞をしております。——あなたはどなたです?」

甚平は十手を抜くと、

「俺ぁ江戸から来た目明しの甚平てえもんよ。この森のなかで知り合いの伊之助てえ歌舞伎のヅラ屋が撃たれて死んでたって聞いたんでな、調べにきたのさ」

「ほう……それで、なにかわかりましたか」

「こんな弾が見つかったぜ」

甚平は懐紙《かいし》を開いて、円錐形の弾丸を見せた。

「俺の考えじゃ、伊之助は黒船の異人に殺されたんじゃねえかと思うんだ」

「それはまた……突拍子もないお考えですね」

「そうかね？　九隻の黒船を合わせると異人の数は全部で二千人にもなる。なかには素行のよくねえやつもいるだろう。現に、ピッチンガーとかいう牧師が勝手に江戸に行こうとして悶着《もんちゃく》を起こしたって聞いたぜ」

「よくご存じですね……」

「伊之助も異人に殺されたんじゃねえか、と俺ぁにらんでる」

「それはまたどうして？」

「伊之助は二度ばかり江戸の家からいなくなった。その時期はどっちも黒船が来たときだ。たぶん一度目は浦賀に行ってたんだろうぜ。江戸に戻ったあと、急に金回りがよくなったそうな。今度は漁師の爺さんの話じゃあ、黒船に向かって抜き手切って泳いでいったらしいぜ」

「…………」

「しかもやつぁ赤毛の髪の毛をつかんで死んでたんだ。異人のものじゃねえかと思う。それに、この弾だ。土地の代官は、猟師が猪と間違えて撃った、とか言ってたらしいが、猟師がこんな弾を使うかよ。それに、ペルリが船室からほとんど出てこねえってのも気になるね……」

「でも、どうして異人が森田座のかつら師を殺さなきゃならないんです。かつら師と黒船の異人のあいだにつながりがある、なんて、よくもそんな馬鹿馬鹿しいことを思いつきましたね」

「ほほう……俺ぁ歌舞伎のヅラ屋、とは言ったが、森田座の職人だとは言わなかったはずだが……」

「森田座が一番大きいんでそうじゃないかと思っただけです」

「ああ、そうかい。――伊之助がどうして殺されたか、についての俺の推測を言おうか」

それから甚平が話したことを聞いて、仙太郎の顔はみるみる蒼白になっていった。

「どうでえ、当たってるかい？」

「いや……それは……」

そのとき、銀杏の後ろからひとりの若い異人が現れ、甚平に拳銃《けんじゅう》を突きつけた。異人は仙太郎と英語でなにやら口論していたが、やがて、ため息をついて銃をおろした。仙太郎は甚平に向かって、

「言っておきますが、彼が伊之助を撃ったのではありません。下手人は、その……あなたが言ったとおりの人物です。使用したのは、これと同じ、コルト社製のリボルバー銃です」

「マジかよ。自信はなかったんだが……」

「ですが、あなたは彼を召し捕ることはできませんよ。日本には今のところ、外国人を捕縛したり、裁いたりする法はありません」

「わかってるよ。俺ぁただ……まことのことが知りたいだけなんだ。あんたがそれを話してくれりゃあ、俺ぁなにもせず、江戸に戻るよ」

「本当ですね？ ただし、なにもかも内緒にしてくれたら、という条件付きですが」

「ああ、わかった。どうせこんなこと、だれも信じちゃくれねえよ。それより、俺を無事に帰してくれるのかね」

「私が提督に約束させます。すでに条約は締結されました。もう、小細工をする必要はありま

せんから」

「俺が知りてえのは、なぜ伊之助を殺したのかっていう、その理由なんだが……」

「わかりました。すべてお話しいたします」

そう言って仙太郎は話し始めた。

読者への挑戦

これですべての手がかりが提供された……とは著者である私には思えないのですが、いろいろ諸事情あって、ここで読者の皆さんに挑戦したいと思います。冒頭で塚から発見されたものは「アレ」ですし、伊之助を殺した人物は「あのひと」ですが、では彼はなにゆえ伊之助を殺す必要があったのでしょう。その理由をお答えください。直感で書いたような話なので直感で解いていただいても全然かまいません。そもそもフーダニットやハウダニットではなく、ホワイダニットで「読者への挑戦」をする、というのがどだい無理なのです。ねえ、我孫子《あびこ》さん。

解答編はP311へ

北山猛邦

第三章　ハウダニット

問題編

竜殺しの勲章

問題編

第三章　ハウダニット

1

二〇二三年四月四日――フィンランドのある田舎町《いなかまち》で、祖父の葬儀が行《おこ》なわれた。八十五歳だった。釣りと、狩猟と、サウナと、僕たち家族を愛した偉大なる祖父だった。死因は心筋梗《しんきんこう》塞《そく》。サウナで倒れたらしい。幸せな最期だった、と信じたい。

葬儀を終えて、実家に帰ると、見知らぬ犬が我が物顔で玄関ポーチに座っていた。僕が近づくと、不審者でも見つけたかのように吠《ほ》え始めた。黒と白が半々の毛色で、額の中央から鼻先にかけて、飛行場の滑走路みたいな縦筋が走っている。

「こら、ミロ。静かにしなさい」

あとから来た妹が、犬をたしなめた。すると犬は吠えるのをやめて、その場に大人しく伏せた。

「仕方ないか、お兄ちゃんと会うのは初めてだもんね」

「また新しいのを飼い始めたのか」

「またって何よ。新しい家族に失礼じゃない？　ねえ、ミロ？」妹は犬に問いかけるように云《い》って、首周りをくしゃくしゃくしゃに撫《な》でる。「お兄ちゃん、今日は泊っていくの？」

「ああ。そいつに僕のベッドを盗《と》られてなければね」

実家に帰るのは久しぶりだった。

大学進学を機に家を出て、今はヘルシンキの学生寮で暮らしている。そろそろ将来を見据えてインターン先を探そうか、なんて考えている折に、祖父の訃報《ふほう》が届いた。こんなことになるなら定期的に実家に帰っておけばよかったと後悔している。生きている祖父に会ったのはもう一年以上前だ。みんながそうだったように、僕も祖父が大好きだった。

その夜、家族で食卓を囲んだ。

「ねえ、おじいちゃんの金庫の番号、知らない？」

母が尋《たず》ねる。

僕は首を横に振った。

祖父は自分の部屋にダイヤル錠の金庫を置いていた。せいぜい三十センチ四方程度の、それほど大きくない鉄製の金庫だ。

「おじいちゃん、お金を貯《た》め込むような人じゃなかったから、そんなに貴重なものは入ってないと思うけど。開かなくて困ってるの。相続税がどうとかで、確認しなきゃならないのに」

「へぇ……あとで見てきていい？」

「無茶なことはしないでよ」

僕は肯《うなず》く。まさかドリルでも持ち出して金庫をこじ開けるとでも思っているのだろうか。

夕食後、祖父の部屋に入った。

懐《なつ》かしい匂《にお》いがした。からからに乾いた、古い布の匂いというか、何処《どこ》か森林めいた匂い。

それは急ごしらえで準備された真新しい墓石よりもはるかに祖父の面影《おもかげ》を偲《しの》ばせた。

古い書き物机の上には、リールや疑似餌《ぎじえ》など、釣り道具が並べられている。持ち主がこの世から去り、ただの置き物と化したそれらは、まるで古代の遺跡から発掘された遺物のように見えた。

金庫は本棚の間に押し込まれるような形で置かれていた。床に溢《あふ》れた本の中にほとんど埋もれている。僕は本の山をかき分け、どうにか金庫の前にたどり着き、試しにダイヤル錠を回してみた。

手応《てごた》えはない。

誕生日だとか、記念日だとか、思いつく限りの数字はすでに試したらしい。しかしダイヤル錠の目盛りは0から99まであって、そもそも何桁《なんけた》の組み合わせなのかもわからない。もしかしたら無作為に数字が選ばれている可能性だってある。

途方に暮れていると、妹が犬を引き連れて部屋に入ってきた。

「鍵《かぎ》開けに挑戦してるの？」

「ああ」僕は肩を竦《すく》める。「でも無理だな」

「お兄ちゃんなら開け方知ってると思ったのに」

「わかるわけないだろ」

「だって小さい頃はよくここで、おじいちゃんのホラ話に夢中になってたじゃない。そのついでに教えてもらったことがあるんじゃないかって」

ホラ話——か。

体長二メートルの熊《くま》を仕留めた話。

その倍の大きさの怪鳥を射落とした話。

さらに倍の大きさの魚を釣り上げた話。

今にして思えば、祖父の冒険にはいつも巨大な怪物が付きものだったが、単に壮大な物語をせがむ孫に調子を合わせただけだったのかもしれない。

「どっかに番号をメモってるんじゃないかって、お母さんは云うんだけど……」妹は本棚から適当に一冊、抜き出す。「書いた紙がこの辺に挟まってたりしないかな」

妹がその本をひっくり返して、ばさばさと振ると、なんとページの間から紙切れが一枚、ひらりと落ちてきた。僕と妹はもちろん、そばにいた犬までびっくりして目を丸くした。

「何これ」

妹が紙切れを拾い上げる。

古い写真だった。角が擦り切れて丸くなり、濃いセピア色に染まっている。軍服を着た青年のポートレートだ。

「もしかしてこれ、おじいちゃん？」

「いや、違うよ」昔、その写真を見せてもらったことがある。「おじいちゃんのお父さん、つまり僕たちにとって曾祖父《そうそふ》に当たる人。大戦中に従軍していた頃の写真だ」

「大戦って、第二次世界大戦？　マジで？」妹は写真をひっくり返して、眺《なが》め回す。「特に日付とかは書いてないみたいね……残念」

「さすがに鍵の番号とは関係ないだろ」

「でも『この人』の誕生日とか、亡くなった日とか、試してみる価値はあるんじゃない？　お母さんに聞いてくる！」

妹は部屋を飛び出していった。そのあとを犬もついていく。

写真の『その人』は、僕たちが生まれる前にもう亡くなっている。馴染《なじ》みの薄い僕たちにとって、『その人』は『その人』でしかない。けれど祖父が折にふれて『その人』のことを話す時、いつも誇らしそうだったのをなんとなく覚えている。

そういえば——

僕は書き物机の一番上の引き出しを開けた。

古い筆記用具に交じって、それはあった。

七・六二ミリのライフル弾。その末端の雷管を取り除いて、薬莢《やっきょう》から火薬を抜き、留め金具を取り付け、ペンダントにしたものだ。祖父はこれを、『その人』から譲り受けたという。『その人』が戦場から帰還した時に、弾倉にたった一発だけ、この弾丸が残されていたことから、幸運のシンボルとなったらしい。

「正確な日付はわからないってさ」ばたばたと妹が犬と一緒に戻ってきた。「——何それ？」

弾丸のペンダントを見て、首を傾《かし》げる。

僕がそれにまつわるエピソードを話すと、妹は眉《まゆ》をひそめて、云った。

「どうせそれもホラ話なんじゃないの？」

「台無しにするようなこと云うなよ」

僕は苦笑する。

しかし云われてみれば確かに、これが『伝説の弾丸』であるという証拠は何一つないし、いくらでも同じものを作ることができるだろう。

「何か他に『この人』の話、聞いてないの？」

「聞いてないこともないけど……」

写真の『その人』にまつわる物語の中でも、もっとも秘密めいていて、スケールの大きな話がある。同じ話を何度も繰り返す祖父が、その話だけは一度きりしかしなかった。『誰にも云っちゃだめだよ』という言葉で締めくくられたその物語は、今となっては真実だったのかどうかさえ定かではない。

「『その人』が軍の指令を受けて、ドイツ人将校を暗殺した話があるんだが——いや、やっぱりやめよう」

「何よそれ、気になる！　暗殺？　聞きたい！」

「ダメだ。おじいちゃんからは『誰にも話すな』って云われてるんだから」

祖父からその話を聞いた時は、幼心《おさなごころ》に興奮を抑えきれなかったものだが、今にして思えばあまりにも奇想天外な、現実離れした物語だった。

『その人』がこの国を救った陰の英雄だって？

本当に？

「お兄ちゃんがよくて、わたしがダメって道理はないわ。同じ家族なんだから。ねえ、聞かせてよ！」

「ホラ話には興味ないんじゃなかったのか？」

「スパイ映画もミステリーも大好きよ」

「そんな大層なものじゃないって」

「いいから早く話して。もしかしたら何かの数字が金庫の番号に関係するかもしれないし！ほら、ミロも聞きたいって云ってる」

妹は目を輝かせている。その隣で、そっくり同じ目で、犬が期待するように「ワン」と一吠えした。

「わかったよ……」

僕は記憶を手繰《たぐ》り寄《よ》せるようにして、我らが曾祖父である『その人』——アンティ・ヴィルヤネン少尉の物語を話し始めた。

2

冬戦争と継続戦争——第二次世界大戦におけるフィンランド軍の戦いはそう呼ばれる。

敵はソヴィエト連邦。この戦争では、国境に接するカレリア地方を巡って、領土の争奪戦が行なわれた。フィンランドにとっては、一貫して自国の独立と主権を守るための戦いだった。

きっかけは、ソ連がフィンランド国境を越えて侵攻してきたことにある。ソ連は対ナチス・ドイツを見越して、周辺の領土拡大を図っていた。この冬戦争と呼ばれる最初の戦いにより、フィンランドは一方的に土地を奪われてしまった。

それから一年ほどの停戦期間を経《へ》て、今度はフィンランド側が、奪われた土地を取り戻すためにソ連に戦いを挑む。冬戦争の延長戦《リベンジ》――継続戦争と呼ばれる戦争の始まりである。

しかし圧倒的な軍事大国を相手に、フィンランドはどうやって立ち向かおうとしたのか？

それにはソ連を共通の敵とする、ある国の協力が不可欠だった。

ナチス・ドイツ――

ドイツと共にソ連への攻撃に参加した。

一九四一年、ドイツは第三帝国の野望のためにソ連への侵攻を開始した。東部戦線への正面突破を試みる一方、北部からソ連に攻め込む作戦を展開する。フィンランドはこれに同調し、ドイツと共にソ連への攻撃に参加した。

ドイツは大量の兵器と人員を送り、率先して前線を押し上げていった。そのおかげもあって、奪われた土地を奪還することに成功している。連合国の中には、フィンランドがナチスと手を組むことを問題視する国もあったが、ソ連と渡り合うにはナチスの兵力に頼らざるを得ないというのが現実であった。

しかし戦いが長引くと、兵力で劣《おと》るフィンランドは敗北を重ね、一度取り戻した領土も奪い返されてしまった。

ソ連との講和を模索する一方で、フィンランドはナチス・ドイツの援軍に最後の望みを託していた。

そして一九四四年七月――

ヘルシンキの街角では、こんな噂《うわさ》が流れていた。

「ドイツの秘密兵器がもうすぐこの街に届くらしい」

あのナチス・ドイツが開発した秘密兵器とはどんなものなのか？　市民は口々に噂し合っ

た。最新型の機関銃？　戦車？　戦闘機？　いずれにしてもソ連兵《リッサ》どもをこの国から追い出してくれるなら、なんだっていい。

市民の興味に反して、その秘密兵器はひっそりと、いつの間にかヘルシンキの外れにある駅に到着していた。あまりにも大きすぎたために、分解された状態で運ばれ、その原型を想像できる者は誰一人いなかったという。

数日かけて組み立てられ、本来の姿を現したそれは、秘密兵器と呼ぶには余りあるほど巨大だった。

三十八センチ列車砲、通称ジークフリート。

列車砲とは、鉄道の貨車に大砲を搭載した移動式の大口径火砲である。通常の陸上砲よりも射程が長く、圧倒的な破壊力を持っていた。当時、ドイツの主力戦車であるティーガーの主砲が八・八センチ口径だったことを考えると、三十八センチ口径の大砲がいかに規格外かわかるだろう。

全長二十四メートル、重量二百九十四トンの大砲は、それを支える貨車を含めると、もはや陸上の戦艦といった佇《たたず》まいであった。

この秘密兵器をヘルシンキからコトカまで、約百三十キロの鉄道輸送をする作戦に任命されたのが、アンティ・ヴィルヤネン少尉だった。

出発の日、アンティは同じ部隊の仲間であるヴェイコと共に、二十時から砲弾の積み込み作業に当たっていた。

「まったく、ドイツ人はとんでもないものを造りましたね。ソ連兵がこれを見たら、きっと泣いて逃げ出しますよ！」

ヴェイコは額の汗を拭《ぬぐ》いながら、興奮気味に云う。しかしアンティは、同意しかねるといった様子で静かに首を振るだけだった。

確かにこれは怪物じみた兵器だが――たった一門で何ができるというのだろう。そもそも、まともに当たるのか？　これをこの世に生み出したドイツ人たちでさえ、はたして総統閣下の自尊心を満足させる以上の効果を、この哀《あわ》れな怪物に期待しただろうか？

砲弾を有蓋車《ゆうがいしゃ》（倉庫型の貨車）に積み込むに当たっては、専用のクレーンが必要だった。その馬鹿《ばか》げた大きさの榴弾《りゅうだん》は、重量およそ五百キロ。長さは百七十センチほどもあり、大人の身長とそう変わらない。これが五十五キロ先まで飛んでいくというのだから、狂気の沙汰《さた》だ。

「それにしたって、なんでこんな重労働を我々二人だけでやらなきゃならないんです？　しかも少尉が直々に――」

「秘密作戦だからだ」アンティは声をひそめて云う。「少なくともコトカに着くまでは、必要最低限の人数で任務に当たる」

「それならせめて、あのドイツ人たちにも手伝ってもらいたいもんですけどねぇ」

ヴェイコは線路の向こうで煙草《たばこ》をふかしている二人のナチス兵を顎《あご》で示した。

「これは我々の戦争だ。だから我々だけでやる」

アンティがそう云うと、ヴェイコは小さく首を竦めた。

五百キロの砲弾を八発分、有蓋車の床に並べ終えた。仕上げに、砲弾を木枠で囲い、釘《くぎ》で打って固定させる。ここまで一時間半かかった。

「ようやく終わりましたね……」

「何云ってるんだ、ヴェイコ。これだけじゃ弾は飛ばないぞ」

「はぁ？」

「火薬入りの薬莢を、同じ数だけ積み込むんだ」

「うへぇ……」

アンティとヴェイコは倉庫に置かれていた薬莢を運び出した。

それは正確には装薬筒と呼ばれるもので、金属製の筒の中に、TNT火薬と、それを起爆するための信管が詰め込まれている。そもそもこれがなければ砲弾は飛ばない。見た目は銃弾の薬莢そっくりだが、当然ながらジークフリートの砲身に合わせた巨大サイズで、長さは百センチはあるだろうか。また通常の薬莢と異なり、筒口は厚紙でシーリングされており、弾頭と分離させた状態のまま使用されることが想定されている。

このように弾頭と薬莢を別々に装塡《そうてん》して着火するタイプは、主に大口径の火砲で採用されている。発射手順としては、まず飛翔《ひしょう》体《たい》となる弾頭を砲身に突っ込んだあとで、薬莢を挿入し、蓋《ふた》をして、信管を起爆する。金属製の薬莢は、爆発エネルギーを外に漏らさないようにする役割がある。特にドイツの大砲は、この形式を多く採用していた。

薬莢は一つ七十キロ。アンティとヴェイコは、これを寝かせた状態で、頭と尾をそれぞれ持って、自力で有蓋車に並べた。

そして砲弾と同じように、それぞれの薬莢を木のフレームに収めて、寝かせたまま釘で固定する。枠だけの直方体の中に、金属の筒がぴったりと収まっているような状態だ。

最後の薬莢を収め終わったところに、ナチス兵が二人やってきた。品定めするかのように有蓋車の中を見回して、ドイツ語で何か呟《つぶや》く。

「ヴェイコ、彼はなんと云ってる?」

「『あれだけ時間をかけて、これだけか?』と……」

「これ以上積めば重すぎて列車が動かないぞ、と伝えてくれ。残りの砲弾は後発の列車で輸送予定だ」

ヴェイコはナチス兵に説明した。

するとナチス兵たちは顔を見合わせ、腕時計を確認してから、無言で去っていった。

「ろくに手伝いもせずにあの態度……気に食わないですね」

「放っておけ。そろそろ時間だ」

空が藍色《あいいろ》に染まり始めている。出発を予定していた二十二時を十五分ほど過ぎていた。

アンティは有蓋車の引き戸を閉めて、取っ手にチェーンを巻き、南京錠《なんきんじょう》をかけた。鍵は軍服のポケットに入れる。

「さあ、少尉。我々も急ぎましょう」

アンティとヴェイコは列車の先頭へ向かって歩き出した。

今回、コトカへ向かう列車は五両編成になる。

蒸気機関車を先頭に、兵員用の客車が二両、そのあとに列車砲が続く。最後尾は先ほど砲弾を載せた有蓋車だ。

客車へ向かう途中、アンティは列車砲のすぐ下を歩きながら、あらためてその不気味な怪物を見上げた。巨大な貨車の上で、ジークフリート砲は水平に寝かされている。カムフラージュのために砲身に被《かぶ》せられた布は、さながら就寝用の毛布のようだ。しかしその身体《からだ》があまりに大きいせいか、先端が布からはみだし、前方に連なる客車の屋根上にまで届いていた。

ふと、大砲を載せた貨車の上に、人影があるのに気づいた。さっきのナチス兵の二人だった。出発前の点検をしているのだろうか。

ようやく客車にたどり着き、デッキに上がる。

こちらの客車は、ナチス兵のために用意された特別車両だった。車内には赤い絨毯《じゅうたん》が敷かれ、窓に金色の刺繍《ししゅう》が入ったカーテンがかけられている。作戦会議用と思われる広々としたテーブルに、四つの高級椅子《いす》。隅《すみ》のキャビネットにはウイスキーやワインの他に、チョコレートやビスケット、籠《かご》に詰められた新鮮な果物などが用意されている。まるで高級ホテルの客室のようだ。

その客車には、すでにナチスの将校が一人、乗り込んでいた。

カール・ベックマン少佐——今回の輸送作戦、及びジークフリート砲の運用を指揮する人物だ。

アンティは状況報告のために、ベックマン少佐を訪ねた。

客車のドアをノックして、返事を待つ。

「入れ」

厳《おごそ》かな声が聞こえる。ドイツ語だが、アンティは意味を理解して、客車に足を踏み入れた。

ベックマン少佐は椅子に腰かけ、足を組み、難しい顔で本を読んでいた。汚れ一つ、皺《しわ》一つない軍服を着て、制帽はわずかな乱れもなく、頭の上にあった。フィンランド人に威厳《いげん》を見せつけるためか、それとも生来の性格なのか、仕草《しぐさ》一つ一つが固く、神経質めいていた。

「砲弾の積み込み作業が終了しました」

アンティの報告をヴェイコが翻訳する。

「ご苦労」ベックマン少佐は本からまったく目を離さずに云った。「だが時間には正確に頼む。私は時間に遅れるのが嫌いなんだ。もし予定通りコトカに到着しなかったらどう責任を取るんだね？」

その最後の言葉だけ、はっきりとアンティを見据えて云った。

「機関士に急ぐよう伝えておきます」

「よろしい」

彼は再び本に目を落とす。

アンティとヴェイコは客室を後にした。

そのすぐ隣が、アンティの乗り込む客車だが、それを素通りして機関士に声をかける。髭《ひげ》だらけの熟練機関士に調子を尋ね、旅の安全を祈った。それ以上のことは何も云わなかった。機関車にはもう一人、若い機関助士がいて、石炭の山をかき分けるのに没頭していた。

アンティとヴェイコは線路脇を引き返して、ようやく客車に乗り込んだ。ベックマン少佐の車両とは違い、こちらの客車は普段、一般客を運ぶのに使用していたものだ。中央の通路を挟んで長椅子が左右に並んでいる。

あとから例のナチス兵が二人、乗り込んできた。今回の輸送に当たって、ベックマン少佐が引き連れてきたのはその二名の兵士だけだった。本格的に兵を動員するのはコトカに到着してからであり、それはフィンランド側も同様である。アンティとヴェイコ以外に、仲間はいない。総勢四名の乗客。

この客車と、ベックマン少佐の乗る客車は、連結されて隣り合ってはいるものの、互いを繋《つな》ぐ通路がないため、行き来することさえできない。

「あいつら、少佐殿と一緒に向こうの客車に乗らないんですかね」

ヴェイコが耳打ちする。

「彼らに直接、聞いてみたらどうだ？」

「どうせ答えてくれませんよ」

二人のナチス兵は座席に座ると、談笑しながら煙草をふかし始めた。彼らにはベックマン少佐ほどの緊張感はないようだ。

「少佐は一人旅をお望みなのさ」

アンティは、ナチス兵から離れた場所に座った。

ヴェイコはその一つ後ろの席に座る。

二十二時四十五分。

やがて汽笛が鳴り――

ゆっくりと列車が動き始めた。

二十三時を過ぎてなお、窓の外は幻想的な薄暮の状態が続いていた。白夜《びゃくや》の季節だ。空がはっきりと白むまでにはコトカに到着する予定だが、列車が今どの辺りを走っているのか、アンティには見当もつかなかった。

ナチス兵二名はさっきまでカードで遊んでいたが、それにも飽きたらしく、片方は窓に寄りかかって眠っていた。もう片方は退屈そうな目で、煙草を吸っている。

「少尉」ヴェイコが後ろの座席から身を乗り出して、声をかけてきた。「食べますか？」

乾燥させたベリーを差し出す。

「いや、いい」

「そうですか……」ヴェイコは残念そうに手を引っ込めた。「街を歩いていたら、果物屋のおばさんがくれたんですよ。がんばってくれ、って」

「よかったじゃないか」

「ええ。近頃じゃ、早くこの戦争から手を引けって、主張する人たちもいますからねぇ。我々は国を守るために戦ってるのに」

「もうすぐこの戦争も終わるさ」

「そう願いますよ、まったく」ヴェイコはくちゃくちゃとベリーを噛《か》みながら云った。「しかし彼らはどう考えているんでしょうね。街の人間はみんな、彼らを怖がってましたよ」

ヴェイコは視線で、ナチス兵の方を示す。

フィンランドの世論はナチス排除に傾いていたが、現実はそう単純なものではなかった。ソ連からの脅威に対抗するためには、彼らの軍事力が必要不可欠だ。一方で、もし彼らに刃向かえば、今度は自分たちが彼らの標的になりかねない。ナチス・ドイツとの協力関係は、まさに悪魔との契約だったのだ。

　しかし今、悪魔の力は衰えつつある。スターリングラード攻防戦においてドイツはソ連に全面敗北。また西側では、連合国がノルマンディ上陸作戦を成功させ、ドイツ本国への侵攻の足掛かりを築いている。

　戦局は変わった。一刻も早くソ連との戦いに決着をつけ、ナチス・ドイツとの関係を安全に断ち切る必要がある。

　どうすればそんなことが可能なのか――

　選択を迫られるなか、ナチス・ドイツから贈られたのが、このジークフリートという英雄の名を冠した兵器だった。

『これをもってソ連軍を駆逐《くちく》せよ、さもなくばヘルシンキを火の海に変える』

　公然とそんな声明があったわけではないが、そう云われているのと変わりはない。少なくともアンティの上官たちは全員、そう受け取っていた。

「早くコトカに着かないかなぁ」ヴェイコはあくびを嚙み殺しながら云う。「実は俺、コトカ出身なんですよ」

「それじゃあ、里帰りというわけか。到着したら、家族に顔を見せに行ったらどうだ？」

「えっ？　いいんですか？」

「本隊への合流まで半日、時間がある。私が許可する」

「いや、しかし……」

「白状すると、私も昨日、家族に会いに行ったんだ。ヘルシンキに妻と子供がいてね」

アンティはポケットから手帳を取り出し、そこに挟んであった家族写真を見せた。

「男の子ですか。少尉にそっくりだ」

「ヴェイコ、結婚は？」

「いえ、まだです」

「相手がいるなら、急いだ方がいい」

アンティはそれ以上は何も云わずに、写真とともに手帳をしまった。

従軍中に休暇をとって結婚式を挙げ、戻ってきたばかりの戦場で死んだ友人のことを、アンティは思い出していた。残された家族のために自分には何ができるだろうか。毎日、そんなことばかり考えている。もちろんこの戦いは、自分の家族のためでもある。そして子孫のためでも——

やがてヴェイコのいびきが聞こえてきた。ナチス兵は交代で眠っている。さすがにそのあたりは抜け目がない。アンティは一睡もせずに、窓辺に頬杖《ほおづえ》をついて、その時が来るのをひたすら待った。

午前三時十五分。

汽笛が一つ、鳴った。

列車の速度が次第に遅くなり、外に街灯かりがちらほら見えるようになってきた。空はすでに明るくなり始めていたが、どうやら完全に夜が明けるまでに、コトカにたどり着くことができたようだ。

コトカの車両基地に、ずんぐりとした円筒形の蒸気機関車がゆっくりと滑《すべ》り込んでいく。到着地点にはすでに、フィンランド軍とドイツ軍の各兵員が待機していた。

「いやあ、やっと着きましたね」

ヴェイコは大きく伸びをして云った。

同乗していたナチス兵二名は、先に客車を降りていった。

そのあとを追うように、アンティとヴェイコも続く。

「コトカにようこそ、少尉」待機していた部隊がアンティを迎える。「移動中に何か問題はありませんでしたか？」

「ああ、特に――」

そう答えようとした時、もう一つの客車の方で、何やら騒ぎが起こった。

ドイツ語の大声がする。

「なんだ？『いない！』って騒いでますけど……」

ヴェイコが云った。

「いない？」

アンティは首を傾げる。

客車からナチス兵二名が飛び出してくる。騒ぎを聞きつけて集まった待機部隊に、まくしたてるように何かを訴えている。

「『ベックマン少佐が消えた』と云ってますよ」

「そんな馬鹿な……」

アンティは隣の客車に移動し、デッキに上がって、ドアを開けようとした。しかしこちら側

——進行方向側のドアは内側から鍵がかかっていて、開けられなかった。ドアの覗《のぞ》き窓《まど》にはカーテンがかけられているため、中は見えない。

仕方なくアンティはデッキを降りて、反対側のドアへ向かった。騒いでいるナチス兵たちをかき分けて、客車内を確認する。

中は無人だった。椅子が一つ、後ろに引かれている。人の気配を窺《うかが》わせるのはそれだけだった。

アンティは客車を離れて、ヴェイコたちのところに戻った。

「確かに誰もいないようだ」

「我々より先に客車を降りて、何処かに行っただけじゃないですか？」

ヴェイコが云った。

「待機部隊がこれだけいるのに？」アンティは周囲を見回す。「君たちの中で、ベックマン少佐の姿を見たという者はいるか？　きっちりとナチスの軍服を着こんだ男だ」

「あのナチス兵二人が降りるまで他に誰も出てきませんでしたよ」

アンティの部隊の一人が答える。

「それは確かか？」

「え、ええ……列車が入ってきて、ここに止まるまで、我々はすべてを見ていました。間違いありません」

「それじゃあベックマン少佐は何処に消えたんでしょう？」ヴェイコが青ざめた顔で云った。

「列車が動き出す前は、確かにこの客車にいたのに……」

客車の前で騒いでいたナチス兵たちが、散開して列車周辺の捜索を始めた。すると一人の兵員がアンティのもとにやってきて、有蓋車を開けろと云い出した。

アンティはナチス兵に従い、有蓋車まで移動して、南京錠の鍵を開けた。取っ手に巻いていたチェーンを外す。

ナチス兵が有蓋車の中に入り、中を確認した。もちろんそこにはベックマン少佐の姿はおろか、鼠《ねずみ》一匹見当たらなかった。列車が出発した時と同様、砲弾が並べられているだけである。

「こんなところにいるわけがないのに」ヴェイコがぼやく。「窓一つないんだから、少佐殿だってここには入れないでしょう」

すると、列車砲の方から、今度は悲鳴のような声が聞こえてきた。あまりの異様な声に、その場にいた全員がはっとして、そちらの方に駆け出した。

列車砲のたもとから、頭上を見ると、数名のナチス兵が貨車の上でうろたえている様子が見て取れた。

アンティは貨車に備えつけられている梯子《はしご》を上り、大砲の台座まで上がった。通常は弾薬の装塡をしたり、照準を合わせたりする場所だ。地上からはかなりの高さがあり、周囲には鉄の柵《さく》が設けられている。

カール・ベックマン少佐はそこにいた。

大砲の手前でうつ伏せに倒れ——

その背中に銃剣が深々と突き刺さっていた。

汚れ一つなかったはずの軍服には、どす黒い染《し》みができていた。きっちりと頭の上にあったはずの帽子は、傍《かたわ》らにひっくり返って落ちている。それでもさすが少佐というべきか、軍服には皺がほとんどできていなかった。

不可解な状況を目の当たりにして呆然《ぼうぜん》としているナチス兵たちを押しのけて、アンティはベックマン少佐の首筋に触れてみた。脈はない。それどころかすでに体温がかなり失われているように感じられた。

アンティは列車砲から降りると、部隊の仲間たちに伝えた。

「ベックマン少佐が死んだ」

「な、なんですって……」ヴェイコは目を白黒させる。「病気か何かですか？」

「いや、背中を刺されている。おそらく殺しだ」

「殺し？　いや、でも……少佐殿は客車に一人きりだったじゃないですか？　一体誰が殺したっていうんです？　そもそもなんで列車砲の貨車に？」

「私にもわからないことだらけだが……指揮官の代わりが来るまで、ジークフリートの運用計画は停止せざるを得ないだろう。上層部の指示があるまで待機だ」

翌日——

ナチスの軍部主導による調査団が結成され、ジークフリートの輸送列車に乗っていた人員への聞き取りが行なわれた。当然ながらアンティもその対象となり、当日の行動についてしつこく何度も説明させられることになった。

アンティとヴェイコには殺人容疑がかけられそうになったが、同じ客車に乗っていたナチス兵二名の証言により、その疑いはすぐに晴れた。同様に、アンティたちの証言によって、ナチス兵二名の行動に不審な点はないことが証明された。そもそもアンティたちの客車には、隣の客車に移動するためのドアがない。それこそ四人が結託して、窓から外に出て側面伝いに移動でもしない限り、隣の客車に移ることはできないが、その可能性は限りなく低いと判断された。

機関士と機関助士にも容疑が向けられたが、やはりベックマン少佐のいる客車まで移動するのは難しいとして、断定には至らなかった。

なお、ベックマン少佐が殺害された当日、零時五分頃に、輸送列車からコトカの本隊へ、ベックマン少佐本人による定時連絡があったことが判明している。報告内容は『異状なし』。無線を受けた通信兵は、声や喋《しゃべ》り方は間違いなくベックマン少佐のものだったと証言した。しかし無線の音声は明瞭《めいりょう》ではなく、確証はない。また時間に正確なベックマン少佐が、予定の零時を五分も遅れて連絡してきたことに違和感を覚えたという。

無線機については、もう一つ特筆すべき点がある。

今回の輸送列車には無線機が二台設置されていた。一つはベックマン少佐が乗っていた客車に備えつけられていたもの。もう一つは、ジークフリートの貨車の上、大砲の台座近くに設置されたもの。これらのうち、客車の無線機が故障して使えなかったことが判明している。内部の配線が何者かによって意図的に切断された形跡があった。ただし、いつどの時点で切断されたものかは判然としない。

凶器については、屍体《したい》の背中に刺さっていた銃剣と断定された。本来はライフルの先端に装

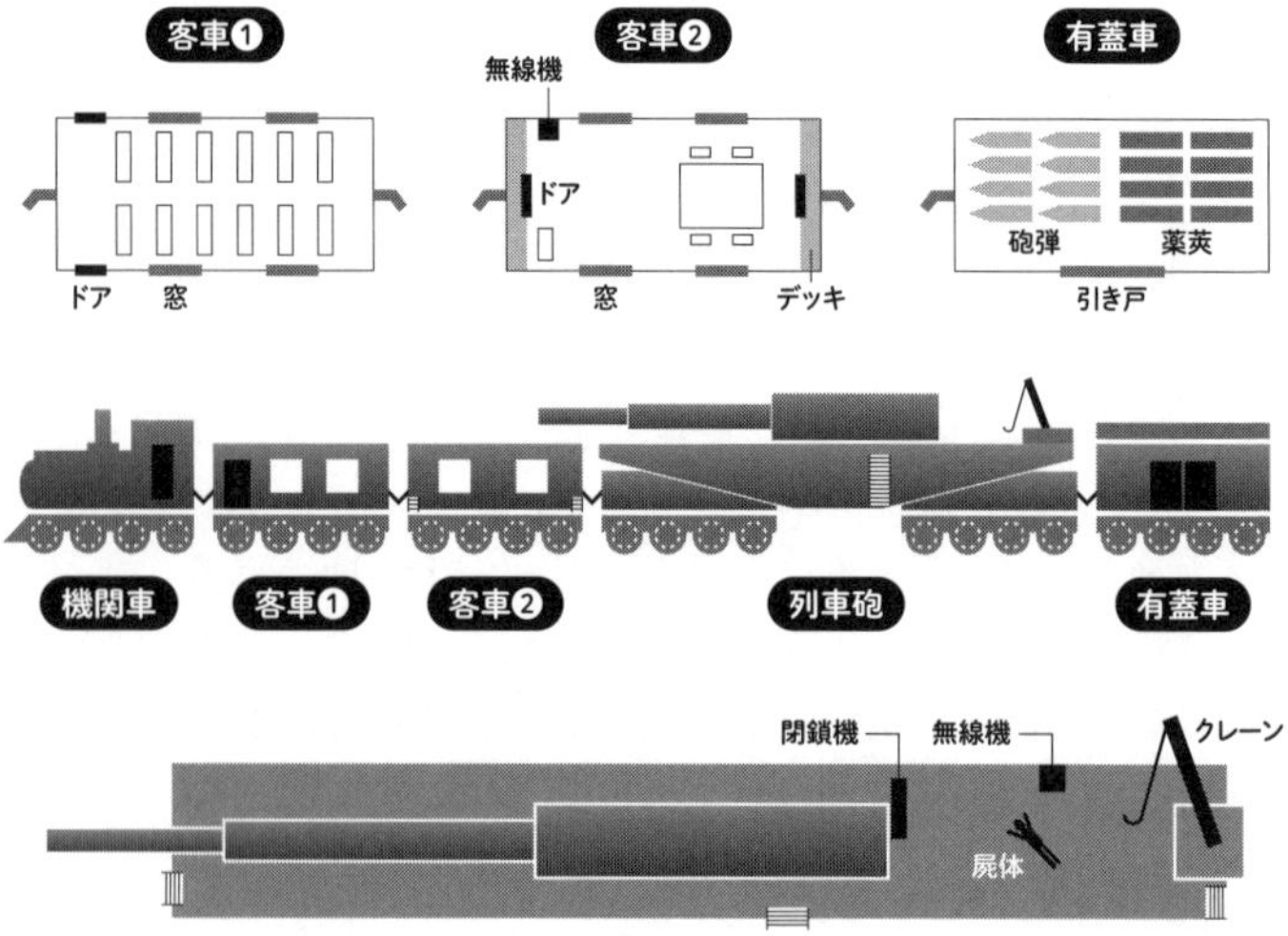

着し、槍《やり》のように使用するものだが、取り外せばナイフとしても使える。なお、現場からライフルは発見されていない。

この銃剣はドイツ製であった。ただし軍の放出品を扱う店では、普通に売買されているものであり、ただちに犯人がドイツ人であるとは断定できない。

屍体には背中の刺創以外に、外傷はみられなかった。着衣に乱れはなく、装備していた拳《けん》銃《じゅう》はホルスターに収められたままだった。このことから、ベックマン少佐は完全に隙《すき》をつかれて、背後から襲われたものとみられる。

ただし着衣に関して、一つ不審な点があった。

制帽の中央にあった帽章がなくなっていたのである。第三帝国を象徴する銀の鷲《わし》だ。ただしこれに関しては、帽子が落ちた際に外れてしまったのだろうと推測された。帽子は貨車の柵に引っかかっていたため、風に飛ばされずに済んだようだ。

　ベックマン少佐の死亡推定時刻については、無線連絡のあった零時五分から、午前一時頃の間と推定された。当該時刻の気温は十五度前後、屍体現象に大きな影響があったとは考えにくいため、推定時刻に誤差はないとみられる。

　零時五分から一時といえば、列車は線路上を時速五十キロ程度で走行中であった。その間、列車が停止したという報告はない。また、先の聞き取りにより、ベックマン少佐以外の乗員は全員、互いにアリバイを証明できることが確認された。

　一連の調査から、ベックマン少佐の殺害は、輸送作戦とは無関係な第三者による示威的犯行との見方が強まった。

　ナチス軍部の見立てによると——殺害犯は列車がヘルシンキを発《た》つ際に客車のデッキに飛び乗り、しばらくそこに身を隠して、頃合いを見計らってベックマン少佐を殺害した。その後、列車がコトカに着く前に飛び降りて逃走。カーブなどでスピードが落ちるタイミングであれば、比較的安全に下車できただろう。

　それからひと月にわたって、殺害犯の捜索が行なわれたが、これといった目星すらつけられないまま、調査団は解散となった。犯人の追及を諦《あきら》めたというより、情勢の悪化のため、これ以上捜査を続けられなくなったのだ。

　その頃、フィンランド政府はソ連との講和を進めていた。それに伴って、国内からナチスを排除する動きが高まった。結果的に継続戦争は九月に終結。フィンランドは多くの犠牲を払ったものの、主権を失うことなく、独立を保《たも》ち続けた。

こうしてジークフリートは砲弾を一発も撃つことなく、眠りについた。

戦時中に開発された兵器には、不発に終わったものも少なくない。この空想の産物めいた巨砲も、そんな兵器の一つとして、歴史の闇《やみ》に消えていった。

もしもジークフリートが計画通りに運用され、ソ連への攻撃に参加していたら――

いや、歴史に『もしも』はない。

3

我らが曾祖父の物語を話し終え、僕は深く息をついた。妹は不思議そうな顔で僕を見つめ、その隣で犬は丸くなって眠っていた。

「それで終わり？」

妹が尋ねる。

「終わりだよ」

「ちょっと待ってよ。写真の『この人』――アンティがナチス将校を暗殺したって話じゃないの？」

「そういう話だ」

「それはおかしいでしょ。だってアンティにはベックマン少佐を殺すことはできないじゃん。ずっと客車にいたわけだし、そもそも客車から出られないんでしょ？」

「そうだね」

「じゃあどうやって殺したのよ」

「さあ？」

「『さあ』って——何？　もしかして肝心な部分をおじいちゃんから聞かなかったの？」

「聞かなかったんじゃない。教えてくれなかったんだ。国家機密だってさ」

「いつものホラ話よ！」妹はとうとう笑い出した。「なあんだ、やっぱり全部デタラメなんじゃない。何がジークフリートよ。そもそも本当にそんなもの存在したの？」

「ああ、当時のナチス・ドイツがジークフリートという名の三十八センチ列車砲を開発していたのは事実だよ」

「マジで？」

「記録では三門、造られたことになっている。ただしそれらが何処でどんなふうに使われたのかは不明だ。ドイツは他にも数多くの列車砲を造っているんだけど、中には八十センチ砲という悪夢のような超巨大列車砲も存在したんだ」

「さっきから『何センチ砲』とか云ってるけど……何が何センチなの？」

「口径、つまり大砲の内側の直径だ」

「八十センチって、めちゃくちゃでかくない？」

「そう、馬鹿でかいんだよ。でもそれらの大砲が開発された時期は戦争の終わりの頃で、その時期には空から爆弾を落とす爆撃機がいくらでも出てきていたから、単に馬鹿でかい大砲で遠くから闇雲に砲弾を飛ばすことには、さほど意味がなかったらしい」

「そんな意味のない兵器をナチスが私たちの国に送りつけてきたっていうの？」

「いや、まったく無意味だったとは云えないな。もし正常に使われていたら、ソ連の防衛線を押し下げることくらいはできたかもしれない。でもそうなるとソ連は怒り出して、戦争は長引いていたかもしれない。もしそうなっていたら、僕たちは生まれていないなんてことも……」

「お兄ちゃん、すっかりおじいちゃんに影響されてるんじゃない？」

「やれやれ」

僕は肩を竦めて、祖父の安楽椅子に背中を預けた。

かつて祖父はここに腰掛け、僕にたくさんの物語を語ってくれた。たとえそれらがホラ話だったとしても、僕にとってはいい思い出だ。

「おじいちゃんは、アンティ父さんからこの話を聞いたわけでしょ？　その時に、どうやってナチス将校を暗殺したのか、真相を聞いてるの？」

「たぶん聞いてると思うよ。知ってるけど云えない、って雰囲気だった。まさかそのまま墓まで持っていっちゃうなんてね」

「ああ、気になる！」

妹は大げさに頭をかき回す。

「さっきはデタラメだって云ってたくせに」

「デタラメでもいいから、お兄ちゃん、この話にオチをつけてよ」

「はあ？　無茶云うなよ」

「ほら、ミロもそう云ってる」

「寝てるだろ」

「そもそもおじいちゃんの金庫を開ける番号はまだ見つかってないのよ？　数字はたくさん出てきたけどさ……もしかしたら暗殺の真相に、鍵が隠されているのかも！」

「鍵――ねぇ」

僕はあらためて曾祖父アンティから祖父に引き継がれた物語に思いを巡らせる。

祖父によると、アンティが軍上層部から『ナチス将校を暗殺せよ』と指令を受けたのは事実らしい。当時、すでに政府はソ連との講和の道を探っていた。だからナチス・ドイツによる新兵器の導入は、むしろ迷惑な事案だったのだろう。万が一、ジークフリートがソ連に大打撃を与えてしまうと、報復を受けかねない。結果的に講和は破綻《はたん》する。

そうなる前に、極秘裏にナチスの指揮官を処分しようと『誰か』が考えたとしても、おかしくはない。残忍な判断だが、戦時中には同様の事例が無数にあったのだと思う。

しかしドイツ側にとってみれば、それは裏切り行為に他ならない。だからこそ、犯人が特定されない形での暗殺が求められた。

アンティはそのために、何かトリックを使ったのだろう。国家存亡をかけたトリックだ。

一体どうやって暗殺したのか――

「お兄ちゃんにばっかり考えさせるのもかわいそうだから、わたしも手伝ってあげる」

「そりゃどうも」

「それじゃ、わたしが疑問に思ったことをどんどん聞いていくから、お兄ちゃんは答えてよ」

「わかることしか答えられないぞ」

「まず気になるのは、他の人間が暗殺に関《かか》わっていたのかどうかって点ね。客車に一緒に乗っていたナチス兵はともかく、アンティの同僚はどうなの？　機関士とかも怪しくない？」

「上から指令を受けたのはアンティだけだ。これは間違いない。しかしアンティが他者に協力を頼んでいたかどうかは定かじゃないな」

「ふうん……協力者はあり得るわけね。じゃあ次の質問。わたしにはまだ列車砲っていうものがどういうものなのか、よくわかってないんだけど。ベックマン少佐が大砲の近くで発見されたことからみて、きっとその場所に何か意味があると思うのよね。列車砲について詳しく教えてよ」

「大体のことはもう話したと思うが……まあ辞書的な説明をするとすれば、この列車砲は前後に一つずつ貨車があって、その上に橋を架けるような形で、巨大な台座が載せられている。その形にしないと、大きすぎてカーブを曲がれないからね。ちなみに大砲そのものは回転できないから、標的に狙《ねら》いをつける際には、カーブを利用して貨車自体を動かす必要がある」

「ああ、回転しないの？」

「しない。ちなみに上下に角度をつけることはできる。およそ五十度まで砲身を上向きにできるらしい」

「それって何か暗殺に関係してる？」

「いや……どうだろう？　輸送中は零度の状態で、しかもカムフラージュ用の布がかけられていたみたいだし、上下に動かされた形跡はないんじゃないかな。動かすこと自体は、ハンドルを回すだけだから、一人でもできるみたいだけど」

「ふむふむ……で、気になるのは、大砲のお尻《しり》の方なんだけど、ここってどうなってるの？」

「お尻？　どうなってる、とは？」

「勘が悪いなあ、お兄ちゃん。要するに後方部分が開きっ放しなのかどうか——大砲が文字通り筒抜けだったのかどうかってこと！」

「はあ？　屍体が発見された時にどうだったかはわからないが——筒抜けだった可能性はあるかもしれないな。専門的なことを云うと、このジークフリートの尾栓は水平鎖栓式といって、砲身の末尾にスライドする分厚いドアみたいなものがついているんだ。発射する時には、砲身に砲弾を詰めて、このドアを閉じる。装塡前には、当然ここは開いているはずだ」

「それじゃあ中が空洞の巨大な筒がそこにあったと考えていいわけね？」

「いいと思う」

「ふふん……なんだかわたし、冴《さ》えてるみたい」

「まさかアンティがどうやってベックマン少佐を暗殺したのかわかったのか？」

「そのまさかみたいよ。でも、もうちょっと聞いておかなきゃいけないことがあるわ。アンティたちが乗っていた客車は、前後にドアがないから運行中には別車両に移動できないのよね？」

「そうだ」

「ベックマン少佐が乗っていた方の客車は？」

「前後にドアがあって、外のデッキに出ることができる。そこから別車両に移動しようと思えば可能だろう。ただし駅に到着した時点で、前方のドアは内側から鍵がかかっていて開かなかった」

「でも後方のドアは鍵がかかっていなかったんじゃない？　ナチス兵がすぐに客車内を確認しているものね」

「ああ、そうだな」

「たとえばベックマン少佐自身が、後方のドアから出て、列車砲の貨車に移動することはできた？」

「かなり危険だが……連結部を飛び越えて移ることはできただろう」

「そこから砲台の台座に上がることはできたのかしら？」

「当然、できただろうね。貨車から砲台に上がる梯子がある。ちなみに当時の客車や有蓋車には、大体外側に梯子がついていて、屋根の上に上がれるようになっていたそうだ」

「なあんだ、そういうことだったのね！」

妹は唐突に大きな声を出した。

犬がびっくりして目を覚まし、耳を立てる。

「お兄ちゃん、今までこんなこともわからなかったのぉ？」

読者への挑戦

アンティ少尉はいかにしてベックマン少佐を暗殺したのか、
その方法を答えよ。

解答編はP321へ

伊吹亜門

第三章　ハウダニット

問題編

波戸崎大尉の誉れ

登場人物

月寒三四郎《つきさむさんしろう》　探偵、語り手
波戸崎《はとざき》大尉　中隊長
蜂丘《はちおか》大佐　連隊長
扇《おうぎ》一等軍医正　連隊附軍医
洲崎《すざき》大尉　連隊副官
多留《たる》少尉　小隊長。波戸崎の部下
昇《スン》　朝鮮人役夫
乙部《おとべ》少佐　師団参謀

※本作品中には今日の人権擁護《ようご》の見地に照らせば不適切な表現、差別的な呼称を使用した箇所があります。しかしそれらは、作中の舞台となる一九三〇年代の中国東北部（旧満洲）の社会性及び時代性に鑑《かんが》み、当時の現地を描く上で必要であるとの判断から使用しています。予《あらかじ》め御了承下さい。

糾弾すべき告発者、波戸崎《はとざき》中隊長が重傷を負ったとの一報に触れた時、私は己の間《ま》の悪さを呪《のろ》わずにはいられなかった。

一九三×年、冬。歩兵第××連隊間島《かんとう》*1地区派遣隊が駐屯《ちゅうとん》する二村台《アイツンタエ》である。

普段は哈爾浜《ハルビン》の裏町に探偵事務所を構える私が、五百粁《キロ》以上離れたこの地へ赴《おもむ》かなければならなかったのは偏《ひとえ》に関東軍*2の命令に因《よ》るものだった。

波戸崎が告発者である事を確かめるのが、私の任務だったのである。

××連隊を統括する琿春《こんしゅん》市の師団司令部には、先月から連続で匿名の投書が送り付けられていた。師団長宛《あて》のその封書は、目下《もっか》間島地区で匪賊《ひぞく》*3掃討作戦を敢行している××連隊に於《お》いて軍需物資の横流しが行われている事実を告発していた。曰《いわ》く、連隊上層部は糧食に留まらず

*1　満洲と朝鮮の国境付近にある朝鮮人居住区　*2　満洲に駐屯する大日本帝国陸軍部隊の総称
*3　満洲に於ける抗日ゲリラ軍の別称

＊4　軍事警察を掌《つかさど》る兵科区分の一種

銃器火薬の類《たぐ》いまで朝鮮商人に払い下げ、その対価として金品を受け取っているのだと云《い》う。匿名の主は連隊の汚行を厳しい口調で糾弾し、主犯である連隊長以下の更迭《こうてつ》を要求していた。

　実は以前から、師団司令部でも横流しの事実は把握《はあく》をしていた。しかし、冬季の平均気温が零下二十四度にまで至る間島地区での過酷な作戦遂行《すいこう》のためには、多少の逸脱行為は黙認するというのが師団の方針だった。

　細々《こまごま》しいその内容から、告発者が××連隊内部の人間であろう事は容易に察せられた。師団幹部陣は協議の上、告発文を尽《ことごと》く焼却し、××連隊に告げる事もしなかった。だが、五通目の末尾に付け足された「これ以上黙殺を続けるのならば憲兵隊[*4]に通報する」という一文を受けて、遂《つい》には重い腰を上げざるを得なかったのだ。

　尤《もっと》も、これまで容認を続けて来た手前、師団としても今更××連隊を追及する訳にはいかなかった。そこで、軍部が絡んだ事件の後始末を幾度か担ってきたこの私、月寒《つきさむ》三《さん》四郎《しろう》が、告発者特定のため××連隊に送り込まれたという次第だった――のだが、実際の所、私は二村台に着任する以前から、投書の主が××連隊で中隊長を務める波戸崎大尉だと知っていたのである。

　棚から牡丹餅《ぼたもち》とは、まさにあのような事を云うのだろう。琿春から二村台へ向かう前日、私の部屋を師団参謀の乙部《おとべ》少佐が訪れた。面識は無い筈《はず》だったが、乙部は親しげに私の肩を叩《たた》き、しっかりやって下さいと強い口調で激励してきた。

「貴方《あなた》に課せられた任務は知っています。地方人《ちほうじん》*5に任せるのはどうかとも思ったが、事情が事情だから仕方ないでしょう。向こうでは波戸崎君が協力してくれる筈です。彼と一緒になって、連隊の腐敗を徹底的に追及して下さい」

哀《かな》しい哉《かな》、師団司令部の善性を信じ切っていた乙部は、私が横流しの証拠集めに二村台へ行くのだと勘違いをしていたのである。真剣な面持ちで頷《うなず》いてみせながら、私は予想外の展開に面喰《めんくら》っていた。この状況下にあって、乙部が虚言を弄《ろう》しているとは思えなかった。つまり乙部は正真正銘告発者に与《くみ》する人間であり、その告発者こそ波戸崎であると、私はその時知ったのだ。

乙部を見送ったのち、その足で師団長室へ赴いて今の話を報告すれば、若《も》しかしたらこんな氷と雪に閉ざされた辺境の街迄《まで》出向く必要は無かったのかも知れない。私が敢《あ》えてそうしなかったのは、告発者たる波戸崎に個人的な関心を持ったからだった。

直接憲兵隊へ通報すれば一遍に片が付く所、彼は態々《わざわざ》師団司令部を挟んでいる。それが皇軍の自浄作用に恃《たの》んだ真摯《しんし》な思いから来ているのか、それとも単なる怯懦《きょうだ》に因るのか、望むと望まざるとに拘《かか》わらず横流しという犯罪の秘匿に加担する私は、少なからざる興味を抱かずにはいられなかった。

佐官待遇の連隊附報道班員として二村台に着任した私は、波戸崎という男の人となりを遠目に観察しながら、一方で告発者の痕跡《こんせき》を方々に探った。

＊5　軍隊で軍人以外を呼称する際の名称

＊6　兵営内に設けられた売店　＊7　満洲と朝鮮の国境地帯にある活火山。抗日ゲリラ軍の巣窟《そうくつ》とされていた

　薄々感付いてはいた事だが、波戸崎は有能で篤実な、まさに申し分の無い典型的武人といった趣《おもむき》の男だった。私は、そんな波戸崎が酒保[＊6]でなく、街唯一の雑貨屋で高麗紙《コリョ》の便箋《びんせん》を数回に亘《わた》って買い求めていた事実を調べ上げた。主《あるじ》の手作りであり同じ物は二つと存在しないその便箋は、確かに投書に使われた物と同一だった。茲《ここ》一ヵ月で便箋を買ったのは波戸崎だけであり、雑貨屋の帳簿には、何《いず》れも師団司令部に告発文が届く数日前の日付が購入日として残されていた。軍規には厳しく訓練も苛烈《かれつ》を極めたが、それでも多くの部下から慕《した》われているこの男が件《くだん》の告発者である事は、最早《もはや》疑いようも無かった。因《ちな》みに私はその過程で、横流しが連隊長の蜂丘《はちおか》大佐と副官の洲崎《すざき》大尉に拠《よ》って執り行われている噂《うわさ》を幾度も耳にした。商人達の間で、それは既に公然の秘密であるようだった。

　琿春へ戻る前に一度波戸崎と話をしたかったのだが、生憎《あいにく》と当人はその時機《タイミング》で掃討作戦敢行のため二村台を発《た》ってしまった。波戸崎の帰還を待つか、そのまま離れるか迷っていた所に、此度《こたび》の一報が舞い込んだという訳だった。

　騒然とした空気を感じて訪れた将校集合室では、洲崎が険《けわ》しい顔で煙草《たばこ》を吹かしていた。何事か問うと、苦々し気に波戸崎中隊が匪賊の襲撃に遭ったのだと云った。

「本作戦も含めて七十近い兵が殺《や》られた。随分な痛手だ」

　襲撃を受けたのは、白頭山《はくとうさん》[＊7]山麓での掃討作戦敢行後、二村台へ戻る復路だった。峡間地帯を

進んでいた中隊は風速十五米《メートル》以上の猛吹雪に視界を遮《さえぎ》られ、潜伏する敵の存在に気付かなかった。山腹からの一斉射撃に兵は次々と倒れ、報《しら》せを受けた援軍が駆け付けた時には、全体の二割が雪中に屍《しかばね》を晒《さら》していたそうだ。

「それで、波戸崎大尉は無事なんですか」

洲崎は土佐《とさ》犬のように厳《いか》つい面相を顰《しか》めて、どうだろうなと呟《つぶや》いた。背丈《せたけ》は私よりも低い百六十糎《センチ》程度だが、両肩の肉も盛り上がったその姿は筋肉達磨《だるま》のようだった。普段から波戸崎とは反《そ》りが合わないというこの男も、今度ばかりは憮然《ぶぜん》とした面持ちで煙草を噛《か》んでいた。

「担ぎ込まれた時は未《ま》だ意識もあったそうだが、十発近く撃《ぶ》ち込まれたらしいからな。しかもその内の一発は腹部貫通ときた」

「重傷ですね。それなら手術は未だ……？」

「俺も直《す》ぐ医務室に行ったんだが、汚い恰好《かっこう》で入ってくるなちゅうて扇《おうぎ》さんに怒られてな。運び込まれたのは一八〇〇《ヒトハチマルマル》*8だから、流石《さすが》にもう一段落はしたと思うが」

時計を見ると十九時半だった。私は洲崎と共に集合室を出て、連隊司令部内の医務室に向かった。

××連隊が駐屯したのは、二村台郊外にある広壮な屋敷《やしき》だった。元々はこの辺り一帯を統《す》べる領主の屋敷だったそうだが、つい最近までは仏蘭西《フランス》人の鉱山技師一家が住んでいたらしく、それ故《ゆえ》に韓屋《ハノク》*9は所々が欧風に改築されていた。高い石壁に囲まれた広大な敷地《しきち》内には、使用人

*8　陸軍での時刻呼称で十八時丁度を指す、以下同じ　*9　伝統的な朝鮮様式の家屋

＊10　朝鮮の伝統的な床暖房。従来は竈《かまど》の煙を居室の床下に導き、部屋全体を暖める装置

向けであろう建屋が幾つも並び、今ではそれが兵舎として各部隊に割り振られていた。

司令部が置かれたのは、その中でもひと際大きな石造平屋だった。中庭を抱いたロの字形の屋敷には医務室や作戦室の他、連隊長以下各将校の個室も宛《あて》がわれていた。

医務室は屋敷の北西部にあった。所々に置かれた大型石油燈《ランプ》の灯《あか》りを目印に、私達は吹雪が流れ込む吹き放しの廻廊《かいろう》を進んだ。

分厚い木製の扉を押し開けると、忽《たちま》ち全身が暖気に包まれた。屋敷の床下には幾筋もの温突《オンドル》＊10が走っているため、寒冷なこの地方にあっても室内は仄《ほの》かな暖かさを保《たも》っているのである。

中央に巨大な治療寝台の置かれた医務室は、十五畳ばかりの広さだった。手前には重厚な事務机と椅子《いす》、それに水甕《みずがめ》が並び、その隣に将校用病室へ続く扉があった。奥の壁には背の高い薬品庫が三つ、左手には医務器具の棚が二つ並んでいる。何《いず》れの棚にも堅固な錠前が備わっているのは、朝鮮人役夫による盗難を防ぐためである。元々何に使われていた部屋なのかは分からないが、埃《ほこり》に塗《まみ》れた天井の片隅《かたすみ》には幾重にも蜘蛛《くも》の巣《す》が張り、御世辞《おせじ》にも衛生的とは云い難《がた》かった。琿春の兵站《へいたん》病院と比べれば、極めて貧相な設備だと評さざるを得ない。それでも他の派遣隊と比して高い救護率が保てているのは、偏に連隊附軍医である扇二等軍医正の腕に因る所が大きいようだった。

つい今しがたまで施術が行われていたのか、煤《すす》けた瓦斯灯《ガスとう》に照らされる治療台では白い敷布《しきふ》

がすっかり蘇芳《すおう》色に染まり、室内にも濃い血の臭《にお》いが充満していた。厭《いや》な臭いだ。こればかりは、嗅《か》ぎ慣れる事もないだろう。

事務机の上には血で汚れた膿盆《のうぼん》が残されており、空豆の形をした銀色の皿の底には、赤黒い血のこびり付いた二個の銃弾に、同じく血で汚れた小刀《メス》と鉗子《かんし》が添えられていた。

二人は奥かと呟きながら、洲崎が病室の扉に歩み寄った。木製の扉には緑の留金が螺子留《ねじど》めされ、更に無骨な南京錠《ナンキンじょう》がしっかりと喰《く》い込んでいた。洲崎は戸を叩いて扇の名を呼んだが、反応は無かった。

「いませんね」

「うむ……しかし、こんな鍵《かぎ》は掛かっていなかったと思うんだが」

「先程はどうだったんです」

「覚えておらんなァ……。北側の大広間が臨時の負傷兵収容所だから、其処《そこ》に運ばれたのかも知れん」

廻廊に面した扉越しに、多留《たる》少尉入りますと聞こえた。入れと洲崎が返す。勢いよく開いた扉口に立つのは、波戸崎中隊で小隊長を務めている多留少尉だった。私達の姿を認めた多留は、戸惑ったような顔で挙手の礼を示した。

「何の用だ」

「はッ、中隊長殿の容態が気になりましたもので参りました」

「俺達もそれが知りたくて来たんだ。ただ此処《ここ》にはおらん。扇さんが何処《どこ》に行ったか貴様は知らんか」

「いえ、自分は知りません」

血で汚れた治療台を一瞥《いちべつ》して、多留は唇《くちびる》を結んだ。

連れ立って医務室から出ると、少し先に若い衛生兵の姿があった。洲崎は大声で呼び留め、慌てて敬礼を示す彼に扇の所在を問うた。

「軍医殿でしたら、先程彼方《あちら》で遺体の運搬をされておりました」

なにッと洲崎は目を剝《む》いた。

「波戸崎は死んだのか!?」

「いえ、中隊長殿ではございません。大広間にて施術中だった二等兵との事であります。軍医殿はそう仰《おっしゃ》っておりました」

「なんだ、ややこしい事を云うなこの莫迦者《ばかもの》が」

洲崎は凄《すさ》まじい勢いで平手打ちを喰らわせた。衛生兵は大きく蹌踉《よろ》めきながらも直ぐに背筋を伸ばし、再度敬礼を示して立ち去った。

背後から、金属同士の擦れ合う音が聞こえた。大柄《おおがら》な扇二等軍医正が、中背の男の小脇《こわき》を支えて此方《こちら》に向かって来る所だった。ジャラジャラという耳障《みみざわ》りなその音は、扇が腰から提《さ》げた鍵束《かぎたば》が元だった。

「オイ、儂《わし》の部屋で何をしとる」

「軍医殿。自分は波戸崎の容態を伺いに参りました。連隊長殿も気にされておいでです」

洲崎は背筋を伸ばして挙手の礼を示した。二等軍医正は中佐相当のため、連隊内では連隊長に次ぐ階級なのである。

「手術は終わっとる。そんな事よりコイツを何とかせんか」

扇は傍《かたわ》らの男を荒々しく揺さぶった。百八十糎《センチ》を優に越す扇は、小刀《メス》や聴診器よりも余程指揮刀の方が似合うような偉丈夫《いじょうぶ》だった。私は慌てて駆け寄りその身体《からだ》を支える。酔っ払っているのか、男の全身は水蛸《みずたこ》のように弛緩《しかん》しきっていた。俯《うつむ》きがちなその顔を覗《のぞ》くと、昇《スン》という名の朝鮮人役夫だった。

「この莫迦が、波戸崎の手術中に注射器を落としおってな。それがコイツの腿《もも》に刺さったのだ。まったく、貴重なフェノバルビタールを無駄にしおって。それより何の用だ、波戸崎なら今は会えんぞ」

「波戸崎は大広間でありますか」

「下手に動かしたら疵《きず》口が開く。態々《わざわざ》遠くに連れ出す訳もないだろうが」

「では、あの奥の病室でありますか？　何やら鍵が掛かっておりましたが」

「昇に云って付けさせたのだ。波戸崎が飛び出したら困るからな」

猪首《いくび》を捻《ひね》る洲崎に、扇は譫妄《せんもう》だと打《ぶ》っ切《き》ら棒な口調で付け足した。

「鎮痛剤に使った塩酸モルヒネの影響で、波戸崎は多少錯乱しておる。現に弾を取り出しとる最中も、自分は未だ戦場にいるのだと勘違いしておる様子だった。今は麻酔が効いて眠っておるが、目を覚ました時にフラフラ歩き廻《まわ》られても厄介だ。だからと云って四六時中見張っとる訳にもいかんだろう」

「成る程、それで鍵を」

「心配するな、既に峠は越しとる。まあ、銃弾があと四糎《センチ》上に逸《そ》れておったら、胃に穴が開いて手前の胃液で手前の内臓を溶かしておっただろうがな」

では と多留が意気込んだ調子で口を挟んだ。

「命に別状は無いのですね」

「だからそうだと云っておるだろうが。それよりも洲崎、重傷者を琿春に送る手筈《てはず》はどうなったんだ。師団の連中と話はついたのか」

「それが、向こうも中々手が廻らないようでして。迎えの車など到底用意出来ないとの回答でした」

「莫迦! それを何とかするのが貴様の仕事じゃないのか」

鼻白む洲崎に、私は失礼と割って入った。

「今夜の零時に、琿春へ戻る貨物車《トラック》が発つ筈です。其処《そこ》に重傷兵を同乗させるのは如何《どう》です」

敷地南西の隅《すみ》には、琿春から物資を運んできた大型の有蓋《ゆうがい》貨物車が駐《と》まっていた。荷台には修理の必要な銃器火砲が幾つか積まれており、明朝到着の予定で琿春へ戻るのだという。今日の午後にその積載を手伝わされたので、私も偶々《たまたま》知っていたのだ。

琿春から二村台までは山岳地帯を迂回《うかい》しても百二十粁《キロ》程度だが、硬く凍《こお》った根雪だけでなく、いつ降り懸かるかも分からぬ匪賊の襲撃がその往来を極めて困難な物にしていた。ただでさえ人手が足りぬ現状では物資輸送に護衛が付けられる訳も無く、往復は数週間に一度と限られ、更には夜闇《よやみ》に乗じた深夜の通行とするしかなかった。師団司令部が渋《しぶ》るのも已《や》むを得《え》ない話なので、そうである以上、貴重な今夜の復路便を使わない手は無いと思ったのである。

しかし、扇の反応は冷ややかだった。

「そりゃあ駄目だな。あの貨物車は軽迫《けいはく》[11]やらを運ぶんだろう？　儂《わし》は、一寸《ちょっと》した振動すら命取りになる奴《やつ》らの事を云うとるんだ。運転にも慎重を期すのだから、それ専用の車でないと許可なぞ出来ん。いいか洲崎。兎《と》に角《かく》、何とかして後送《こうそう》用の車を出すよう琿春に打診しろ。若《も》しくはもっと軍医を寄越すように云え。連隊長殿にも改めて申し上げるが、儂独《ひと》りじゃそろそろ限界だ。いいな、絶対にだぞ」

　扇はそれだけ云うと、大股《おおまた》で医務室に入っていった。私は昇を抱《かか》え直しながら、慌ててその背に声を飛ばした。

「扇軍医、此奴《こいつ》はどうすればいいんですか」

「ん？　ああ、大広間の隅にでも寝かせておけ。ひと晩寝たら意識も戻るだろう」

「此奴を寝かせる？　御冗談でしょう！」

　洲崎が棘《とげ》のある声を上げた。

「軍医殿、ヨボ[12]のために態々《わざわざ》寝床を用意してやるんですか？　放っておけばよいではありませんか」

「そうはいかん。ソイツはこの辺りの薬草に詳しいから重宝しとるんだ……オイ、なんだその顔は。洲崎貴様、軍医の意見なぞは可笑《おか》しくて聞けんのか」

「いえ、勿論《もちろん》そんな訳ではありませんが」

　引き下がりはしながらも、洲崎は忌々《いまいま》しげな一瞥《いちべつ》を昇に寄越した。扇は鼻を鳴らし、勢いよ

＊11　軽迫撃砲の略称　＊12　当時使われていた、朝鮮人を蔑んで呼ぶ言葉

く医務室の扉を閉めた。

「ヨボが、手間を掛けさせやがって」

扇がいなくなったのを確認して、洲崎は昇の尻《しり》を蹴《け》り上げた。昇は相変わらず自分の足でも立てないような状態で、低い唸《うな》り声を上げるだけだった。

「俺は連隊長殿にこの事を報告して来る」

だから後はお前らで何とかしろという意味なのだろう、洲崎は肩を怒らせて廻廊を歩み去った。

「自分もお手伝いします。行きましょうか」

彫像のように動かなかった多留が、昇の身体を支えてくれた。私は昇の腕を肩に廻しつつ、改めてこの若い尉官の顔を見た。

歳《とし》の程は未だ二十二、三だろう。地方の学校で教師でもしていそうな温和な顔立ちの青年だが、吹雪に晒され続けたその顔は霜焼けが痣《あざ》のように黒くなり、戦場の雰囲気が抜けきらないのか、両目共にすっかり血走っていた。気のせいなどではなく、その軍衣には確かに未だ硝煙の匂《にお》いを纏《まと》わせていた。

底冷えする廻廊をゆっくりと進む。その途中で不意に多留が口を開いた。

「そう云えば、月寒さんは報道班員だとお聞きしましたけれども、新聞記者なのですか。それとも作家さん？」

「記者ですよ。満洲日報《まんしゅうにっぽう》の哈爾浜支局から来ました」

「哈爾浜ですか。いいですね。自分は行った事がありませんが、綺麗《きれい》な街だったと父から聞いた事があります。その、父は長らく満洲におりましたもので」

「ああ、確かに多留将軍は関東軍参謀長をお務めでしたね」

多留は、頬《ほお》を張られたような顔で此方《こちら》を見た。大きく目を瞠《みは》った変貌《へんぼう》ぶりに、私も多少面喰った。


この若い少尉が、砲術の大家と謳《うた》われた多留鉦吉《しょうきち》退役中将の遅蒔《おそま》きの子である事を、私は洲崎から教えられていた。豪胆で知られた砲兵将軍の一粒種にしては惰弱であるというのが洲崎の評だったが、当人にもその自覚はあるのか直ぐに顔を伏せてしまった。

「……よく御存知ですね。誰かからお聞きになったのですか」

「いやまあ、そんな所です」

唇を結んだ多留の陰鬱《いんうつ》な面持ちは、それ以上の対話を拒否する物だった。私も敢えて言葉を重ねようとは思わず、黙って昇を運び続けた。


漸《ようや》く辿《たど》り着《つ》いた大広間の風景は、酸鼻を極めていた。天井に連なった灯籠《とうろう》が皓々《こうこう》と照らす十五坪余りの室内では、万遍無く敷かれた毛布の上に、特に傷の重い負傷兵達が横たえられていた。大半が四肢の何《いず》れか、若しくはその全《すべ》てを失《な》くした兵士であり、疵口だけでなく凍傷治療のために顔貌《がんぼう》もその殆《ほとん》どが包帯で覆《おお》われているので、部屋中が妙に白茶《しらちゃ》けて感じられる。温突の熱で暖められた室内には血膿《ちうみ》と硝煙の臭いが充満し、胸が悪くなるようだった。

長く呻《うめ》き続ける兵士達の姿は、私に否が応でも波戸崎の事を思い起こさせた。襲撃にこそ遭ったものの、彼は一命を取り留めている。しかし、私が仕事を全《まっと》うすれば彼の身には少なからざる災難が再び降り懸かる事になるだろう。軍隊という集団に在って自業自得だと云えばそれまでだが、陰鬱な気持ちは粘《ねば》っこい乾留液《タール》のように私の胸の裡《うち》を垂れていった。

多留が、兵士達の間を忙《せわ》しなく行き来する衛生兵の一人を捉《つか》まえ、扇の命令である事を強調して昇を預けようとした。衛生兵はマスクから覗く双眸《そうぼう》を煩《わずら》わしそうに歪《ゆが》めながら、丁度出て行こうとした朝鮮人役夫を大声で呼び付けた。顔色が酷《ひど》く悪いその役夫は肩を震わせ、蹌踉めきながらも直ぐに取って返した。そして、居丈高《いたけだか》に運搬を命じる衛生兵と我々に対して幾度も頭を下げながら、恐々とした手付きで昇を引き受けた。若しかしたら交代の時間だったのかも知れないが、そんな事は当然お構いなしだった。

大広間の前で多留と別れ、私は佐官待遇故に与えられた五畳程の自室に戻った。時刻は二十時を少し過ぎた所で、凍《い》てつく窓の向こうには墨を零《こぼ》したような闇が広がっていた。吹雪の勢いも幾許《いくばく》か弱まっているようだった。

煙草を燻《くゆ》らしながら茫《ぼう》と窓の外を眺《なが》めていると、不意に遠方が明るくなった。一塊の巨大な焔《ほのお》と共に煙が立ち上り、夜闇に溶け込んでいく。敵弾に斃《たお》れた戦友を、兵達が柩《ひつぎ》に納めて焼いているのだ。

私は、無意識の内に軍衣のポケットに手を突っ込んでいた。指先に冷たい銃弾が触れる。先日、敵弾に斃れ火葬された兵士の骨灰から見つけた物だ。大日本帝国陸軍で使用されている八粍南部《ミリなんぶ》弾に相違無かった。

二十時四十分を過ぎた頃に、洲崎が部屋を訪れた。波戸崎が目を覚ましたと、扇が連隊長室へ報告に来たのだそうだ。私は直ぐに外套《がいとう》を羽織《はお》って、洲崎と共に医務室へ急いだ。いつの間にか、吹雪は再び勢いを取り戻しつつあった。

「おお月寒君、君も来たか」

医務室には多留だけでなく蜂丘の姿もあった。軍人らしからぬ恵比寿顔《えびすがお》に太鼓腹を備えたこの連隊長は、ニコニコと笑いながら私を迎えた。その姿を見掛ける度に、到底この床屋の大将然とした男が横流しなどという大罪を犯しているとは考えられず、むしろ洲崎の方が主犯であって、蜂丘は強要されているだけではないのかという考えが頭を過《よぎ》っていた。

「波戸崎大尉の容態は如何《いかが》です」

「チョットなら構わんと扇君が云うから来てみたんだが、どうも芳《かんば》しくないみたいでなァ」

「扇軍医は中ですか」

そうだよと蜂丘が目を向けた矢先、注射器を手にした扇が病室から現《あら》われた。マスクのせいで表情は窺《うかが》えないが、その眉間《みけん》には深い皺《しわ》が幾つも刻まれている。

「波戸崎君の様子はどうだね」

「いけませんな。奴《やっこ》さん、未だ自分が戦場にいると思っておるようです」

「傷の具合は。相当悪いのか？」

「そんな事はありません。痛みは続いておるようですから、追加でモルヒネを打っておきましたがね。問題は譫妄の方です。暫《しばら》くの間は飛び出したりせんように、閉じ込めておいた方が良いでしょう。どうします、様子をご覧になりますか。今はよく眠っておりますが」

蜂丘は洲崎を振り返り、小さく顎《あご》を引いた。扇は机に注射器を置いて、静かに病室の扉を押し開けた。

「また目を覚まされても厄介ですから、此処から覗くだけにして下さいよ」

蜂丘と洲崎が扉口に寄る。丸みを帯びた蜂丘の肩越しに、私も中の様子を覗《うかが》った。

薄暗い病室は、医務室より少し狭い十畳程の造りだった。右手前に小さな丸卓と椅子が並び、その近くには医務室と同じ蓋《ふた》付の水甕が用意されている。一方の左側にはガタガタと風に揺れる窓があり、その脇《わき》に高さ一米《メートル》程度の戸棚が置かれていた。戸棚の上に載った中型の石油燈《ランプ》が、室内では唯一の光源だった。

波戸崎の眠る寝台は、正面の壁際に設《しつら》えられていた。頭部はすっかり包帯と綿紗《ガーゼ》に覆《おお》われているが、特に苦悶《くもん》している様子も無い。風音のせいで寝息は聞こえないものの、口元付近まで引き上げられた灰色の毛布では胸部が穏《おだ》やかに上下していた。

ブドウ糖の輸液なのか、枕元《まくらもと》の床には褐色の吽壜《ガロンびん》が置かれていた。木栓の嵌《は》まったその口には長い硝子《ガラス》管が接続され、更に護謨管《ゴムチューブ》が繋《つな》がっている。管は隣に並ぶ低い三脚支柱《スタンド》の腕を経由し、毛布の下に伸びていた。

扇は慎重に扉を閉めて、蜂丘を振り返った。

「モルヒネの量は漸次減らしていく予定ですので、明日には元に戻るでしょう」

「今晩がヤマという事だね」

「そうなりますな」

ガチャリという大きな音と共に、扇は南京錠を掛けた。今まで黙っていた多留が、不意に扇の名を呼んだ。

「中隊長殿のご様子を看《み》ておく必要があるのでしたら、自分がします。是非やらせて下さい」

扇が怪訝《けげん》そうな顔で振り返るのと同じくして、洲崎が莫迦と怒鳴《どな》った。

「そんな事はヨーチン[＊13]にでもやらせておけ。貴様自分の仕事を投げ出すつもりか！」

「いえ、勿論違います」

多留は素早く洲崎の方に向き直り、両脚を肩幅に開いて歯を食い縛った。蜂丘の目を気にしてか洲崎も舌打ちだけで済ませ、この場で鉄拳《てっけん》が飛ぶ事は無かった。

話が出来るようになったら報告するよう扇に命じて、蜂丘は洲崎と共に退出した。多留も未練がましい目線を残し、その後に続いた。時刻は二十一時五分だった。

私は治療台の傍《そば》に立ったまま、再び病室の扉を見遣《みや》った。茲《ここ》まで来たら、波戸崎と直接言葉を交《か》わしてから琿春へ戻りたかった。扇は私など眼中に無い様子で、血で汚れた治療台を片付け始めていた。波戸崎との面会を取り次いで貰《もら》おうかとも思ったが、今は止めておく事にした。偏屈な扇の性格を考えると、真正面から頼み込んだ所でけんもほろろに突《つ》っ撥《ぱ》ねられる結果は目に見えていた。それよりも先《ま》ずは蜂丘に話を通し、連隊長命令という錦《にしき》の御旗を得た方が扇には利くだろう。私は医務室を辞し、その足で連隊長室に向かった。

既に消灯時刻を過ぎているため廻廊に人気《ひとけ》は無く、代わりに二名の歩哨《ほしょう》が小銃を手に巡回を始めていた。朝鮮人役夫による医薬品や備品の盗難が相次いだための対策だそうで、佐官待遇の私ですら誰何《すいか》される程の徹底ぶりだった。

蜂丘は外套を着込み、外出の用意に勤《いそ》しんでいる最中だった。私は陣中記事に向けてのインタヴューという名目で、波戸崎との面会許可を申し出た。

＊13　軍隊に於いて衛生兵を蔑む呼称

「記事にするって君、そりゃアよくないと思うがね」

矢張り波戸崎中隊は敗走の事実が否めないからか、蜂丘は防寒帽の下で顔を顰《しか》めていた。私は首を横に振り、最近はこの××連隊から記事が発表されていない事、また内容などは事実の取捨選択によって如何様《いかよう》にもなる事を取《と》り繕《つくろ》って述べた。

「勿論、琿春へ送る前に文面は連隊長にもご確認を頂きます。大丈夫ですよ、きっと武威燦《ぶいさん》たる記事に仕上げて見せますから」

蜂丘はそれでも渋い顔のままだったが、出立《しゅったつ》の時間が近づいているのか、最後は済《な》し崩《くず》しに了承した。原稿は先《ま》ず洲崎へ提出するように命じてから、蜂丘はいそいそと出て行った。経緯は何《ど》うであれ、連隊長命令が得られた訳である。時刻は二十一時二十分を過ぎた所だった。

私は直ぐに医務室へ取って返したが、扇はおらず、続けて向かった大広間にもその姿は無かった。衛生兵曰《いわ》く、別棟の負傷兵を看《み》に出て行ったのだという。この吹雪の中を追いかける気にもなれなかったので、私は一度自室へ戻る事にした。

医務室の前では多留と出会《でくわ》した。扇は別棟に出向いており不在である事を教えてやると、どういう訳か酷く狼狽《ろうばい》していた。不審に思いつつ別れた後で、私は記事の事を思い出した。インタヴューは飽くまで波戸崎と会うための名目に過ぎないが、口にした以上何かしらの記事は用意しなければならない。私は多留の後を追い掛けて、先達《せんだつ》ての戦闘について教えて欲しいと申し入れた。当初は固辞していた多留だったが、連隊長命令である事を仄《ほの》めかすと最後には折れた。

私は多留を自室に招き入れ、早速手帖《てちょう》を開いた。多留は私が出した煎茶《せんちゃ》を啜《すす》りつつ、ぽつりぽつりと当時の様子を語り始めた。

「敵の不意を衝《つ》けたので、掃討作戦自体は拍子《ひょうし》抜《ぬ》けする程簡単に片付きました。本当に、子どもがやる戦争ごっこと同じです。自分の弾は当たるけど、敵の弾は当たらないという……」

一週間余り掛けて蟻《あり》の子を潰《つぶ》すように匪賊の一個中隊を殲滅《せんめつ》した波戸崎中隊だったが、意気揚々と凱旋《がいせん》する道中でその報《むく》いを受ける事となる。

「幾ら余裕のある戦闘だったとはいえ、兵が疲弊していたのも事実です。手榴弾《てりゅうだん》や弾薬も殆《ほとん》ど使い尽くしていました。それにも拘わらず全滅を回避出来たのは、偏《ひとえ》に中隊長殿の指示が的確だったからです。中隊長殿は急襲に遭っても決して騒がれず、散開させた分隊に敵の背後を衝《つ》くよう命じられました」

「少尉は其方《そちら》だったのですか」

「いえ、自分の部隊は残留組でした。奥まった洞窟《どうくつ》に隠れつつ反撃をして、他部隊の動きを気《け》取《ど》られないようにするのが目的です」

「戦闘はどんな具合でしたか。かなり激しかったのでしょう」

多留は顔を伏せ、絞り出すような声でええまあと答えた。

「あれが戦争というものなのだと、自分は初めて分かったような気がします」

多留のインタヴューを終えたのは二十二時を過ぎた辺りだった。彼を送り出してから、私は再び外套と防寒帽を着込んで医務室を訪れた。

室内は相変わらず無人だった。病室かと思い扉に寄ってみたが、緑の留金にはしっかりと南京錠が掛かっている。未だ戻っていないのか、それとも大広間の方か。込み上げる欠伸《あくび》を噛《か》み殺《ころ》しながらそんな事を考えていた矢先、外套を雪塗《ゆきまみ》れにした扇が騒がしい鍵音と共に入って来た。私が居る事は予想外だったのか目を瞠る扇に、私は見様見真似《みようみまね》で敬礼を示しつつ、連隊長命令で訪れた旨を述べた。

「実は、蜂丘連隊長から今回の匪賊掃討戦について記事を書くように云われまして。つきましては、容態が安定してからで構わないので、是非波戸崎大尉にもお話を伺いたいのです」

「負け戦を記事にしてどうするんだ。それとも何だ、嘘《うそ》を書くのか」

私は曖昧《あいまい》に笑って誤魔化した。扇は煙草を摘まみ出しながら、大きく鼻を鳴らした。

「まあいいだろう。連隊長命令なら仕方がないが、今は無理だ。明日以降で儂が大丈夫だと判断したら声を掛けてやるよ。それまでは待て」

「勿論それで構いません。宜《よろ》しくお願いします」

「そんな事より、消灯時間はとっくの昔に過ぎておる。佐官待遇か何か知らんが、郷《ごう》に入っては郷に従えだ。アンタもフラフラ出歩くのは止《よ》すんだな。ホラ、さっさと帰った帰った」

咥《くわ》えた煙草の先を燐寸《マッチ》の火で炙《あぶ》り、扇は病室の扉に向かった。南京錠を摑《つか》み上げるその巨大な背に再度礼を述べ、私は医務室を辞した。

自室に戻ったのは二十二時十五分だった。今日の日記を付け、煙草を一本喫《す》ってから寝台の毛布に潜《もぐ》り込む。記事の文案を練りながら唸り声のような風音を聞き過ごしている内に、いつの間にか微睡《まどろ》んでいたようだった。

意識が戻ったのは、ノックの音がしたからだった。反射的に腕時計を確認すると、夜光塗料の塗られた針は二時丁度を指していた。

無遠慮なノックは止《や》む気配が無かった。慌てて起き上がり、上着に袖《そで》を通して扉を開ける。吹き込む冷気に忽《たちま》ち目が覚めた。扉口には扇が立っていた。

「これから波戸崎の様子を看に行くんだが、アンタも来るかね」

断る理由も無かった。私は手早く支度《したく》を済ませ、扇に従って医務室へ向かった。

「もうインタヴューしても構わないのですか」

「未だ分からん。ただ、もうそろそろ麻酔も切れる筈だから、その時の様子次第だな」

哨兵《しょうへい》達に答礼しつつ薄暗い廻廊の先に医務室の扉を認めた刹那《せつな》、パンと風船の割れるような音がした。医務室から聞こえたようだった。私は咄嗟《とっさ》に扇の顔を見た。目が合った次の瞬間には、共に駆け出していた。

医務室の扉を思い切り押す。病室の扉の前には、驚いた顔で此方《こちら》を振り返る多留の姿があった。その手には、未だ青い硝煙の立ち昇る九四式拳銃《けんじゅう》が握られていた。

「貴様、何をしているッ」

扇の一喝に、多留は拳銃を握ったまま慌てて腰を折った。扇は大股で多留に歩み寄り、その手から拳銃を捥《も》ぎ取った。

何事ですかと先程の哨兵達が駆け込んで来た。

「何でもない、貴様らは自分の持ち場に戻れ！」

扇は治療台の陰《かげ》に拳銃を隠すようにして怒声を飛ばした。彼らは目を白黒させながら、来た時と同じ勢いで出て行った。

私はそんな様子を後目《しりめ》に、病室の扉に駆け寄った。忽ち、辺りに漂っていた濃い硝煙の匂いが鼻を突いた。

連結部を撃ち抜かれた南京錠はその掛金《シャックル》が歪み、留金に引っ掛かったままブラブラと揺れていた。近くの床には金色の薬莢《やっきょう》が転がっている。銃弾は扉の中に埋没しているようだった。有無を云わさずに扇が多留を殴った。小柄《こがら》な多留は吹き飛び、大きな音を立てて薬品庫に肩からぶつかった。多留は鼻血を迸《ほとばし》らせながら、直ぐに立ち上がった。

「多留、貴様は」

怒りに顫《ふる》える様子の扇は、言葉も出ないようだった。私は素早く二人の間に割り込んで、扇に代わって事の次第を問うた。

「多留少尉、君は一体何をしているんだ」

「はッ、その、病室に」

多留は蒼褪《あおざ》めた顔で私と扇を交互に見た。

「軍医殿も此処《ここ》に常駐しておられる訳ではございませんので、自分としては矢張り中隊長殿の容態が気になり控《ひか》えておりました所、つい今しがた扉の向こうから中隊長殿の叫び声が聞こえました。それで大丈夫ですかとお声掛けしたのですが反応が無く、これは何かあったに違いないと思い、扉を破ろうとした次第であります」

「莫迦な事を云うな！」

扇が大喝し、私を押《お》し退《の》けて再度多留を殴った。今度は倒れなかったが、飛び散った鼻血を浴びて、多留の顔は遍《あまね》く赤に染まった。

私は南京錠と留金を外し、病室の扉を開けた。その途端、凄まじい冷気が瞬《また》く間《ま》に私を包み込んだ。石油燈の灯が大きく揺れている。窓が開いているのだ。笛のような風音と共に吹き込む吹雪が渦を巻き、床には万遍なく雪が積もっていた。

何故《なぜ》窓が開いているのかと考えるより先に身体が動いていた。薄く積もった雪の上に一歩踏み出した所で、私は硬直した。正面の寝台からは、二枚の毛布が落ちていた。灰色の毛布は半分ほど床に垂れ、黄土色の毛布は雪を浴びながら床の上に広がっている——そして、其処に波戸崎の姿は無かった。

慌てて室内を見廻すが、丸卓の下や戸棚の陰にも人間が身を隠せるような場所は無い。何が起きているのか理解が追いつかず、私は反射的に振り返っていた。

室内に踏み込んだ扇は、猛然と床の毛布を拾い上げた。厚く積もった雪が、はらはらと零《こぼ》れ落《お》ちた。

「オイ、波戸崎は何処だ」

射貫《いぬ》くような扇の目線が、私から多留に移った。私も連《つ》られて多留を見遣る。口元を戦慄《わなな》かせていた多留は、一瞬だけ奇妙な表情を浮かべたのち、直ぐに凄まじい勢いで首を横に振った。

「し、知りません。自分は確かに中隊長殿の叫び声を」

「嘘を吐《つ》くな！　何処にもおらんじゃないか」

多留は紙のような顔色のまま、首を横に振り続けていた。私は少なからず混乱した。私の目に狂いが無ければ、今しがた多留の顔を横切っていったのは喜色に相違無かった。

当惑の思いを抱えたまま、私は一先《ひとま》ず吹雪の流れ込む窓を閉めた。上の窓は動かず、下の窓を押し上げる構造の分厚い断頭窓だった。窓の外には、巨大な氷の壁が存在した。軒下から地表まで伸びる幾本もの巨大な氷柱《つらら》が、硝子の簾《すだれ》のような具合で完全に窓を覆っているのだ。身を切るような雪風はその僅《わず》か数粍《センチ》の隙間《すきま》から吹き込んでいた。

私が窓を検《あらた》めている最中にも、扇と多留の遣《や》り取《と》りは続いていた。

「本当なのです。自分は確かに『助けてくれ』という中隊長殿の叫び声を聞いたのです！」

「黙らんか！　貴様が聞いたのは風の音だ。扉越しにそれを波戸崎の声だと勘違いしたんだよ。それより、貴様は何時《いつ》頃に此処に来たんだ！」

「それは、その、〇一三〇《マルヒトサンマル》頃でありますが」

畜生《ちくしょう》と唸りながら、扇は手元の毛布を投げ棄《す》てた。

「月寒さん、これは儂のミスだ。どうやら鍵を掛け忘れたらしい」

私は扇を振り返った。

「では、懸念されていた通り波戸崎大尉は譫妄を発症して」

「他に考えられんだろう。コイツが来る前に飛び出しちまったんだ。この吹雪だから、急いで捜さんことにゃ命が危ない。オイ多留、貴様直ぐにこの事を洲崎に報告しろ」

「待って下さい、それは可怪《おか》しい」

出て行こうとする扇を呼び止め、私は床に落ちた南京錠を拾った。

「多留少尉、貴方は波戸崎大尉の悲鳴を聞いた時、先ずはこの扉が開くかを試しましたか」

多留は頬を張られたような顔になり、直ぐに頷いた。

「それは、はい、勿論です。しかし開かなかったので」

「でしょうね。そうでなかったら態々《わざわざ》銃は抜かない筈だ。ですから南京錠はちゃんと掛かっていたんですよ」

「莫迦な。それなら波戸崎は」

「扇軍医、貴方は私が此処を訪れた二十二時十分頃以降で病室を訪れましたか？　若しくは、腰に提げたその鍵を何処かに落としたりしましたか？」

私の云わんとする事を察したのか、扇の顔がはっきりと強張《こわば》った。扇は低い唸り声を上げて、医務室を出て以降は大広間で負傷兵達の容態を確認したのち、日付が変わる頃には自室へ戻って仮眠を取っていたと答えた。

「……勿論、鍵は儂がずっと身に付けていた」

「そんな莫迦な」

私は思わず叫んでいた。

「若しそうだとしたら、波戸崎大尉は一体どうやってこの部屋から出たと云うんです」

＊

医務室を出た私は、廻廊の角から此方《こちら》を窺う哨兵達に駆け寄った。慌てて敬礼を示す彼ら二人は、二十一時の消灯以降、この廻廊で幾度か擦れ違った顔と同じだった。

「報道班員殿、いったい何事でありますか」

「大した事じゃない。それよりも、君達は消灯後も交代せずに此処で巡回を続けていたのか」

「はッ、〇三〇〇《マルサンマルマル》までは自分達が担当であります」

「経路《ルート》は。この廻廊だけか？」

「はッ、グルグルと回っておりました」

「ならばひとつ訊《き》くが、波戸崎大尉を見てはいないか」

「中隊長殿ですか？　いえ、お見掛けはしておりません。なあ？」

　右の哨兵から確認された左の方も、怪訝そうな顔で頷いた。私は首を巡らせて、点々と石油燈の灯《とも》る廻廊の全景を見廻した。吹き放し故遮る物は何も無く、中庭を跨《また》ぐ対角線も精々二十米《メートル》程度である。そもそも、医務室から出たのならば灯りが漏れる筈だ。見落とすとは思えない。

　物問いたげな二人を残し、私は洲崎の個室へ急いだ。洲崎がその不機嫌そうな顔を覗かせるのに、私は二分ほどノックを続けなければならなかった。寝惚《ねぼ》け眼《まなこ》を擦る洲崎だったが、波戸崎がいなくなったという私の言葉を耳にするや否や、直ぐ連隊副官の顔に戻っていた。

「扇軍医は連隊長にも報告をと云っていました。お願いしてもいいですか」

「連隊長殿は出ておられるから、直ぐに戻って頂く。しかし、いなくなったちゅうのはどういう事だ。例の譫妄とやらか」

「分かりません。そうかも知れないし、そうではないのかも知れない。医務室に扇軍医と多留少尉がいますから、詳しい話は二人を交えて」

　洲崎は途中で作戦室に立ち寄り、当直の兵に蜂丘を呼び戻すよう命じてから医務室に向かった。私はその道中で、改めて波戸崎の不在が明らかになる迄の顛末《てんまつ》を説明した。険しい顔で私の話に耳を傾けていた洲崎は、医務室に入るや否や、敬礼を示す多留を殴り飛ばした。蹌踉めきながら立ち上がった多留を洲崎はもう一度殴り、吐き棄てるように次命ある迄の謹慎を命じた。多留は背筋を伸ばして命令を復唱し、暗然とした面持ちで退出した。扇は事務机の傍《かたわら》で煙草を喫いながら、険を含んだ目でその背を見送っていた。

「洲崎、話は月寒さんから聞いたか。直ぐに非常呼集[*14]で兵を起こして波戸崎の捜索を開始しろ。この吹雪だ。一刻を争う」

「分かっております。もう直ぐに連隊長殿も戻られる筈ですので、確認します」

「またおられんのか。この忙しい時に何処に行っておられるのだ！」

「私も詳しくは存じ上げませんので」

洲崎は扇を睨《にら》み返し、足音も荒く医務室から出て行った。

「何が存じ上げませんだ。貴様も馴染《なじ》みの妓楼《ぎろう》に決まっとるだろうが」

扇はそう呟いて、短くなった煙草をひと喫いした。

「扇軍医。昨夜の二十二時頃には特に変わった様子も無かったのですか」

「何だって」

「私が大尉へのインタヴューのお願いをした二十二時過ぎの事です。軍医は此処《ここ》に戻られて、そのまま病室に入られたと記憶していますが」

扇はああと呟きながら煙を吐《は》き出した。

＊14 非常の事態が発生した場合、営内の兵を武装させた上で集合させる事。訓練を含む

＊15　中国の秘密結社

「あの時は未だスヤスヤと眠っておったわ」

事務机の上には、多留の持っていた九四式拳銃が置かれていた。黒い銃身には、一部が溶けて固まった赤い護謨《ゴム》の切《き》れ端《はし》がこびり付いていた。私は思わず拳銃を摑み上げた。

「どうかしたか」

扇が怪訝そうな目を向けてきた。私は小さく顎を引いた。

「これは一寸《ちょっと》厄介な事になりましたよ」

「何の話だ」

「此処を見て下さい。この赤い切れ端は、恐らく護謨風船のような物で銃口を覆った跡です。銃口を厚手の護謨膜で覆うと、発射時にはそれが大きく膨《ふく》らんで銃声の八割を抑えてくれるのです。青幇《チンパン》や紅幇《ホンパン》＊15の殺し屋がよく使う簡易的な消音器なんですが」

吸殻のような煙草を咥《くわ》えたまま、扇は私の手元を凝視した。

「可怪しいと思いませんか。多留少尉は扉越しに波戸崎大尉の悲鳴を耳にして、慌てて扉を破ろうとしたと云っていました。銃声など気にしている場合じゃない」

扇は腕を組み、ふむと唸り声を上げた。

「月寒さん、それは洲崎にも云うておいた方がいいだろうな。悪いが儂は疲れた。部屋に戻るから、波戸崎が見つかったら起こしてくれ」

喫い切った煙草を床に棄て、扇は振り返る事も無く退出した。

弾倉を検めると、一発分が無くなっていた。拳銃を戻し、病室の扉の前に膝《ひざ》を突く。ペンの先を使って穿《ほじく》り出した銃弾は、装塡《そうてん》されている物と同じ、弾頭が丸まった八粍《ミリ》南部弾だった。医務室を見廻しても、他に銃弾が撃ち込まれたような痕跡は見当たらない。矢張り、あの時多留の手から放たれた銃弾が南京錠を破壊した事に間違いはないようだった。私は銃弾を軍衣のポケットにしまった。

多留や扇、それに哨兵達の証言を鑑《かんが》みても、錯乱した波戸崎が飛び出したという訳でない事だけは確かだった。そもそも重傷の身ではそう易々《やすやす》と動けたかどうかも定かではない。波戸崎は何者かに連れ去られたのだろうか。しかし、病室にはこの通り南京錠が掛かっていた。誰が、どうやって、また何の目的で波戸崎を勾引《かどわ》かしたのか。胸の裡に蠢《うごめ》くこの思いは、果たして獲物を横取りされた怒りなのか、それとも謎に対する不謹慎な興味なのか。私は自分でも分からぬまま、病室に足を踏み入れた。

実際に入ってみると、薄寒さにその暗さも相俟《あいま》って妙な圧迫感があった。床の雪も未だ融《と》けずに残っている。この雪嵐《ゆきあらし》に遭っては、流石に温突《オンドル》の熱も追い付かないのだろう。雪上に刻まれた足跡は、先程往復した私と扇の二筋だけだった。

扉口から室内を見廻す。矢張り、人が隠れられるような空間は何処にも見当たらなかった。また、どちらの壁にも切れ目のような筋の類いは見当たらない。念のため壁や床の各所を拳《こぶし》で叩いてみたが、その音に変わりは無く、隠し通路のような物も見つからなかった。

戸棚の石油燈を摑んで、先ずは寝台から調べる事にした。藁布団《わらぶとん》に白い寝布《シーツ》が敷かれ、黄土色と灰色の二枚の毛布が掛布団の代わりになっていた。雪のせいで多少濡《ぬ》れてはいるが、特に

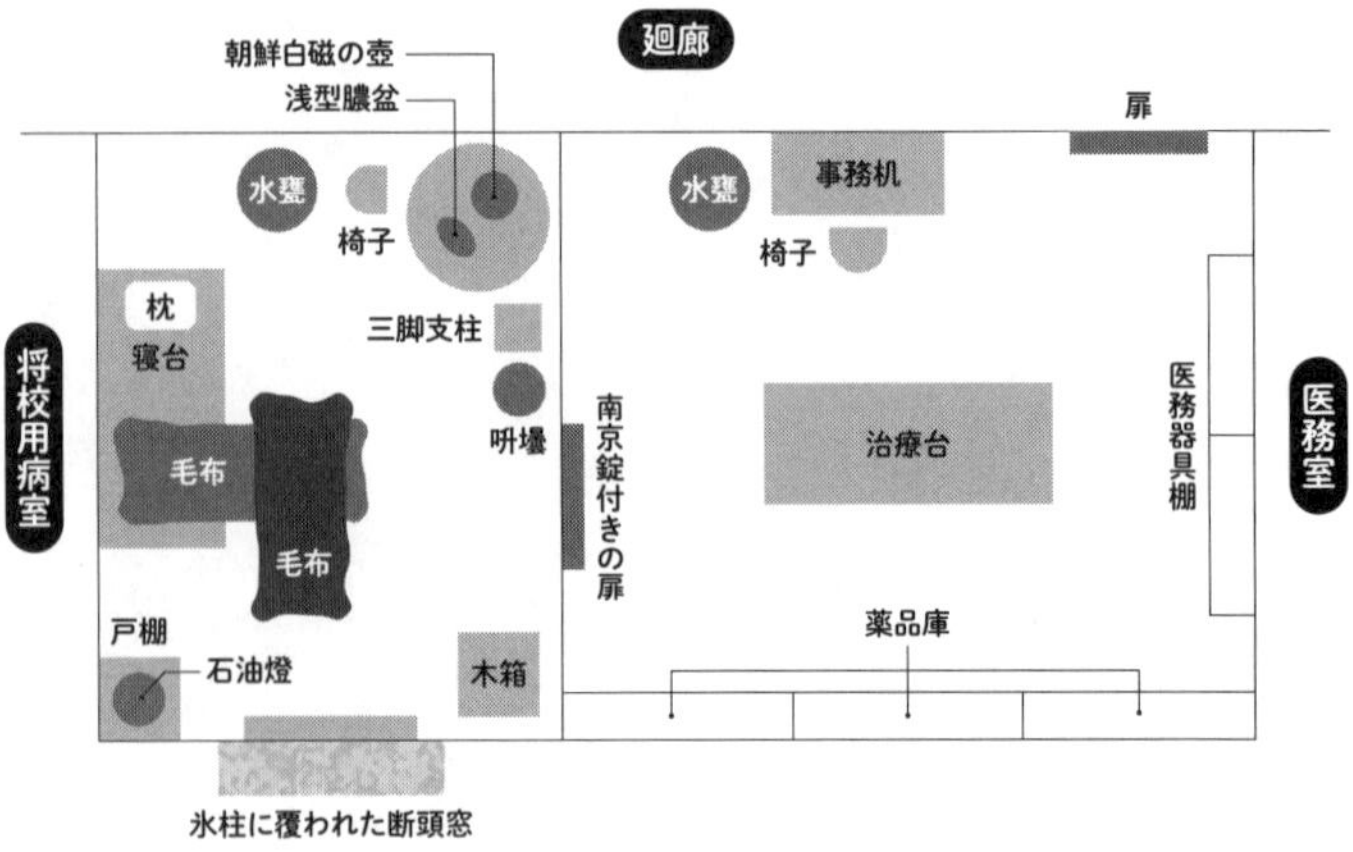

気になる点は見当たらない。枕《まくら》にも可怪しな様子は無かった。

右手の丸卓に寄る。卓上の浅型膿盆には血の固まった鉗子《かんし》や小刀《メス》が収められ、その奥に瓜実《うりざね》型をした高さ三十糎《センチ》ばかりの朝鮮白磁の壺《つぼ》が置かれていた。摘まみのような突起を摑んで持ち上げると、壺の中には比較的綺麗な包帯や綿紗《ガーゼ》がみっしり詰め込まれていた。塵《ごみ》入れの代わりなのかも知れない。

近くの壁際には、枕元にあった听壜《ガロンびん》と三脚支柱《スタンド》が移されていた。温突の熱が床から伝わるのか、壜は仄かに温かい。丸卓の横には医務室と同じ蓋付の水甕が置かれていた。半分程溜《た》まった水面に灯りを近付けると、底の方に何やら赤い物が沈んでいるのが見えた。袖を捲《まく》って手を入れてみる。ひやりと冷たい水底に沈んでいたのは、この××連隊で信号用に支給されている赤い球形の護謨風船だった。何故こんな所に棄てられているのか。引き上げた風船からは、中に溜まった水が細い筋となって迸《ほとばし》った。途中に小さい穴が空いていたようだ。念《ねん》の為《ため》風船をポケットにしまい、反対側に移る。隅の戸棚には細口や広口の試薬壜が幾つか蔵されていた。名札を見る限り、消毒用エチルアルコール、モルヒネ末、洗浄剤の薬用クエン酸、研磨剤のアルミニウム末や制酸剤の炭酸マグネシウム散に乾燥剤の生石灰など医薬品が中心のようだった。またその下の段では、真綿に包まれた塩酸モルヒネやフェノバルビタールの注射剤壜《アンプル》が細長い木箱に収められていた。

　手前の壁際には、大振りな無蓋《むがい》の木箱が置かれていた。中身は先程吁壜に繋がれていた護謨管や聴診器、それに硝子製のY字連結管など病理系の器具が大半だった。

　立ち上がり断頭窓を開ける。直ぐに笛のような風音と共に雪片が吹き込んで来た。先程迄と変わり無く、目の前には分厚い氷の壁が存在する。僅《わず》か数糎《センチ》しかない垂氷《たるひ》の隙間から、重傷の波戸崎やその誘拐犯が出入りしたとは矢張り考えられなかった。

　ふと、多留が耳にしたという悲鳴の事を思い出した。扇は風音だと断言していたが、そう容易《たやす》く聞き間違えるものなのだろうか。私は窓を開けたまま医務室へ出て、扉を閉めてみた。私は愕然《がくぜん》とした。何も聞こえないのである。慌てて扉を開けると、忽ち笛のような風音が再び耳朶《じだ》を打った。扉を閉める。風音は断たれたように途絶えた。私は窓を閉ざしてから廻廊に出て、通り過ぎる哨兵の一人を中に呼び入れた。私は彼を病室に立たせ、その場で思い切り大声を上げるよう命じた。若い哨兵は当惑しながらも、おうと叫び出した。直ぐに扉を閉める。その声は断ったように聞こえなくなった。

　哨兵を帰らせ、私は丸卓の椅子に腰を下ろした。最早《もはや》疑いようもない。密閉された病室からは一切の音が聞こえないのだ。多留は嘘を吐いていたのである。

消音の仕掛けに偽りの証言。多留の嫌疑は濃くなる一方だった。しかし、私と扇が駆け込む直前まで病室の扉に南京錠が掛かっていた事も、また揺るぎのない事実だった。私は再度医務室の内部を具《つぶさ》に調べたが、矢張り弾痕《だんこん》の類いは見つからなかった。

気が付くと、時刻は三時を廻ろうとしていた。多留の拳銃も外套のポケットにしまって医務室を後にすると、轟《ごう》とした風音に混ざって威勢の良い喇叭《ラッパ》の音が聞こえた。吹奏されているのは非常の号音だった。蜂丘が戻り、漸《ようや》く非常呼集が掛かったようだ。廻廊を進むに連れて、擦れ違う兵士や下士官の数も多くなっていった。騒然とした雰囲気が、凍《い》てつく夜の気配を常に無く震わせていた。

連隊長室では、蜂丘と洲崎が今後の対応について協議していた。普段は温和な笑みを絶やさない蜂丘も、今度ばかりは眉間に深い皺を刻んでいた。

二人から何をしに来たのかと云わんばかりの凶暴な目が向けられたので、私は手元の拳銃を示し、施されている消音の細工について説明した。洲崎は顔色を変え、是が非でも吐かせてやると息巻いて連隊長室から飛び出していった。

「どうも厄介な事になったなァ」

巨大な尻を執務椅子に沈めながら、蜂丘は嘆息した。

「洲崎君からは波戸崎君が脱走したと報告を受けたんだが、それ所の話じゃァないぞ、これは」

「波戸崎大尉がいなくなった事は、連隊内部で共有されているのですか」

「莫迦を云っちゃアいかん、中隊長が脱走したなどと云える訳が無いだろうが。一先ず非常呼集の形で敷地内に兵を動かして捜させているんだ」

「憲兵隊への連絡は」

「それこそ論外だよ。あんな連中に土足で踏み込まれるなど堪《たま》ったもんじゃアない。そもそも、勝手にそんな事をしたら師団長閣下に何と云われるか。君は閣下の憲兵嫌いを知らんのかね」

蜂丘は両切《りょうぎり》の煙草を摘まみ出し、燐寸を擦った。

「それにしてもなァ、本当に多留君が波戸崎君を如何《どう》かしたんだろうか。彼は〇一三〇《マルヒトサンマル》に医務室を訪れているんだろう？　まるで人目を忍んでいるみたいじゃアないか」

その後、連隊長室には整列完了の報告が上がって来たものの、波戸崎に関する情報が含まれている事は遂に無かった。

連隊長室を辞した私は、司令部を出て兵舎に向かった。多留の訊問《じんもん》に立ち会いたいという私の希望は蜂丘に却下されたので、別の方法を探るしかなかった。二人の関係を知るためには、同じ中隊の者に尋《たず》ねる事が望ましいだろう。非常呼集を終えた兵や下士官達にあれこれと訊いて廻り、最終的に辿り着いたのは、波戸崎中隊で多留と同じく小隊長を務めていた江見《えみ》という名の見習士官[*16]だった。右脚に銃創を負った江見は、兵舎の負傷兵収容所で病床にあった。

「ははあ、でしたら中隊長殿の身に何かあったというのは本当なのですね」

＊16　士官学校を卒業した者が、少尉に任官する前に曹長の階級で勤務を見習う期間の職名

二人の関係について訊きたいと切り出すと、江見は意を得たような顔で頷いた。

「どうしてそう思うんだ」

「副官殿が小隊長殿の事を罵《ののし》りながら廊下を歩いていたと云う者が大勢おりましたもので。では、報道班員殿はそれについて調べていらっしゃるのですか」

「ノーコメントだ」

「はは、隠さなくても宜しいじゃありませんか」

江見は半身を起こしながら、狐《きつね》のように目を薄くした。

「しかし、生憎《あいにく》ですが自分がお話し出来る事なぞ限られております。まあ、若し中隊長殿の身に何かあったのならばそれは先ず小隊長殿の仕業でしょうが」

「どういう意味だ、それは」

「申し訳ありませんが、これ以上は何卒《なにとぞ》ご容赦を」

江見は綿紗《ガーゼ》の貼《は》られた顔で目尻《めじり》を下げてみせたが、その口《くち》の端《は》には冷ややかな笑みを滲《にじ》ませたままだった。私は胸の隠しから煙草の紙箱を取り出し、折り畳んだ朝鮮紙幣を幾枚か挟み込んで差し出した。江見は素早くそれを受け取って、流れるような仕草《しぐさ》で懐中に仕舞った。

「……話は戻るが、どうして多留少尉が波戸崎大尉に害を加えるんだ」

「報道班員殿は、帰還された小隊長殿を見て可怪しいと思わなかったのですか」

「可怪しな事でもあったか」

江見は、固く包帯の巻かれた己の脚に目を落とした。

「小隊長殿は何の傷も負われていなかったでしょう？　あれだけの戦闘だったのに変だとは思

いませんか」

「それは、偶々《たまたま》じゃないのか」

江見は私に顔を寄せ、逃げたのですよと囁《ささや》いた。

「何だって」

「小隊長殿はお逃げになったのです。中隊長殿は山間の洞窟を臨時の指揮所とされたのですが、その入り口近くで伝令の兵が狙撃《そげき》されました。敵さんの弾が頭をこう、顳顬《こめかみ》から抜けましてね。勿論即死だった訳ですが、その血と脳漿《のうしょう》が近くにいた小隊長殿の顔に掛かったのです。どうもそれがよくなかったようでして。小隊長殿は脇目《わきめ》も振らずに洞窟から飛び出されて、引き止めようと中隊長殿が直ぐに後を追われたのですが、そこに敵さんからの一斉射撃が集中したという次第です」

「君は、確かにそれを見たのか」

「ええ、一部始終を。自分はその場に向かう途中でしたので、小隊長殿は気付いておられないでしょうがね」

喉《のど》の奥から唸り声が迫《せ》り上がった。江見の云う通り、若し多留が敵前逃亡を図ったのだとしたら、その事実を秘するため波戸崎の口を塞《ふさ》ぐ事は十二分に考えられる。多留が無人の病室を前にして喜色を浮かべた理由を、私は漸く理解した。

「江見見習士官、君はその事実を誰かに報告したのか」

「真逆《まさか》！　小隊長殿の名誉に関《かか》わる事ですから、決して口外など致しません。ただ今回は場合が場合ですので、報道班員殿にお報せした次第です。どうなさるかはお任せします。ただ、呉々《くれぐれ》も自分から聞いたなどとは云わんで下さいよ」
莞爾《かんじ》と微笑《ほほえ》む江見を残し、私は兵舎を後にした。不思議と、多留に対して侮蔑《ぶべつ》のような感情は起こらなかった。同情した積もりはないので、単に調査の進展を喜ぶ気持ちが勝《まさ》っただけかも知れない。

司令部に戻った私は、煙草を咥えたまま廻廊を只管《ひたすら》歩き廻っていた。多留の証言には多分に嘘が含まれており、また家名を護《まも》るために波戸崎の口を封じる動機もある。全ての事実が、多留の嫌疑を濃厚にしていた。

しかし、その手段について考えを巡らせると、忽ち推理は行き詰まってしまった。病室の扉が開かれたのは、多留が南京錠を撃ち抜いた二時五分である。そしてその時点で、室内に波戸崎の姿は無かった。これは一体どういう事なのか。

私は考えを纏めるため、昨夜の多留の行動を司令部の職員や哨兵達に訊いて廻った。結果的に蜂丘や扇、洲崎にも及んで把握出来た昨夜の行動は以下の通りだった。

二〇：四〇
■蜂丘、洲崎、多留、月寒が医務室を訪れる。波戸崎の様子を確認。
二一：〇五
■蜂丘、洲崎、多留、医務室を出る。
二一：一〇
■月寒、連隊長室を訪れ、蜂丘に波戸崎へのインタヴューの許可を取る。

二一：二〇
■蜂丘、妓楼に出立。
■洲崎、蜂丘の見送り後自室へ戻る（以降、事件発覚まで部屋から出ず）。
■扇、兵舎を訪れ負傷兵の処置を行う。
二一：三〇
■月寒、多留を自室に招き入れインタヴューを行う。
二二：〇〇
■月寒、医務室を訪れる。兵舎から戻った扇に、波戸崎へのインタヴューの許可を得る。
■扇、波戸崎の容態を確認する。
二三：三〇
■扇、大広間を訪れ重傷兵の処置を行う。
〇〇：〇〇
■扇、作戦室から琿春の師団司令部に電話を入れ、医療品の追加を要請する。
〇〇：一五
■扇、自室に戻る。
〇一：三〇
■多留、波戸崎の容態が気になり？単身医務室へ向かう。
〇二：〇〇
■扇、波戸崎の様子を看るため、途中で月寒と合流し医務室へ向かう。

○二：○五

■多留、波戸崎の悲鳴を聞き？拳銃で南京錠を破壊する。
■扇、月寒、波戸崎の失踪《しっそう》を知る。

手帖に認《したた》めたそれらの行動表を眺めている内に、ふと脳裏に閃《ひらめ》く物があった。自室を飛び出した私は大広間へ急いだ。寝不足の腫《は》れぼったい瞼《まぶた》をした当直衛生兵に昇《スン》の容態を尋ねると、腹立たしげな一瞥を隅に飛ばし、夜が明ける頃に意識も戻るだろうと吐き棄てた。薄い毛布の上に寝かされた昇は、確かに顰《しか》め面のまま熟睡していた。私は昇の傍に立ったまま、軍衣のポケットから二発の八粍《ミリ》南部弾を摘まみ出す。これこそが鍵だったのだ。

時刻は既に五時を廻ろうとしていた。起床の喇叭《らっぱ》まではあと一時間しかない。私はその足で連隊長室へ向かった。執務卓では、蜂丘が茫とした顔で煙草を吹かしていた。軽く目礼をして、私は蜂丘にこう告げた。

「事件の真相が分かりました。直ぐに関係者を医務室に集めて下さい」

読者への挑戦

真相の解明に必要な手掛かりは、全てここまでの本文中に提示されています。読者諸氏に於《お》かれましては、本編熟読の上、左記三点にお答え下さい。

①波戸崎大尉が消失した手段は如何《いか》なるものか。
②それを企画・遂行した者は誰か。
③また、その動機・目的は何か。

以上、健闘をお祈りします。

解答編はP333へ

問題編はここまでです。
さあ、推理の時間です。

解答編

法月綸太郎

第一章　フーダニット

解答編

被疑者死亡により

5

「ダイレクトメールの配達ミスの件だが」

と法月警視《のりづきけいし》が切り出したのは、翌々日の夜のことだった。昨日は王子《おうじ》署の捜査本部に泊まり込みで、帰宅した時はだいぶくたびれた顔をしていたが、風呂から上がってさっぱりすると丸くなっていた背筋が伸びて、しょぼしょぼだった目つきも普段の鋭さを取り戻している。

「加治屋咲恵《かじやさえ》に確かめてみたところ、〈カジヤサエ〉宛《あて》の郵便物が梶谷岩男《かじたにいわお》のポストに誤配されたことは、この二年ほどの間に少なくとも四、五回あったみたいだな。逆に〈カジタニイワオ〉宛の誤配は、二度しかなかった」

「二度か。そのうち一回は、岩男が殺された日の分ですよね。その前は？」

綸太郎《りんたろう》が念を押すと、警視はうなずきをひとつはさんでからゆっくりと、

「半年ほど前、加治屋咲恵のポストに海外からのエアメールが入っていた」

「エアメール？」

「うん。アメリカに移住した船員時代の同僚が、岩男宛に送ってきたものらしい。ローマ字表記の宛名が悪筆で、配達員もKajitaniとKajiyaを判別できなかったみたいでね。普通の配達

ミスなら黙って梶谷のポストに入れ直しておくところだが、独り身の老人に似合わないエアメールに好奇心をくすぐられたんだろう。念のため岩男本人に見せにいったら、差出人の名前を目にしてずいぶん懐かしがっていたそうだ」

「なるほど、一度目はローマ字か。それで腑《ふ》に落ちた」

倫太郎の反応に、警視はいぶかしそうな顔をして、

「腑に落ちただと？　それはどういう意味だ」

「お父さんはおかしいと思いませんでしたか。いや、ぼくも最初は見逃していたので人のことは言えないんですが……。そもそも〈カジヤサエ〉宛の郵便物が梶谷岩男のポストに誤配されるのとその逆では、まるで事情が異なる。というのも〈カジタニイワオ〉宛の郵便物が加治屋咲恵のポストに誤配される確率は、ものすごく低いからです」

警視はタバコに火をつけながら、ひょいとあごをしゃくって、

「そうか？　〈カジヤ〉と〈カジタニ〉なら誤配の確率は五分五分だろう」

「ちがいますよ、お父さん。〈ハーベスト王子〉の集合ポストは、どっちも苗字《みょうじ》だけのそっけないやつだと聞きました。だとすると〈梶谷〉と表示されたポストに〈カジヤサエ〉宛の郵便物が誤配されてもおかしくない。〈梶谷〉という苗字は〈カジタニ〉と〈カジヤ〉の両方の読みが可能ですから。しかし〈加治屋〉と表示されたポストに〈カジタニイワオ〉宛の郵便物が入っているのは、明らかに不自然です」

タバコをくわえた警視の唇の間から、だらしなく煙が漏れた。

「ああ、そうか。〈加治屋〉という苗字は〈カジヤ〉としか読めないな」

「その通り。ローマ字の判読ミスのような例外がありうるとしても、片仮名表記の〈カジタニイワオ〉宛の郵便物を加治屋咲恵が受け取る可能性はほとんどありません」

綸太郎が決めつけると、親父《おやじ》さんは口惜しそうに鼻を鳴らして、

「ふん。理屈はそうでも、配達員が大ポカをやらかすことだってあるだろう」

「そういう勘ちがいやうっかりミスが絶対にないとは言いきれません。でもそのほとんど起こりえない配達ミスが、よりによって梶谷岩男が殺害された当日の、しかも疑惑の養子である航《こう》平《へい》のアリバイを裏付ける絶妙なタイミングで発生したというのは、あまりにも都合のよすぎる偶然ではないでしょうか」

辛抱強く説明すると、法月警視はごくりと唾を呑んで、

「〈カジタニイワオ〉宛のダイレクトメールは誤配ではなく、その日の夜のうちに死体を発見させるため、意図的に加治屋咲恵のポストに入れられたということか?」

「だと思います」

「ということはやはり、梶谷航平が交換殺人を仕組んだことになるじゃないか。自分のアリバイを確実にするために、加治屋咲恵を利用したんだな。三〇二号室のドアの鍵《かぎ》を開けたまま、テレビもつけっ放しにしたうえに、わざわざ片仮名表記のダイレクトメールまで用意して現場におびき寄せるなんて、どこまでも悪知恵の働くやつだ」

「そうあわてないでください、お父さん。ぼくは梶谷航平が交換殺人のパートナーだと言った覚えはありません」

そこを否定されると思っていなかったのか、警視は小首をかしげて、

「何だと？　だが誤配を装ったダイレクトメールに意味があるとすれば、死体の発見を早めて犯行時刻の範囲を狭めること以外に考えられない。一方、梶谷航平は同じ夜の七時半から十時まで、赤坂見附《あかさかみつけ》の個室居酒屋で誕生日祝いのオフ会に参加していた。アリバイを盤石にする目的で、航平が共犯の溝口高則《みぞぐちたかのり》に小細工を命じたとしか思えないが」

「ぼくも最初はそう考えたんですが、どうしても腑に落ちないことがあって。まずひとつは、梶谷航平が〈カジタニ〉と〈カジヤ〉宛の郵便物の誤配について、事前に知りえたのだろうかという疑問です。〈ハーベスト王子〉に住んでいなければ、加治屋咲恵との隣人付き合いにまで目が届かないのでは？」

「疑問というほどのことかな。航平は保険金目当てに岩男と養子縁組していたんだから、養父の口から同じフロアの住人に関して、何らかの情報を聞き出していたと考えてもおかしくはないだろう」

「だとしても、郵便物の配達ミスみたいなささいなことまでいちいち話しますかね。名前の紛《まぎ》らわしい女性が三〇五号室に住んでいることぐらいは聞いていたかもしれませんが、航平が彼女の普段の帰宅時間まで把握していたとは思えない」

「それこそケースバイケースだと思うがね」

と警視は息子の疑問を軽くいなしてから、

「まずひとつということは、まだほかにも腑に落ちないことが？」

「ええ。そもそも彼女が〈カジタニイワオ〉宛のダイレクトメールを三〇二号室まで持参してくれるかどうか、〈ハーベスト王子〉の住人ですらない航平には確信が持てなかったはずです。もし加治屋咲恵が誤配された郵便物を〈梶谷〉のポストに入れて済ませていたら、事件の発覚が遅れて死亡推定時刻が広がりすぎてしまう可能性もあった。交換殺人という手の込んだ犯罪を目論んでおきながら、死活問題であるアリバイを他人任せのあやふやな小細工に委ねるなんて危険すぎやしませんか」

「おまえの言いたいことはわからんでもないが……」

警視は新しいタバコに火をつけると、どこか煮えきらない口調で、

「梶谷航平が用意したものでないとすると、〈カジタニイワオ〉宛のダイレクトメールを加治屋咲恵のポストに入れた人物は、彼女自身にほかならないことになってしまう。だってそうだろう。過去に何度か〈カジタニ〉と〈カジヤ〉の郵便物の誤配があったことを知っており、かつ事件発生直後の午後九時台に、犯行現場である三〇二号室に立ち入ることを事前に想定できた人間は、加治屋咲恵本人しかいないのだから」

「ですが、彼女が溝口高則の共犯だったとは考えられない。一昨日《おととい》の夜、お父さんがその可能性を否定したように」

綸太郎はきっぱりと言った。半信半疑の曖昧《あいまい》なそぶりで相槌を打ちながら、警視はぽちぽちとタバコの灰を灰皿に落として、

「俺の考えは一昨日と変わらないよ。言い忘れていたが、加治屋咲恵は完全にシロだと判明した。溝口の妻が殺害された木曜日の夜のアリバイが証明されたんでな」

「彼女はひとり暮らしでしょう。平日の夜にどうやって？」

「ちょうど犯行がおこなわれた時間帯に、日頃から応援しているネットのライブ動画配信者に

王子の自宅パソコンからスパチャ（投げ銭）を送っていたことが確認された。ＹｏｕＴｕｂｅのことはよく知らんが、オツ活というんだってな」

「オツカツ？　それを言うなら推し活でしょう」

論太郎が訂正すると、警視は小鼻をふくらませて、

「どっちだっていいさ。平日深夜の突発的な配信だったので、アリバイ工作の可能性はほぼないそうだ。加治屋咲恵が交換殺人のパートナーでないとしたら、〈カジタニイワオ〉宛のダイレクトメールを仕込むことのできる人物は梶谷航平しか残らない。他人任せのあやふやな小細工なのは認めるが、そういう独りよがりなところまで含めて、彼の犯行と見るのが妥当なんじゃないか」

頭ごなしに決めつけようとする父親に、論太郎はかぶりを振って、

「いや、お父さん。もうひとり大事な人物を忘れていませんか？　梶谷岩男自身も〈カジタニ〉と〈カジヤ〉の郵便物の誤配について、事前に知りえたはずです。何度か〈カジヤ〉宛の郵便物を加治屋咲恵に手渡ししているし、半年ほど前には誤配されたKajitani宛のエアメールを彼女から受け取っている。同じフロアの住人ですから、加治屋咲恵の普段の帰宅時間を知っていてもおかしくはない。岩男なら午後九時以降に、彼女が三〇二号室を訪れることをほぼ確実に予想できるでしょう」

「おまえは何を言ってるんだ？」

法月警視は目をぱちぱちさせると、あきれて物も言えなそうな顔をして、

「梶谷岩男は溝口に殺された被害者で、交換殺人のパートナーにはなれないぞ。そうでなくて

もどうして被害者の岩男が、梶谷航平のアリバイが成立するようにお膳立てを整えてやらないといけないんだ」

「理由は簡単です。養子の航平に死亡保険金を残すためですよ」

警視は一瞬黙り込んだが、すぐに綸太郎の意図を察したらしい。

「梶谷岩男が航平に？　それは保険金目当ての自殺ということか？」

「実質はそういうことになるでしょう。でも免責事由《めんせきじゆう》に引っかかるから、自殺しても保険金が下りない可能性が高い。だから交換殺人を装って、溝口高則に自分を殺してくれるように依頼したんだと思います」

「まさか」

とつぶやいてから、警視はすがめるような視線を綸太郎に差し向けて、

「岩男はまだ還暦《かんれき》前で、死にたがっていたようには思えないが」

「積極的に死を望んでいたかどうかはわからない。ですが、少なくとも彼が自分の死を予期していた徴候《ちょうこう》はありましたよ」

「死を予期していた徴候だと？」

「岩男が住んでいた部屋の冷蔵庫や米櫃《こめびつ》が空っぽだったと言ったでしょう。先月下旬ぐらいから食料が底をついて、スーパーの半額弁当なんかで空腹をしのいでいたと」

「そのことか。あれは航平に生活費を巻き上げられて、自炊生活を続けられなくなったんじゃないのか」

綸太郎は左右の掌《てのひら》を互いちがいにこすり合わせながら、

「本当にそうでしょうか。船舶料理士の資格を持っていた梶谷岩男にとって、長期間にわたる食材の保存・管理術は身体に染みついた職業病みたいなもので、ちょっとやそっとの資金不足では揺るがなかったでしょう。二年前まで保土ケ谷《ほどがや》の人気店のシェフを務めていたんですから、スーパーの半額弁当を買うよりもっと低コストな食材の調達方法を知らなかったわけがない」

「先月下旬に食料が尽きたのは、意図的にそうしたということか」

警視は悲痛な声で言った。綸太郎も神妙な面持ちでうなずいて、

「たぶんそうでしょう。船舶料理士として、死後に食材を残して廃棄されることだけはどうしても避けたかった。つまり梶谷岩男は、自分の命が今月初めに尽きることを予期していたということになります。もちろん、それだけだと岩男を交換殺人のパートナーと名指しするには根拠薄弱ですが、〈カジタニイワオ〉宛のダイレクトメールが果たした役割も勘案すれば、養子の航平に死亡保険金を入手させる目的で、梶谷岩男が溝口高則に自分の殺害を依頼したと見るのが自然でしょう」

「なるほど。岩男はその代償として、溝口の妻の積極的安楽死に手を貸したわけだ。二人の犯行は交換殺人というより、相互嘱託殺人だったことになる」

「ええ。溝口高則は町田署に出頭した後、留置場で自殺したのですから、喜和子《きわこ》・岩男・高則の三人で時間差心中を図ったという見方もできますが……。身寄りのなかった岩男にとって、恩人だった元船長夫妻と二人の形見のような店を立て続けに失った後、親身になって話を聞いてくれるのは航平だけだった。口車に乗せられているのは承知のうえで、父親がわりにまとま

った資産を遺《のこ》してやろうと思ったとすれば、彼を養子にする前からこの世に未練はなかったのかもしれません」

「――どうにもやりきれん話だな」

すぐに後を続けなかったのは、何か思い当たることでもあるらしい。法月警視は三本目のタバコに火をつけ、しばらく黙々と煙を吐いていたが、

「今の話を聞いてひとつ思い出したことがある。いや、時期尚早だと思っておまえにはまだ教えないつもりだったんだが、どうやら風向きが変わったようだ。溝口高則と梶谷航平の接点を突き止めるため、航平の母親に話を聞いたんだがね」

と切り出した。時期尚早というのは婉曲表現で、立場上、息子の口から梶谷航平に捜査情報が漏れるのを警戒せざるをえなかったようである。容疑の向かう先が変わったと判断して、警視が新たに明かした情報によると――

梶谷航平の母親は現在、小田急江ノ島線大和《やまと》駅の近くで鉄板焼きダイニングの店を経営している。店の住所は神奈川県大和市だが、溝口高則が住んでいた町田市つくし野からは目と鼻の先で、電車なら二十分ほど。隣接する町田エリアから足を運ぶ客も少なくないらしいので、ひょっとしたら高則が店を訪れたことがあるかもしれない。航平の母親を介して二人が知り合った可能性に期待をかけ、捜査員を送ったという。

綸太郎は首をかしげた。風向きが変わったというわりに、また話が振り出しに戻ったようで、堂々めぐりの裏取りに文句のひとつも言いたくなる。

「その線は最初から望み薄なんじゃないですか。飯田《いいだ》の話だと大学卒業後、航平は母親と絶縁

状態で、もう何年も前から顔も見てないそうですから」

「あいつの言うことは当てにならないぞ。まあいずれにせよ、溝口高則も妻の喜和子も店とは縁がないとわかってね。本来の目的は空振りに終わったわけだが、別の線から興味深い事実が判明した」

警視は目を細めた。思わせぶりな言い方に、綸太郎はぐっと身を乗り出して、

「興味深い事実というと？」

「梶谷航平は元の苗字が茅島《かやしま》といって、横浜に実家がある。母親の茅島美也子《みやこ》はシングルマザーで、当時は中区野毛町のスナックに勤めていた」

「その話も飯田に聞きました。実の父親を早くに亡くしたが、母親は再婚もせず、女手ひとつで息子を一人前に育て上げたとか」

綸太郎が話の続きを引き取ると、警視はまたにやりとして、

「あいつの話は当てにならないと言っただろう。実の父親を早くに亡くしたというのは事実とちがうみたいでね。航平の父親が誰かはわからず、戸籍上も非嫡出子扱いで、母親が嘘の説明をしていただけらしい」

「再婚どころか、最初からずっと未婚だったということですか」

「うん。だがそれだけじゃない。三十年ほど前の話になるが、茅島美也子が勤めていた野毛町のスナックに、梶谷岩男が通っていた時期があるそうだ」

「三十年ほど前に？」

「ああ。岩男はまだ内航船の司厨士《しちゅうし》で、一時はかなり懇《ねんご》ろな仲だったらしい。その後、国外

航路のコンテナ船に乗り組んで大和田《おおわだ》船長に目をかけられ、晴れて司厨長になってからすっかり足が遠のいたというんだが……。知っての通り、航平が生まれたのはちょうどその頃だ」

「じゃあ、梶谷岩男は茅島航平の実の父親である可能性があると？」

綸太郎が目を丸くすると、法月警視はしかつめらしい表情で、

「そういうことだ。茅島美也子は肯定も否定もしなかったがね――」

＊

「これで私にかけられた殺人の疑いは晴れたということですね、法月先生。あなたを名探偵と見込んで、事件の解決をお願いした甲斐がありました」

十一月後半があっという間に過ぎて、明日から師走という水曜日の午後。場所は前回と同じ新宿西口のレトロ喫茶で、向かい合ったテーブルも半月前と同じだったが、今日の梶谷航平に尾行はついていないようだ。

「梶谷岩男と溝口高則はどこで知り合ったんですか？」

綸太郎が返事をするより先に、飯田才蔵《さいぞう》が隣りの席から口をはさんだ。飯田の仲介で梶谷航平に来てもらったので、今回も面談に同席する権利はあるのだが、前回はずっと気配を消していたくせに、今日はやたらと話に割り込んでくる。

「岩男氏が公私にわたって長く仕えた大和田船長が亡くなった後、夫人の晴海《はるみ》さんは玉川学園の有料老人ホームに入所した。今から八年ほど前の出来事だ。当時、町田市の職員だった溝口

高則は地域福祉部に所属していて、福祉サービス事業所への指導監査を担当していたことから、仕事を通じて晴海さんと面識があったらしい」

「市役所の地域福祉部か。玉川学園もつくし野も同じ町田ですからね」

わざとらしく飯田がつぶやいた。綸太郎は続けて、

「一昨年の春、晴海夫人が亡くなった時点で、溝口高則はすでに市役所を定年退職していたけれど、葬儀に参列した記録が残っているので、そこで梶谷岩男と知り合ったのではないだろうか？　同じ年に溝口喜和子が右眼《みぎめ》を失明し、高則は妻の介護に専念するため再就職先から身を引いた……。岩男氏もシェフの職を失って失意のどん底にあった時期ですから、二人がお互いの境遇を理解し合う関係になっていたとしてもおかしくないでしょう。その間に見聞きしたことで、何か心当たりはありませんか？」

綸太郎が問いかけると、梶谷航平は神妙な顔で首を横に振りながら、

「その時期から養父のバックアップに努めていたつもりですが、溝口高則が養父の知人だったなんて思いもしませんでした」

「まあ、二人ともすでにこの世にいない以上、実際にどのようなやりとりがあったかは、想像することしかできないんですが」

「十一月三日木曜の夜、つくし野一丁目の住居で溝口喜和子を殺害したのが、養父の岩男であることにまちがいないんですね？」

念を押すように航平が言う。綸太郎はその目をじっと見つめながら、

「さまざまな状況証拠から見て、岩男氏が彼女の首を絞めたのはまちがいないでしょう。その

間、夫の高則は妻の手を両手で握りしめていたらしい。関係者の証言によると、彼はどうしても自分の手で長く連れ添った伴侶《はんりょ》を殺すことができなかった。自分の代わりに彼女を楽にしてくれる他人の手が必要だったんです」

「そしてその見返りに、養父を強盗殺人の被害者に見せかけて殺害することに同意した。そういう場合でも、交換殺人というんでしょうか?」

「いや。拡大自殺と同意殺人が複合したケースで、俗に言う〈交換殺人〉とは似て非なるものですよ。梶谷岩男による溝口喜和子の殺害と、溝口高則による梶谷岩男の殺害――証拠固めはむずかしいと思いますが、いずれの事件も〈被疑者死亡により不起訴処分〉という形で一件落着となるでしょう」

　綸太郎の答えに皮肉を嗅ぎ取ったのか、梶谷航平は少し不安そうな面持ちで、

「それならいいんですが……。でもひとつわからないのは、養父がなぜこんな無謀な企てに手を出して、死に急いだのかということです。ひょっとしたら、がんで余命わずかだと知らされた溝口高則のように、何か死期の近い病気でも患っていたんでしょうか?」

　今度は綸太郎が首を横に振って、

「司法解剖ではそうした病気は見つからなかったようですね。逆に聞きたいのですが、あなたは岩男氏の動機について何か心当たりはありませんか?」

「そう聞かれても、私は特に……」

「では、こういう質問はどうです。あなたは岩男氏に対して、自分が彼の実の息子であるとほのめかしたことはありませんか」

梶谷航平はぐっと息を呑んだ。唇を結んだまま、あごに力を込めて、顔の表情筋がバラバラになるのを食い止めようとしているみたいに見える。

「実の息子？　それはどういうことですか、法月さん」

飯田才蔵が驚きをそのまま口に出した。綸太郎は航平の顔から目を離さず、手加減しない口調に切り替えて、

「茅島美也子——きみの母親は三十年ほど前、横浜のスナックに勤めていた頃、梶谷岩男と親密な関係だった時期がある。その後、彼女はひとり息子を身ごもったが、岩男はそのことを知らないまま、国外航路の司厨長に抜擢され、きみの母親との関係も途切れてしまった。それから三十年後、生きがいを失った梶谷岩男の前に茅島航平と名乗る男が現れ、老後のライフプランと称して経済的なアドバイスをする一方、茅島という苗字や母子家庭で育った苦労話を含む自分語りを聞かせた。身寄りのない岩男氏がきみの話に飛びついたことは想像にかたくない。彼が養子縁組を承知したのは、きみが血の繋がった実の息子だと思い込んでいたからだ」

梶谷航平は唇の隙間《すきま》からシューッと息を洩らし、押し殺した口調で言った。

「今のはあなたの想像ですよね、法月さん」

「想像でもいいじゃないか。殺人の疑いを晴らした見返りに、もう少しぼくの想像に付き合ってくれないか」

「そんなふうに言われたら、反論できないな。こっちも忙しい身ですから、なるべく手短にお願いしますよ」

「いいだろう。きみはさっき、養父である岩男氏がなぜこんな無謀な企てに手を出して、死に

急いだのかわからないと言った。だが彼がそんなことをしたのは、ごく単純な理由からだ。梶谷航平――自分の息子であるきみに、つつがなく死亡保険金を遺すためだよ」

「そんなことのために、こんな手の込んだことを？」

「そうだとも。岩男氏はきみが思うよりずっと、思慮深い人間だった。きみが複数の顧客との間に金銭トラブルを抱《かか》えて借金まみれだったこと、養父の死亡保険金を受け取るために巧言を弄して養子になったことも承知していたにちがいない。おそらく彼は、実の息子であるきみが母子家庭で苦労して育ったことに責任を感じて、自分の生命でその負債を支払おうとしていたのではないだろうか？　だからもしきみが功を焦って、養父の殺害を計画したりしなければ、自殺による死亡の場合の免責期間が過ぎる頃を見計らって、自ら命を絶っていたにちがいない」

「――功を焦って、養父の殺害を計画した？」

　黙っている航平のかわりに、隣りの席から飯田が合いの手を入れた。綸太郎は飯田に目配せしてから、テーブルの向かいへあごをしゃくって、

「借金返済の督促が厳しくなって、追い詰められていたんだろう。岩男氏はきみの不穏な動きを目ざとく嗅ぎ取った。だが彼には実の息子の存在すら知らず、三十年も放置していたという負い目がある。きみの人生観や金銭感覚が歪《ゆが》んでしまったのは、父親失格だった自分の責任にほかならないのだし、またひとりの人間として、実の息子に親殺しの罪を背負わせるわけにはいかない。そうした負い目をまとめて解消するために、岩男氏はきみの先手を打って自分を抹殺することを決意した。ただし免責期間中の自殺だと保険が下りないし、きみの犯行と疑われ

たら元も子もない。梶谷岩男にとって溝口高則という人物は、そうしたジレンマを一挙に解決できる、唯一無二のパートナーだったということだ」

「――お話はそれだけですか」

長い沈黙の後、梶谷航平は抑えた口調で言った。綸太郎がうなずくと、

「では、私はほかに約束があるので、失礼させていただきます。今回のことではいろいろとお世話になりました。相応のお礼をしたいところですが、報酬を支払うと非弁活動になりかねない。いずれ別の形で、感謝の気持ちを表したいと存じます」

礼儀正しくお辞儀をして、梶谷航平は席を離れた。

「やれやれ、妙な結末になりましたね」

立ち去る背中を見送ってから、飯田が他人事《ひとごと》のように言う。綸太郎は肩をすくめて、

「元はといえば、きみが招いたトラブルだろう」

「それはその通りですが……。だけど、あの様子だと梶谷のやつ、本当に養父を殺すつもりだったんじゃないですか」

「どうもそうみたいだ。具体的な裏付けもないし、鎌をかけただけなんだが……。タッチの差で養父に先を越されたのがよかったのか、悪かったのか」

綸太郎がぼやくと、飯田も真似するみたいに肩をすくめて、

「ひとつ気になることが。梶谷岩男の死亡保険金は下りるんですか？　自殺じゃないとしても、保険金目当ての嘱託殺人だと免責事由に引っかかりませんか」

「保険会社次第だろうな。犯人が二人とも死んでいるから、動機はあやふやなままだし、梶谷

岩男が本当に航平の父親だったのかもわからない。ＤＮＡ型で親子鑑定を行うにしても、航平は任意提出を拒むだろうし、裁判所が令状を認めるかどうかも微妙なところで、親父さんも事件の処理に頭を抱えているみたいだ。どうやら〈被疑者死亡により真相は藪の中〉というのが、今回の落としどころなんじゃないかな」

第一章 フーダニット

解答編

封谷館の殺人

方丈貴恵

「広瀬《ひろせ》さんが聞いた足音の特徴は、私が聞いたものと同じですね」

私は微笑《ほほえ》み、部屋にいる全員を見渡して更に続ける。

「犯人からすれば、誰かが深夜にリビングルームやバーカウンターをうろつくことは事前に予測できなかったはずです。なので、この足音は偽装されたものではなく、犯人の素のものだったと考えられます。……では、封谷館《ふうだにかん》にいた人のうち、速足かつ『コツコツ』という音を立てられたのは誰でしょうか？」

言うまでもないことだが、被害者である六彦《ろくひこ》や酒井《さかい》ではない。

六彦は屋内ではいつもゴム製のスリッパを履《は》いていたので、そんな硬質な靴音がすることはない。酒井は歩く時には杖が必要だから、靴音に杖の音が交じっていなかった時点で彼でないのは確実だ。もちろん……酒井は杖なしで速足に歩くことなどできない。

ここで、弘一《こういち》と浩二《こうじ》が自分たちの靴を見下ろして言った。

「俺たちは二人ともスニーカーだから、そんな足音は立てられないな」

「だね」

私は残る大人たちの足元に視線をやりながら頷いた。

「ええ、弘一さまと浩二さまは犯人ではありません。ところで……広瀬さんは革靴で、奥さまと杉《すぎ》さまはパンプスですね。お三方とも確か『コツコツ』という靴音をさせていたのを聞いた覚えがあります」

三人が青ざめきったところで、私はすかさず杉に向き直った。

「杉さまは旦那さまの遺体を発見した直後、貧血を起こしました。その後、あなたは気持ち悪そうにTシャツの袖の部分を擦っていました。あれは自分の服が湿ったように感じたからではないですか？」

杉はビクッと飛び上がる。

「どうして、それを……」

「私も似たような経験をしたからです」

「え？」

「杉さまが貧血で倒れそうになった時、それを広瀬さんが受け止めましたね。……実は、私も警報ベルを鳴らしてしまった後で、広瀬さんに助け起こしてもらったことがあったんです」

その時の広瀬のジャケットやズボンは全体的に冷たく、半乾きの洗濯物みたいにしっとりとして気持ちが悪かった。

「私が触れた時、広瀬さんの服は明らかに湿っていたんですよ。……多分、貧血で倒れそうになった杉さまも同じように感じたんじゃないですか？」

杉は何度も大きく頷く。

「感じた！　広瀬さんの服は全体的に微かに湿気ていた感じがして気持ちが悪くて」

全員の視線が広瀬に集まる。私は逃げ場を求めてキョロキョロしている彼に笑いかける。

「屋内にいてジャケットからズボンまで全体的に濡れるなんて、なかなかないことですよね？　でも……頭上灌水《かんすい》（水やり）装置が作動したタイミングで、広瀬さんが温室にいたとすれば話は別です」

広瀬は肯定も否定もせず黙り込む。弘一が考え込むように腕を組んで言った。

「夏場だと温室の水やりは確か、午前一時にも一分ほど行われるんだっけ？」

「その通りです。広瀬さんは午前一時の時点では実は温室内にいて、頭上から降り注ぐ水やりのシャワーを浴びてしまったんですよ。そして……この午前一時というのは、一発目の銃声が聞こえた時刻でもあります」

やっと諦めがついたのか広瀬が口を開いた。

「卯月《うづき》さんの言う通り、僕は午前一時の時点では温室にいました。でも逆に……僕には午前一時に西棟の書斎で社長を撃つことなどできなかったってことですよね？」

「ええ、広瀬さんは犯人ではありません」

ここで浩二がボソッと呟いた。

「どうして……広瀬さんは温室にいたことを隠したの？」

遠慮のない指摘に、広瀬はふてぶてしく肩をすくめる。

「単純に、後ろ暗いことがあったからですよ」

「後ろ暗いことって？」

「僕は温室にある希少価値の高い植物を盗み出そうとしていたんです。ところが、種子やら接《つ》ぎ木・挿《さ》し木用の枝やらを集めたところで、水やりに出くわして濡れてしまって。で、無性に腹が立ってきて……腹いせに社長が集めているいい酒でも貪《むさぼ》り飲んでやれと思ってバーカウンターに向かったんです」

——結局、広瀬は私と同じ泥棒ではあっても、殺人犯ではなかった。

私は夕子《ゆうこ》と杉の二人を見つめる。

「さて、次に重要になってくるのは、『何者か』がリビングルームを通った時に立てた……躓き蹴飛ばした音です。犯人はあの時、踏み台に躓くなり大きく舌打ちをして勢いよく踏み台を蹴飛ばしました。そして、そのまま電灯をつけもせずに速足で進みはじめたんです」

夕子が眉をひそめる。

「それがどうかした？」

「普通、暗い中で何かに躓いたら、ライトをつけてそこに何があるのかを確認しますよね？　少なくとも、立ち止まって手か足で探るくらいのことはやるはずです。それなのに……今回の犯人はそうしなかった」

弘一が唸《うな》るような声になった。

「言われてみれば、変だね。暗闇で何に躓いたのか分からないまま無理に進んだりしたら、怪我《けが》をする危険もあったのに」

「犯人がこんな行動に出たのは……自分が何に躓いたか心当たりがあったからですよ。足を引っかけたのが踏み台だとあらかじめ知っていれば、わざわざその正体を探る必要もありません。躓いた次の瞬間に、腹立ちまぎれにその踏み台を蹴飛ばすという行為に及んでもおかしくありません」

ここで広瀬がゴクリと唾を呑み込んだ。

「つまり……犯人は『本棚の前に踏み台が移動していたのを知っていた人間』か」

「そういうことです。問題の踏み台はリビングルームに皆で集まって歓談していた時に、隣の部屋から運び込まれたものでした。インコが逃げてしまったので、それを捕まえるために弘一さまが取ってきたのでしたね？」

浩二もカゴの中のインコを撫でながら頷《うなず》く。

「うん、あれは確か午後九時ごろのことだった」

私は杉の目を真正面から見すえた。

「それに対し……杉さまが封谷館に到着したのは午後十一時ごろでした。その後、あなたは気分が優れないことを理由に、西棟の玄関から客室へ直行して籠《こも》ってしまいましたね？」

ふっと杉が苦笑いを浮かべる。

「その通りよ。警報ベルを聞いてリビングルームに駆けつけるまで……私には踏み台のことを知るチャンスはなかったことになる」

杉花江《はなえ》はしょっちゅう封谷館を訪れていた。

当人にとって馴染みのある場所なので、仮に犯行時にリビングルームを通り抜ける予定があったとしても、わざわざその下見をするようなことはしないはずだ。……今回、本棚の前に踏み台が置かれていたことこそがレアケースなのであって、普段は通行するのに何の障害もない場所だからだ。

彼女が下見をしなかったと考えられる以上、杉は犯行時に『本棚の前に踏み台が移動していたと知らなかった』と断言しても問題ないだろう。

私は小さく頷いた。

「ええ、杉さまも犯人ではありません。つまり……犯人はあなたです」

そう告げつつ、私は波多野《はたの》夕子を指さした。

「寝室から『紫電《しでん》』を盗み、旦那さまを殺害したのは奥さまです。その後、あなたは拳銃を盗み出すところを窓越しに酒井さんに目撃されたかもしれないと不安になったのでしょう？　だから、あなたは口封じのために東棟の警備室に向かい、酒井さんの命を奪ったんです」

＊

私は静まり返った廊下を進んだ。

時刻は深夜一時……事件が起きてからちょうど二十四時間が経過しようとしていた。全てが遠い夢のことのようにも思える。

結局、夕子は犯行を自供しなかった。

——半落ち、いや三分の一落ちって感じかな？

彼女は一発目の銃声が聞こえた数分後にリビングルームを抜けて東棟に向かったことは認めた。

だが、殺人については否認した。

東棟に向かったのも、六彦名義で部屋に届けられた手紙の指示に従っただけだと主張したのだ。その手紙には午前一時五分に東棟二階のコレクション収集室に来るようにと書かれていたのだという。

その後、夕子は東棟二階で二発目と三発目の銃声を聞き、怖くなって酒井のいる警備室に逃げ込んで遺体を発見したと説明した。このままでは自分が疑われる……そう思ったから温室屋根を滑って西棟に逃げた、と夕子は言い張るのだった。

今のところ、この主張を裏づける証拠は見つかっていない。

夕子は六彦名義の手紙に書いてあった指示に従って、手紙は燃やしてしまったと言うし……被害者の六彦に事の真相を聞くこともできない。

結局、警察が封谷館を訪れるまで、夕子は広瀬と杉の監視下に置かれることになった。その監視は西棟二階にある予備の客室で行われている。

私はくすりと笑った。

——三人とも今頃は夢の中かな？

西棟の三階で私はとある部屋の前に立ち止まった。そして、扉をノックするべく右手を上げる。

「卯月さん」

突然そう呼びかけられて、私は弾かれたように振り返った。そこには足音もほとんど立てずに、私に忍び寄っていた人影があった。

とっさに言葉も出ない私に対し、彼は苦笑いを浮かべる。

「実は、卯月さんが夕食後に配っていた飲み物に、何か液体を入れているところをたまたま見てしまって」

「……なるほど、あなたは睡眠薬を飲まなかったんですね。一応、子供にも安全なものを用意していたのに」

彼は私を階段へと手招きした。

「一階のリビングで、ちょっと話をしようよ」


リビングのソファに腰を下ろし、彼は壁に掛かった油絵を見上げる。

「その警報装置のケーブルにはおかしな傷がついているよね。それで思ったんだ……卯月さんはあの絵を盗もうとしていたところを、銃声に驚いて警報ベルを鳴らしてしまったんじゃないかって」

「何のことやら」

私が白を切ると、彼は声を上げて笑いはじめた。

「別にいいんだ、卯月さんが泥棒でも。……それより取引をしよう」

思わぬ言葉に私は面食らう。

「取引？」

「さっきの推理は真相じゃないんでしょ？　卯月さんは、お父さんと酒井さんを殺害した犯人が別にいると知ってるんじゃないの？」

私は唇を湿してから返した。

「……だとしたら？」

「僕がその真相を買い取るよ。卯月さんが推理した内容を教えてくれさえすれば、その油絵は卯月さんのものだ。あとは、僕がお父さんからプレゼントでもらったサファイアの宝飾品もあげる。……全てが終わったら、お礼として必ず卯月さんに送るようにするから」

サファイアは好きでしょ？

そう続けて、浩二は無邪気にしか見えない笑みを浮かべた。


「最初に教えて。……どうして卯月さんは、夕子が犯人だという推理を、間違っていると分かって話したりしたの？」

私はメイド服のスカートを見下ろした。

「まず奥さまがあまりに吝嗇家《りんしょくか》なのでうんざりしたというのが一つ。それから、あの調子だと過去に後ろ暗いことをやっているのは間違いなさそうだったので……一晩か二晩くらい、冤《えん》罪《ざい》に怯《おび》えて過ごしてもいいだろうと思ったからです」

「それだけ？」

「あとは、この事件の犯人が……どうして、義母を陥れて実の父親までをも殺めるような恐ろしい凶行に及んだのか、その理由を一対一で聞いてみたくなったからですね」

浩二はため息を一つついた。

「動機は、僕らの実のお母さんに関するものだよ。前に杉さんが疑っていた通り、僕らのお母さんは事故で亡くなったんじゃない。お父さんと夕子が結託してお母さんを殺す計画を立てて、酒井さんがそれを実行したんだよ」

彼の語る内容がどこまで事実なのか、私には判断のしようがなかった。だが、それが事実だろうと、そうでなかろうと……それを心から信じる者がいたから、今回の事件は起きてしまったのだ。

私の沈黙に何を感じたのか、浩二は力なく微笑む。

「それじゃあ……次は、卯月さんの考える真相を教えて」


膝の上で指を組み、私は説明をはじめる。

「『奥さまが犯人だ』という推理は、聴覚によって得られた『靴音や蹟き蹴飛ばす音』と、触覚により判明した『衣服の濡れ』が鍵となっています。でも……これらの情報だけでは不十分なんですよ。今回の事件は、五感を駆使して得たあらゆる情報を論理的に分析しなければ解けませんから」

「つまり？」

「考え漏れているのは嗅覚です。この感覚に焦点を当てれば『奥さまが犯人だ』という推理が間違いだという理由も自ずと分かってきます。重要なのは……書斎で全く硝煙の臭いがしなかったことなんですよ」

六彦の遺体が発見された時、書斎の窓や扉は閉め切られていた。

部屋の空気も淀《よど》んでいたのにも拘《かか》わらず、私はあの部屋に入った瞬間に古い本の匂いと微かに血の臭いを感じはしたものの、硝煙の臭いを嗅いだ覚えがなかった。

「一方、東棟の警備室に駆けつけた時には、窓は三つとも開かれていた状況だったのに……部屋の中にはしっかりと硝煙の臭いが残っていました」

考え込むように浩二が顎に手をやる。

「そういえば、事件からかなり時間が経った後に『紫電』を調べた時でさえ、包んでいたハンカチをめくっただけで硝煙の臭いがしたもんね？　確かに、発砲からあんまり時間が経っていなくて、しかも閉め切られていた書斎に硝煙の臭いがなかったのは変かも」

私は苦笑いを浮かべた。

「当たり前ですよ。書斎では発砲など行われていないんですから。『紫電』が発砲されたのは三発とも東棟の警備室でした、、、、、、、、、、、、、」

浩二が目を見開く。

「どういう意味？」

私は手近にあった紙に封谷館の断面図を書いた。

「まず、犯人は警備室の窓や扉を全て閉め切った状態で一発目を撃ちました。そして、その時に酒井さんを殺害したんです」

窓や扉を閉め切っていれば、銃声は小さくくぐもった音になったはずだ。

「それから、犯人は五分ほど警備室の中で待ちました。連続して二発目を撃ってしまうと、『そんな短時間では西棟の書斎から東棟の警備室に移動できない』という話になって、三発とも東棟の警備室で撃ったものだというのがバレバレですからね」

ここで浩二が首をすくめた。

「ええ、そんな計画を実行する人がいるかなぁ？　誰かが銃声を聞きつけて警備室に駆けつけてきたらおしまいなのに」

私は首を横に振る。

「とんでもない！　東棟の警備室で一発目を撃ったからこそ上手くいったんですよ。もし、犯人が西棟の書斎で……同じフロアに家族の私室があり、すぐ下のフロアには客室があるような場所で発砲したら、どうなっていたと思います？」

「窓や扉を閉めて撃っても、皆の部屋と近すぎるよね。お父さんの部屋で異常があったと確信して、部屋から飛び出し書斎に駆けつけてくる人が続出しそう」

「すぐさま三階の廊下や書斎は人だらけになってしまったことでしょう。こんな状況では……誰にも目撃されることなく犯人が書斎から逃げ切れる保証などどこにもありません」

不意に浩二がニヤッと笑った。

「でも……東棟で発砲する場合は、話は違うよね？」

「ええ、東棟は西棟とは別の建物ですからね。窓と扉を閉め切って音を殺せば……少なくとも最初の一発については、誤魔化せる成算が高かったのではないかと思います」

『紫電』は雷鳴に似た銃声がする。

その音量を抑えて不明瞭にしてさえいれば、皆も雷鳴か山のどこかでした音だろうと思ってすぐに動き出さない可能性のほうがずっと高かったはずだ。

私はなおも言葉を続ける。

「五分ほど待つ間に、犯人は警備室の窓を三つとも開いて、代わりに遮光カーテンを閉じました。ただし……一つの窓だけはカーテンを開いたままにしておきます。それから、犯人は午前一時五分に二発目の銃弾を放ちました」

「既に、酒井さんは亡くなっているのに？」

「犯人は窓の外に『紫電』の銃口を向け……警備室の真向かいにある西棟の寝室の窓を狙って撃ったんですよ」

東棟にある警備室の窓には格子があったが、屋内から外を狙い撃つ上では大きな障害にはならなかったはずだ。

浩二はしばらく考え込んでから呟いた。

「……お父さんは睡眠薬を飲まされて、ゲーミングチェアに座ったままの姿勢で眠らされていたんだよね。そして、犯人はお父さんを椅子ごと寝室の窓の傍《そば》にまで連れていった」

「あの椅子はキャスター付きですから、書斎から隣の寝室に運ぶのも難しくなかったでしょう。その後、犯人は旦那さまの身体が窓の外を向くように……東棟の警備室から胸を狙って撃ちやすい位置に椅子を設置し、あらかじめ寝室の窓も全開にしておいたのです」

東棟と西棟の三階の窓は高さがほとんど同じで、特に寝室と警備室の窓は直線距離で五メートルほどしか離れていなかった。射撃の腕前がある人間なら、一発で胸を撃ち抜いて致命傷を与えることもできたはずだ。

私は声を低くして続ける。

「犯人は東棟の警備室の窓から旦那さまを撃ち殺した後、窓の遮光カーテンを閉めました。それから、金庫に向けて三発目の銃弾を放ったんです」

「何のために？」

「今回は、私が事故って警報装置を鳴らしてしまいましたが……本来の計画では、犯人は警備室の金庫を撃つことで、自ら警報装置を作動させるつもりだったんでしょう」

　浩二は感心したらしく何度も頷く。

「うん、そうだね。警備室の警報装置が作動していれば、警報ベルと一緒に警備室を確認するよう求めるアナウンスが流れたはず。それを聞いていたら、館内にいる人もほぼ全員が警備室に飛んで行ったことだろうね」

「そうなっていれば……犯人が奥さまに渡した偽手紙も、もう少しちゃんと機能していたはずなんですが」

　夕子は犯人により午前一時五分に東棟の二階に呼び出されている。

　もし、私たちが警報ベルを聞くなりわき目も振らず警備室に向かっていたら……酒井の遺体を発見し、ショックで立ちつくす夕子を発見していたかもしれない。

　あるいは、警報ベルに驚いた夕子が警備室には確認に向かわずに東棟から逃げ出そうとする可能性もあっただろう。だが、その場合も私たちは逃亡を図る夕子を目撃することになる。

　どちらにせよ、夕子の容疑は非常に濃いものとなったはずだ。

「実際は……私のほうが若干早く警報装置に引っかかってしまいました。金庫を撃ったのに、リビングルームの確認を求めるアナウンスが鳴り響いたのを聞いた時には、犯人もさぞ驚いたことでしょう」

浩二も苦笑いを浮かべる。

「ところが、犯人も計画を途中で止める訳にはいかなかった」

「ええ、旦那さまの遺体は寝室に放置されたままでしたからね。そのまま遺体が発見されれば、犯人が東棟の警備室で銃弾を三発撃ったことも何もかもモロバレです。犯人は何としてでも旦那さまの遺体を書斎に戻す必要がありました」

とはいえ、私が起こしたアクシデントも『人を西棟の書斎と寝室以外の場所に集める』という犯人の目的には適《かな》っていたし、警報ベルにより多少の騒音がかき消される効果も同じだった。ただ……人が集まる場所が、東棟の警備室か西棟のリビングルームかという違いがあるだけだ。

私は封谷館の断面図をペンでなぞりながら説明を続ける。

「結局、犯人は予定通りに『紫電』を捨てて廊下へと出て、同じく三階にある備品室に向かいました。もちろん、そこから温室屋根に出て滑り台の要領で、西棟の二階に移動するためです」

温室屋根を滑る時の音は、賑やかな警報ベルがかき消してくれた。

「なるほどねぇ。犯人はそうやって、あらかじめ開けておいた西棟二階の倉庫の窓から屋内に入った訳だ」

「その後、犯人は旦那さまの寝室に急ぎました。もちろん……寝室にある旦那さまの遺体を、書斎へと戻すためです。犯人はキャスター付きのゲーミングチェアを押して遺体を書斎のデスクの奥まで運びました」

六彦が被弾した際に寝室に血が飛び散る可能性もあったはずだが、今回は犯人にとって幸運なことに、ゲーミングチェアの範囲内にしか飛ばなかったようだ。もともと寝室の壁や床は黒いから血がついても分かりにくいのだが、少なくとも……私が確認した時には、それらしき飛沫痕は見つけられなかった。

浩二が小さく肩をすくめる。

「あとは、寝室の窓を閉めたら犯行はおしまい。何食わぬ顔で皆のところに合流するだけだね」

私は改めて唇を湿《しめ》した。

「この一連の犯行が可能な人間は限られています。まず、犯人は『一発目の銃弾を撃った時に東棟の警備室にいた』人物でなければなりません」

少し考えてから浩二が呟いた。

「まず……広瀬さんにはその犯行は無理だね」

「ええ、服を濡らしていたことからも分かるように、広瀬さんは午前一時の時点で温室にいました。全く同じ時刻に東棟の警備室で犯行に及ぶことは不可能です。よって、広瀬さんは犯人ではありません」

ちなみに、彼を犯人から除外できる理由はもう一つあった。

広瀬は痩せていた五年前でも温室屋根を壊していた。より太った今の体重では、温室屋根を壊さずに移動するのは無理だ。つまり、広瀬には東棟で犯行に及んだ後、西棟の寝室に戻って六彦の遺体を移動させる事後工作もできなかったことになる。

私は一呼吸おいて、更に言葉を継ぐ。

「次は、奥さまですが……私や広瀬さんは奥さまがリビングルームを抜けて東棟へ移動した時の音を聞いています。あの靴音がしたのは一発目の銃声が聞こえた数分後のことでした。つまり、一発目の銃声がした段階ではまだ奥さまは西棟の中にいたんですよ」

浩二が首をかしげる。

「本当にそう言い切れる？　一発目を撃った時点では東棟の警備室にいた夕子が、すぐさま温室屋根を滑って西棟に移動して、その足でまたリビングを通って東棟に向かった可能性もありそうだけど」

「ありえません。一発目の銃声がした後、奥さまがリビングを通るまで数分しかなかったですし、それは警報ベルが鳴り出す前のことでした。そんな静かな中を温室屋根なんて滑ったら、音で気づかれてしまいますよ。やはり、奥さまも犯人ではないのです」

夕子の場合、私たちが聞いたあの足音が犯人ではない証明となった訳だ。

「じゃあ、杉さんが犯人でない理由は？」

「杉さまが午前零時五十六分まで西棟二階のベランダにいたことは監視カメラにも記録されています。その後、私はベランダから戻ってきた杉さまと廊下で会ってから、リビングルームに入りました。以後、第一の銃声が聞こえるまで杉さまが東棟に移動するチャンスはありませんでしたから……杉さまも犯人ではありません」

浩二はぐっと顔を歪めた。

「なるほどね、とうとう犯人は一人に絞り込まれた訳か」

「ええ、犯人は弘一さまです」

＊

「旦那さまが座っていた椅子の背もたれの側面には黒っぽい汚れがついていました。椅子の正面から見て右側……椅子を後ろから見た場合には左側に当たる位置です」

汚れている範囲は二〇センチほどで、縦に擦りつけて広げられたような跡だった。

これを聞いた浩二は目を丸くする。

「そうなの？」

まだ九歳の浩二には現場を詳細に調べる機会はほとんどなかった。だから、彼がその汚れに気づいていないのはある意味で当然のことと言えた。

私は淡々と続ける。

「調べたところ、温室屋根の最も低くなっているところには黒い水たまりができていました。恐らく、排水が上手くいかずに砂や泥が集まってくるんでしょう。そして……それは温室屋根を滑り降りてきた人から見ると、左側にありました」

私が温室屋根を確認したのは雨が降って間がない頃だったが、屋根が完全に乾燥している時にも、同じ場所にはやはり砂や泥が固まって残っていたはずだ。

浩二は唸るように呟いた。

「なるほど、お兄ちゃんは布を下に敷くなどして温室屋根を滑ったんだと思うけど、降りた時にうっかり左手をその泥で汚してしまったんだね？」

「だと思います。指紋対策で手袋をしていた犯人はそれには気づかず、汚れた手のまま西棟二階の倉庫を出て三階の寝室へと急ぎました。その際、扉は主に右手で開ける等して目立つ汚れをつけずにすんだのでしょうが……旦那さまの遺体を寝室から書斎に動かす際に、椅子の背もたれの側面を汚してしまったんです」

　東棟から六彦の胸を撃つ必要があった関係で、遺体が乗った椅子は窓際ギリギリに、正面が窓の外を向くように置かれていたはずだ。

　となると、犯人は椅子の後ろ側にまわって背もたれの右と左の側面を摑んで椅子を動かしていったと考えられる。その場合、汚れている左手が当たるのは……椅子を後ろから見た時に左側に当たる場所だ。

　これは、背もたれが実際に汚れていた場所と完全に一致していた。

　浩二は哀しげに自分の左手を見下ろす。

「僕は左手首を捻挫している。これでも、頑張ればお父さんが座ったゲーミングチェアを押して動かすことはできるかもしれないけど……少なくとも、左手で背もたれを摑むことはしないな。そんなことしても、痛くて力が入らなくて椅子を動かすことなんてできっこないからね」

「ええ、左手首を負傷している人が椅子を動かす場合、右腕や右肩を中心に背もたれを押し、左手は使わずに左肘でサポートするような姿勢になるはずです。その場合、背もたれはあんな汚れ方はしません」

　私は事件後に浩二の左手首の状態を確認していた。

その時、彼の捻挫はまだ腫れがかなり残ってはいたものの……その前日に比べればマシになっていたのだ。つまり、手首の捻挫を悪化させる覚悟で痛みに耐えて左手で椅子を押した訳でもないということだった。

「よって、浩二さまも犯人ではありません」

これにより……最後に残った弘一が犯人だと確定した訳だ。

以前、弘一はリビングルームの本棚の上に逃げたインコを捕まえるために踏み台を必要とした。その一方で、私が狙っていた油絵もリビングに一つしかない本棚の上に掛けられたものだ。ところが、身長が一六五センチある私は油絵を取る時に、踏み台など必要とせずにすっと壁から取り外せた。

これは、弘一の身長が私よりもずっと低いために起きたことだった。

……私も使用人として雇われ、初めて弘一と会った時には驚かされた。弘一が高校生だということはあらかじめ聞いていたものの、海外で飛び級をした高校一年生だとまでは知らなかったからだ。

弘一の実年齢は一般的な高校生よりも低い。だからこそ、彼の年齢の平均身長を超える背丈があっても私よりずっと背が低く……温室屋根を傷つけずに滑ることができる体重の範囲内に収まっていた訳だ。

——確か、海外だと新年度が九月にはじまる地域があるのよね。

今は東京都心で猛暑が続く夏であるにも拘わらず……例の監視カメラには、六彦が子供たちを連れて新学年の準備のための買い物に出た時の様子が映っていた。

　これも弘一たちが四月から新年度がはじまる日本の学校ではなく、九月から年度がスタートする海外の学校に通っていて、夏休み期間中に新学年の準備をする必要があったためだった。


　浩二は辛そうに眉をひそめる。

「お兄ちゃんはまだ十一歳なのに、もう高校一年生なんだよ。二歳しか違わない僕とは何もかも違ってる。だから、お兄ちゃんが考えていることが時々分からなくて」

「弘一さまは、あなたに黙って計画を実行したんですか」

「僕を守ろうとしたのか、足手まといになると思ったからか分からないけどね。事件の話を聞いた瞬間……僕はお兄ちゃんが犯人だと直感した。でも、何の根拠もなしにそんなことを言っても誰も信じてくれない。だから、卯月さんから真相を買うことにしたんだ」

　私はふっと苦笑いを浮かべる。

「そんな中……私が自分と弘一さまのカップにだけ薬を入れなかったのに気づいて、私が弘一さまと二人きりで話をしようとしているのを見抜いた訳ですか」

「こう見えて、僕は卯月さんのことを信頼してるんだよ？　だから、身体にものすごく悪いものは入れていないと信じて、自分のカップとお兄ちゃんのカップを入れ替えた。皆が眠ってしまった後は、卯月さんがお兄ちゃんの部屋にやって来るのをずっと待ってたんだ」

　あの時、私はどれだけ肝を冷やしたか。

話を聞こうと思って弘一の部屋を訪れたら、背後に確かに睡眠薬を飲ませたはずの浩二が立っていたのだから。

「しかし、随分と思い切った賭けをなさいましたね？　私が皆に致死性の毒を盛っていたらどうするつもりだったんですか？」

言われて、急に浩二も不安になってきたらしい。

「え、でも卯月さんは……」

「ふふ、ご安心下さい。私が飲ませたのは本当にただの睡眠薬です。目が覚めた後でも、誰も薬を盛られたことに気づかないはずです」

「良かったぁ」

「それはそうと……私の推理にはご満足頂けましたか？」

「うん、ありがとう」

事態が落ち着いた頃を見計らって、浩二は私に推理の報酬として油絵と宝飾品を送ると約束した。だが、私も本気で期待するほどのバカではない。しょせんは子供の口約束だし……どの道、この推理はいつまでも黙っていられる類のものではなかった。最初から、私には喋る以外の選択肢がなかったのだ。

でも、一％でも油絵と宝飾品を本当にもらえる可能性があるのなら、それはそれで悪くない気もした。

浩二は自分の胸を右手でドンと叩く。

「卯月さんから教えてもらった真相は、僕が責任を持って警察に伝える」

それから、急に彼は消え入りそうな声になって続けた。

「本当は……僕もお母さんを殺した夕子とお父さんと酒井を許せないよ！　でも、こんなやり方は、やっぱり何かが間違ってるから。……あぁ、どうして『お兄ちゃん』か『正しいこと』か、どちらかを選ばなくちゃいけないんだろう！　僕はただ……お母さんやお兄ちゃんと笑って暮らしたかっただけなのに」

私は涙腺が緩むのを感じながら、浩二の小さな肩にそっと手を置いた。

「思いつめることはありませんよ。警察がやって来て館内を調べれば、色々と新しい証拠も見つかることでしょう。そうなれば、私たちの意思とは関係ないところで、自然と真相は明らかになっていきますから」

ぼそりと浩二が呟く。

「あるいは……警察がお兄ちゃんが用意した偽の証拠に騙されるか、だけど」

「偽の、証拠？」

「実は夏休みがはじまってから、お兄ちゃんは何度も怪しい動きをしていたんだ。昼寝中の夕子の手に何か握らせたりしていたのも……やっぱり、指紋を得るためだったのかも」

これには私も背筋が凍りついた。

弘一は偽の手紙で夕子を呼び出したのみならず、彼女に不利になる偽の証拠を用意していたらしい。私たちの知らないうちに、それらは封谷館の各所に粛々と配置されているのかもしれない。

浩二は大きく息を吸い込んでから言った。

「偽の証拠を全て退けて、お兄ちゃんの犯罪を証明するのはものすごく難しいかもしれない。それでも……たとえ後に後悔しか残らなくても、僕がやらなきゃ……」

遠くからパトカーのサイレンが聞こえてきた。想定されていたよりも早く、崖崩れの復旧作業が進んだらしい。

浩二は幼い口元を引き結んで立ち上がると、警察を迎えるべく玄関へと歩みはじめた。

我孫子武丸

第二章　ホワイダニット

解答編

幼すぎる目撃者

4

病室を出るなり、綿貫《わたぬき》が心配そうに声をかけてくる。

「あれ以上は何を聞いても無理ですかね。……どうしました。顔が真っ青ですよ」

薫《かおる》は必死で震えを抑えながら言った。

「昴《すばる》くんの生まれたときの記録を調べてもらってください。臨月の頃に、流産しかかるようなことがあって救急車で運ばれたりしたんじゃないかと思うんです」

「あー？　何言ってんだ？」

ガラの悪い刑事が口を挟んできたが、綿貫は聞き返しもせずすぐさまスマホを取り出してどこかへ電話をかける。

清美《きよみ》の部屋の近くにはいたくなかったので、薫は少し離れたナースステーションの近くまで行って、そこでじっと待った。やがて返事を受けた綿貫が他の刑事達と一緒に薫のところまでやってくる。

「あなたのおっしゃる通りでした。清美は昴くんを妊娠時、駅前の歩道橋で転んで破水し、救急車で運ばれたようです。そのまま病院で昴くんを出産した」

想像通りではあるが、できれば間違っていて欲しかった。

「何があったんです？　動機が何か、分かったんですか？　遙人《はると》が彼女を殺そうとしたのは何年も前からの話だったたってことですか？」

「いや……多分そうじゃないと思います。彼女には『そう思えた』だけのことでしょう」

「そう思えた……？」

「多分彼女は、あの日、駅まで戻ってきて思わぬ大雪に遭い、転倒するかどうかして強いショックを受け——頭部を打ったか、心理的なものかどちらでもありうると思いますが——おおよそ五年分の記憶を失ったんだと思います。そして、ちょうど昴くんを妊娠していたときの記憶と繋がった。そういうことじゃないでしょうか。雪の積もっていた歩道橋は絶対渡らないでしょう。まさにそこで事故に遭って流産しかけているのですから」

綿貫はぺちっと額だか頭だか分からないところを叩《たた》いた。

「それで、マスクか……」

「そうです。彼女はこのコロナ禍の記憶がごっそりないんですよ。だから、全員がマスクをしている光景はただ異様なだけなんです」

「じゃあ、夫と一緒に健診に行って、そして突き落とされたというのは……？」

「昴くん妊娠時には、夫婦一緒に健診に行ったんでしょう。そして歩道橋で事故に遭った。そして、そこから五年分の記憶をスキップして、ふと気づくと彼女は雪の中で倒れているわけです。夫はいない。夫は逃げた。自分を突き落としたのは夫だ、と思い込んだんじゃないでしょうか。救急車で運ばれた、と言ってましたからかなり記憶は当時のものと混濁していると思われます。とにかく彼女は何とか自宅まで辿り着いた。ところがそこで、信じられないものを見たんです。見知らぬ子供を連れて自宅へ入っていく夫を」

男達は全員息を呑《の》んだ。ようやく理解したらしい。

「犯行現場のマンションは一階ですか？　もしかして窓から中を覗けるような場所がありますか？」

「おう。あるある。一階は庭がついてて、フェンスで囲まれてるが、そっちに回ればリビングの窓が見えるよ。カーテンが開いてりゃ中まで丸見えだ」

「……清美は多分、自分の目を疑ったでしょう。どこかの子供を夫が自宅に連れ込んでる。二人と、二人の間に生まれてくる子のための新居に。一体誰の子なのか。しばらく庭に回って様子を見ていたのだと思います。楽しそうに食事をし、ゲームをする姿を。やがてどこかで聞こえたのかもしれません。『すばる』と呼ぶ声を。そして我慢できなくなった。それはこれから生まれてくる子のために二人でつけていた名前だったからです」

「そんな……自分で生んだ子供のことも忘れちまったっていうのか？　目の前にしても？」

「だって彼女のお腹にはまだ赤ちゃんがいるんですよ？　どうしてその子がとうに生まれてて、五歳になろうとしてるなんて思います？」

「そんな……じゃあ何もかも彼女の勘違いだってのか？　勘違いで滅多刺しにされたらかなわねえな！」

「……不幸な事故でしょう。彼女も被害者です。間違いなく」

薫はぎゅっと唇《くちびる》を噛《か》んだ。

清美は記憶を取り戻すのだろうか。取り戻して真相を知ったとき、さらなる絶望が彼女を襲うだろう。昴は母を許せるだろうか。スピカは無事に生まれるだろうか。

一時間ほど前までは、彼女から真相を聞き出せたら手柄になって男共の鼻を明かし、すっきりするような気がしていた。あのときの自分に戻って回れ右したい気分だった。

田中啓文

第二章　ホワイダニット

解答編

ペリーの墓

マシュー・ペリーは煩悶していた。東インド艦隊の司令官となり、極東の地日本を開国させよ、という命令を受けたのだ。これまでもアメリカを含めいくつかの国がそれを実現しようとしてきたが、日本は頑として受け入れなかった。この任務を成し遂げるのはかなりの困難がともなうと考えられた。ペリーは最初、その命令を固辞した。そのもっとも大きな理由は彼の健康だった。長らく患っていたリウマチに加えて、重い心臓疾患が彼の身体《からだ》をむしばんでいた。医者は、

「何年も船に乗るなんてとんでもない」

と言った。しかし、大統領から「この大任を果たせるのはペリーしかいない。かならず承知させよ」と厳命されている海軍長官はペリーの拒絶を許さなかった。また、日本を開国させるべし、という独自の論文をペリー本人が提出していた、という事実も彼の提督就任を後押ししていた。そこには、日本を開国させる方法や理由も明記されていたのだ。実際にそれを命じられたのはジョン・オーリック提督だったが、部下とトラブルを起こし、解任されたのだ。ロシアやイギリスなどが虎視眈々と日本を狙っていた。日本開国計画において出遅れ、焦ったアメ

リカは、切り札とも言えるペリーをどうしても出動させる必要があった。

「この任を引き受けなければ、きみの海軍内での地位は著しく下がるだろう。その覚悟はできているかね」

海軍長官の言葉に、ペリーは憮然とするしかなかった。同時に、ペリーの側にも引き受けなくてはならない理由があった。彼は、全米に名を知られた英雄であり若くして死んだ兄オリバーを越えねばならない、という思いが強かった。しかも、ペリーには多額の借金があった。身分不相応の家を建てたためあちこちから金を借りていたのである。彼には十人の子どもがあり、彼らを養っていくのにも金がかかった。

しかし、たびたび心臓の不調に襲われたペリーにとって、司令官として長期の航海をしたらふたたびアメリカの土を踏むことはできないだろう、という確信があった。悩みに悩んでいるときに、ペリーがふと思い出したのは、かつてメキシコ戦争のときに彼の部下だったペルリというオランダ系アメリカ人のことだった。ペルリは水兵だったが、顔が驚くほどペリーに似ていた。ペリーは余興の出しものとして、彼に自分の服を着せ、二角《にかく》帽をかぶらせ、自分の真似をして威張り散らさせた。つまり、「熊おやじ」を演じさせたのだ。見物している部下たちが大笑いしているあいだにペルリの背後からそっと近づき、彼の帽子を取ると、頭が禿げていた……というのがオチである。ペリーが日頃からそのたっぷりした髪の毛を自慢しているのは部下たちにはよく知られていた。

(あいつならば私の代役が務まるだろう……)

じつは戦争中、メキシコ兵の襲撃を受けて殺されそうになっていたペルリを、部下思いのペリーが身を挺して救った、ということがあったのだ。

すでに海軍を退役していたペルリは最初、そのような大役が自分に務まるとは思えない、と何度も断ったが、日本の役人に親書を渡し、一年後に調印するだけの役目であり、ショーグンやミカドに会う必要はなく、普段は船室にこもり、酒でも飲んでいればよい、ということを強く伝えた。日本人は脅しに弱い。だから、うえから押さえつけるように交渉を進めると、一も二もなくこちらの意のままになるだろう、とペリーは言った。

結局、ペルリは命の恩人であるペリーの頼みを断れなかった。問題はペルリの髪の毛が薄いことである。ペルリ自身はまるで気にしていないのだが、ペリーは、

「日本人を恫喝に行くのだから、もっとも大事なことは『威厳』である。そのためには髪の毛もおろそかにできない」

と考えた。日本に関する著作や資料を丹念に読みこんだペリーは、日本の役人（武士）が頭に髷《まげ》を結っており、髪の毛が薄くなると、威厳を保つために「つけ毛」をしたり、かつらをかぶったりする、ということを知っていたのだ。髷が結えなくなると「隠居」つまりリタイアしなくてはならないのである。

ペリーは大金をかけて精巧なかつらを製作し、ペルリに渡して、日本人と会うときはもちろん、船内でもひとに会うときはかならず着用せよ、と命じた。ペリー＝ペルリであることは船員たちにも秘密にするべきだ、とペリーは考えていた。ペリーの偽者だとわかっていると、自然と船員たちもペルリを見下すようになる、というのだ。

ペリーがじつはペルリであること、髪の毛がかつらであることを知っているのは船内ではペ

ルリ本人と、かつらの手入れ係のニコルズという元散髪屋の船員、そして、通詞のサム・パッチ（仙太郎《せんたろう》）とペリーの息子で秘書官のオリバーだけだった。

ところが、ニコルズが病気で死んでしまい、かつらのケアができなくなった。次第にかつらの見場が悪くなっていく。ついには壊れてしまった。かつらのうえから帽子をかぶらないとごまかせない。船員たちのあいだでも「ペリー提督はじつはかつらじゃないか？」という噂がささやかれるようになる。

香港のかつら職人に発注をかけたが、ペリーの髪型とは似ても似つかぬ、ひと目でかつらとわかるようなものが届き、ペルリは激怒した。しかたなくなるべくひとと会わないことでなんとかごまかし通していたが、そんなときサム・パッチから耳寄りな話を聞いた。カブキという日本の芝居に使うかつらの職人はアメリカ人が及びもつかない技術を持っている、というのだ。ペルリは決断した。測量と江戸城恫喝を名目に黒船の一隻をわざと江戸湾深くに侵入させ、そのときに見物の小舟にまぎらせてサム・パッチとオリバーを江戸に上陸させたのだ。ギャンブル好きのせいで金に困っているという職人を探し出し、首尾よく黒船へと連れ込み、壊れたかつらの修理をさせた。伊之助《いのすけ》というその職人の腕はさすがで、かつらは見事に元通りになった。ペルリは大喜びして、（口止め料の意味も込めて）伊之助に大金を渡した。彼が年間に手にするであろう手間賃の倍以上の額である。

こうしてすべてはうまくいくかのようだった。二度目の来日を果たし、日米和親条約の調印を終え、ペルリはやっとかつての上官ペリーへの恩返しができたように感じた。しかし、思わぬできごとが起きた。突然、伊之助が現れたのだ。彼は、見物の小舟に交じって黒船に近づき、乗り込んできたらしい。彼は、サム・パッチを通じてペルリに言った。

「金が欲しいんだ」

「以前に渡したはずだ」

「あのときは助かったけどよ、借金を返して、そのあとも賭場に入り浸ってたら、あっというまに元通り……どころかもっと借金が増えちまったのさ。どうだ、百両で手を打とうじゃねえか」

「約束がちがう。今回百両払ったら、つぎは二百両、千両……と要求するつもりだろう。それではきりがない」

「約束なんて知ったこっちゃねえ。いいのかい、そんなことを言っても。俺が、ペルリ提督がじつはかつらだってことを瓦版屋にでも漏らしたら、あっという間に日本中に知れ渡るぜ」

たしかにまだ日米和親条約の細則である「下田条約」の締結任務が残っていた。ペルリ自身は自分の髪の薄さを気にしたことはなかったが、日本人は脅しに弱い。威厳を見せつけて、うえから押さえつけるようにすればこちらが有利に交渉を運べるだろう……というペリーの言葉が頭をよぎった。ここでしくじるわけにはいかない。わずかでもこちらが不利になりそうな要素は排さねばならないのだ。

ペルリは心を決めた。

金を渡す、と言って伊之助を下田の森のなかに連れていき、サム・パッチとオリバーに彼を大きな銀杏《いちょう》の木の幹に押さえつけさせ、みずからピストルで撃ち殺したのだ。伊之助は、

「だましゃあがったな!」

と摑みかかってきたがメキシコ戦争に従軍したペルリの射撃の腕は冴えていた。伊之助が握りしめていたのは、そのときに引きちぎったペルリのかつらの毛であった。銃声を聞きつけて土地のものがやってくるのを恐れ、彼らは伊之助の遺骸をそのままにして船へと帰った。

◇

「なるほどねえ……これでなにもかも腑に落ちたぜ」

猿若町の甚平《じんぺい》は仙太郎とオリバーに言った。仙太郎は、

「我々はもうすぐ日本を去ります。あとのことはよろしくお願いいたします」

「ああ、わかった。俺は伊之助と違って約束を破りゃあしねえよ」

そう言って甚平は江戸へ戻った。これで、ペルリとの縁は切れた……と彼は思った。しかし、そうではなかったのである。

ペリー艦隊は嘉永七年六月二日に下田を去り、アメリカへ帰還した。ペルリの帰国を待ちかねていたペリーは、その報告を聞いて喜んだ。

「よくやった！　君は私の期待に完璧に応えてくれた。これで、大統領や海軍長官に胸を張って報告できる」

「私も重責を果たすことができてホッとしました。今から、大統領に命じられている『海軍日本遠征関係文集』の執筆に取りかかろうと思います」

これはのちの「ペリー艦隊日本遠征記」の土台になった記録である。

「よろしく頼む」

「お身体の具合はいかがですか」

「あまりよくない」

ペリーは顔をしかめた。リウマチと心臓疾患、そしてアルコール依存症の病状はますます彼を苦しめていた。ペルリは日本での行動について逐一ペリーに報告したが、唯一、伊之助を殺したことだけは言わなかった。サム・パッチとオリバーにも固く口留めをしていた。

ペルリが日本から帰って三年ほど後、ペリーはリウマチから来る心臓発作によって急死した。「日本遠征記」は大ベストセラーになり、彼の名を高からしめた。そして、かつらを脱ぎ、もとのペルリに戻っていた人物は、罪の意識にさいなまれていた。いくら相手に脅迫されてのこととはいえ、敬虔なキリスト教徒として「殺人」の体験はペルリに重くのしかかっていた。ペリーが死んだ一八五八年、日米和親条約に基づいて、日本は箱館、新潟、神奈川、兵庫、長崎を諸外国に開港した。そして、その年にアメリカ総領事ハリスとのあいだで締結された日米修好通商条約によって、日本はアメリカとのあいだで通商を行うことになった。

ペルリは一八六〇年、アメリカ商船の乗組員として横浜に来日した。そして、猿若町の甚平を呼び出し、自分の正体を明かした。彼は、本物のペリーが亡くなったことや著書がベストセラーになったことなど、アメリカに戻ってからの出来事について話したうえで、自分が手に掛けてしまったかつら職人の鎮魂のために手を貸してほしい、と言った。こうしてペルリは横浜の山中に伊之助追悼の塚を作り、そのかたわらに小庵をいとなんで伊之助の供養をした。やがて、彼は老齢となり、病を得て、土地のものに、

「自分が死んだら、伊之助の塚の隣に埋めてくれ。そのときはこれも一緒に埋めてほしい」

そう言って伊之助が修理したかつらと便箋数枚にわたる文書を示したという。「神が埋まっている」というのは「髪が埋まっている」という意味だったのである。ペルリが死んだあと、甚平は一連の事件の真相を書き残したがどこにも発表はしなかった。甚平の子孫である猿若健《さるわかけん》四郎《しろう》が家に伝わる文書を紐解き、横浜の塚を訪れたのは昭和九年のことだった。彼は先祖の書き残したものが真実であった、と確かめることで満足し、ペルリとの約束なども踏まえて公表しなかった。ペリーとペルリが別人であるということはほとんど知られることなく、ペルリは本牧山頂公園の塚に眠っているのである。


（付記）

日本での任務を終えたマシュー・ペリーは単身イギリスに渡り、「ペリー艦隊日本遠征記」の執筆について、当時、リヴァプールでアメリカ領事を務めていた小説家のナサニエル・ホーソーンに協力を依頼した。ホーソーンは業務繁多のために断ったが、そのときの模様に触れた日記の一節に、「（ペリー提督は）非常によくできているカツラのために、実際の年よりも若く見えた」という記述がある。（『ＮＨＫ歴史への招待〈15〉復刻版』日本放送出版協会編　日本放送出版協会より）

北山猛邦

第三章　ハウダニット

解答編

竜殺しの勲章

4

「おいおい、やけに自信たっぷりじゃないか」僕は呆《あき》れて云った。「お前に宿題をいつも教えてやっていたのは誰だと思ってる?」

「お兄ちゃんとは閃《ひらめ》き力が違うのよ」

妹はにやにやと勝ち誇った顔で云う。

「それじゃ名探偵の解説を拝聴しようじゃないか」

「まずはその椅子をわたしに譲るのが先じゃない?」

妹は僕を祖父の安楽椅子から追いやり、ちゃっかり自分がそこに座った。僕は仕方なく犬の横に座った。

「簡単なことだよ、ワトソン君。犯人は――ってわたしたちのひいおじいちゃんだけど――ベックマン少佐を殺害するのに、あるものを使ったのよ」

「あるものとは?」

「もちろん、列車砲よ。より具体的に云うと、その砲身ね!」

「なるほど、続けて」

「この暗殺を成功させるには、事前に二つのことを準備しておく必要があったの。まず一つは、ベックマン少佐が乗る客車の無線機を壊しておくこと。無線機は何者かに壊された形跡があるって云ってたわよね？」

「ああ」

「もちろん、それはアンティの仕業よ。当然アンティは、ベックマン少佐がどの客車を利用するか知っていたからね。無線機を使えないように壊しておいたの。ただし見た目にはばれないようにね。もし列車が動く前に、無線機が壊れているとばれたら、ベックマン少佐が代わりを用意したかもしれないから」

「ベックマン少佐に無線機を使わせないようにしたんだな？」

「そういうこと！　どうしてそんなことしたか、お兄ちゃんにはわかるかしら？」

「さあ……」

「ベックマン少佐は、本隊に定時連絡する必要があった。実際、零時過ぎに連絡があったことは間違いないんでしょう？」

「確かにそうだが……」

「客車の無線機が壊れているのに、ちゃんと定時連絡しているってことは――？」

「代わりの無線機を利用した？」

「正解！　ベックマン少佐は零時ちょうどに客車の無線機を手に取ったけれど、その時初めて、それが壊れていることに気づいた。さあ、困ったわね。わたしだったら『ま、いっか』で済ませてるとこだけど、ベックマン少佐はそうじゃなかった。性格的な問題かしら？　それとも軍人としての責任感からか——砲台に無線機があることを思い出して、わざわざ客車を出ると、そこへ向かったのよ」

デッキに出て、連結部を飛び越え、貨車から台座に上り、無線機のある場所まで移動する。その間、およそ五分。無線を受けた兵員が違和感を覚えたのは、そのわずかな遅れのせいだろう。

「つまりアンティは、ベックマン少佐を砲台まで誘導するために、客車の無線機を壊しておいた——というわけだね？」

「その通りよ。これでベックマン少佐を特定の時間に、特定の場所に立たせることができたわ。さあ、問題はこのあとよ」

「標的が何処に立っていようが、アンティはずっと客車にいたんだぞ。むしろ標的は遠ざかってしまったが、どうする？」

「そこで事前にもう一つ準備していたものが、いよいよ動き出すの」

「それは？」

「凶器の銃剣よ」

「はあ？」

「アンティは列車が出る前に、あらかじめ大砲の砲身の中に、凶器を忍ばせておいたの。たとえばこうしたらどう？　客車の屋根に上って、そこに突き出ている砲身の先端に、銃剣を入れておくの。刃は後方に向けてね。これで準備完了」

「それだけ？」

「あとはタイミングだけ。零時五分になると――砲台のすぐ後ろにベックマン少佐が立っている。たぶんアンティは何度か自分で、客車からそこまで移動するのに何分かかるか測ってみたと思う。それが零時五分だった。凶器を発射させるのにベストなタイミングよ」

「発射って――まさか」

「そう、砲身の先端にある銃剣を、後方に向けて発射するの！」

「どうやって？」

「事前に機関士に協力をお願いしておくのよ。『零時五分に急ブレーキをかけてくれ』って。するとどうなると思う？　慣性の法則によって、銃剣が砲身の中を滑るように飛んでいくのよ！　巨大な吹き矢みたいなものね。大砲の後ろにあるなんとか閉鎖機は開きっ放しになっているから、銃剣はそのまま後方に飛び出すことになる。すると大砲の後ろにいたベックマン少佐の背中に突き刺さる。これがアンティの暗殺トリックよ」

妹は得意顔で云った。

僕は深々と溜息《ためいき》をついた。

「やれやれ……何処から突っ込んだらいいのやら。急ブレーキ？　蒸気機関車で？　まあそれはいいとして、アンティやヴェイコたちが急ブレーキに驚いたなんて話はなかっただろ？」

「別にすべての情報を開示する必要はないじゃない。そもそもアンティは実行犯なんだから――」

「急ブレーキの慣性だけで、銃剣が人間に突き刺さるだけのエネルギーを得られるのか？」

「銃剣は砲身を滑っていったの！　だからそれだけ勢いがついていたの！」

「砲身に少しでも傾斜があれば可能性もあったかもしれないが――そもそも慣性じゃ銃剣は飛ばせないよ。というか……飛んでいったとしても、後ろじゃなくて前だ」

「えっ……？」

「力の向きが反対だよ。車に乗っていて、急ブレーキが踏まれた時に、自分が前と後ろ、どっち側に引っ張られるか考えたらわかるだろう」

「うっ……」妹はとうとう涙目になりながら、声を震わせ始めた「だってわたし、免許持ってないし……」

「そんなの関係ない。学校で習うことだろ」

「そ、それじゃあ慣性じゃなくて、列車が動いている時の振動とか、カーブの遠心力とかで、砲身の中の銃剣が少しずつ動いていって……」

「それだと狙ったタイミングで、銃剣を射出することはできないな」

「ううっ……」

「こんなことだろうと思ったよ。さあ、できそこないのホームズ先生は椅子から下りろ」

「なんでそんなこと云うのよぉ……」

妹はすごすごと椅子から離れ、犬を抱くようにして座り込んだ。

僕は椅子に戻った。

その際に、ふいに肘《ひじ》が机にぶつかり、そこに載せてあった弾丸のペンダントが床に落ちた。

それを拾い上げる。

薬莢と銃弾――

まじまじと見つめる。

もしかして――

僕は引き出しの中を漁《あさ》った。

あった。

ハンマーのような形をしたそれは、一般にはプーラーと呼ばれ、弾頭と薬莢を分離させるために使う道具だ。狩猟をする者であれば、自前で銃弾を用意するのに重宝するものの一つだ。

僕はプーラーにペンダントの銃弾をセットした。

「何してるの？」

「まあ見てろ」

プーラーをハンマーの要領で床に叩《たた》きつける。

すると薬莢から銃弾が外れた。

同時に、薬莢の中から小さく丸めた紙切れのようなものがぽろりと出てきた。

「お、お兄ちゃん……それ！」

拾い上げて、広げてみると、数字と文字が記されていた。

『右19　左44　右07　左22』

「これって金庫の番号じゃない？　お兄ちゃん、すごい！　こんなところに隠されていたのね！」妹は目を輝かせて云った。「ねえ、金庫、開けていい？」

解答編

第三章　ハウダニット

「ああ」

僕は紙切れを妹に渡した。

思わず手が震える。

薬莢の中に秘密を隠す――

それが何を意味するのか。

一九四四年当時、祖父は何歳だった？

その当時、祖父は何処にいた？

アンティがどうやってベックマン少佐を暗殺したのか、ようやく僕にもわかった。

その真相にさむけを覚える。

アンティが事前に準備したもの――

その二つのうち、半分は妹の云った通りだろう。無線機を事前に使えないようにしておいて、特定の時刻に特定の場所に、標的を立たせるように仕向けた。

問題はもう一つの方だ。

凶器の隠し場所。

妹は銃剣を大砲の砲身に隠しておいたと云ったが、それは違う。

銃剣は砲弾用の巨大な薬莢の中に隠してあったのだ。

それだけではない。

ジークフリート砲の薬莢は、当然ながら砲身に合わせたサイズをしている。つまり直径三十八センチ。長さは百センチ程度。

六歳の子供なら充分、中に隠れられる。

アンティは当時六歳だった自分の息子に凶器を持たせ、あらかじめ倉庫に置かれていた薬莢の中に、彼をひそませておいたのだ。

通常であれば薬莢の中は火薬で一杯だが、内部のスペースを確保するために、それらを取り出して処分しておく。そして息子を入れたあとで、蓋をしておけば、他の薬莢と見た目には変わらない。ただし目立たないように空気穴を確保しておく必要はあっただろう。また重さでヴェイコにばれないように、多少の重りを追加しておく必要があったかもしれない。

アンティはこれを何食わぬ顔で、ヴェイコとともに有蓋車に運び入れた。そしてすべての砲弾と薬莢を積み終わったあと、自分で引き戸に鎖をかける。

この時、鎖をある程度緩《ゆる》ませておく。すると、鎖に南京錠をかけたとしても、引き戸を目一杯引けば、わずかな隙間が開く。そう、子供が出入りできる程度の隙間ができればいい。

六歳の祖父は、有蓋車に運び込まれたあと、薬莢から外に出る。誰も見ていないので遠慮する必要はない。そしてアンティから託された時計を確認し、零時になるのを待つ。

時が来たら、祖父は有蓋車から外に出て、列車砲の貨車に移動する。そこに身をひそめて、標的が来るのを待つ。

零時五分、ベックマン少佐が定時連絡のために、砲台の無線機を使い始める。

祖父はその背後にそっと忍び寄る。

そしてベックマン少佐が通信を終えたその時——

背中を突き刺した。

その後、有蓋車に戻って、コトカに到着する前に元の薬莢の中に隠れる。あとは騒ぎが収まるのを待って、アンティが迎えに来るのを待つだけだ。

それにしても――

白夜で空が淡い藍色に染まる中、怪物のように横たわる大砲の横で、ナチス将校の背中に刃を立てる六歳の少年――

僕はそんな光景を想像して、すぐに脳裏から追い払おうとした。

いくらなんでもあり得ない。

よく訓練されていたとして、六歳の子供が大人を一刺しで葬ることが可能だろうか。

仮にできたとして――祖父はどういう気持ちでアンティに従ったのだろう？

祖父がこの物語を話す時、とても自慢げだったのを覚えている。まるで自分がこの国を救った英雄だと云わんばかりに――

しかしすべては僕の妄想だ。

そう、ホラ話にすぎない。

証拠など何一つないのだから。

「開いた！」

妹が大声を上げる。

金庫の扉が開く。

「あれ……小さな箱が一つだけ……嘘でしょ、これしかない」

妹が木箱を取り出す。

それを開けると——
そこには銀色の鷲が眠っていた。

伊吹亜門

第三章　ハウダニット

解答編

波戸崎大尉の誉れ

遅れて医務室に入ると、四人の男が集まっていた。

蜂丘《はちおか》、洲崎《すざき》、扇《おうぎ》、そして多留《たる》である。洲崎の訊問《じんもん》は余程苛烈を極めたのか、隅に控える多留の唇には血が滲《にじ》み、その目元は赤紫色に腫れ上がっていた。

私は治療台の傍《そば》に立ち、四人の顔を順々に見た。

「皆さん、お忙しい所をお集まり下さいまして誠に有難うございます。既に蜂丘連隊長からお聞き及びかも知れませんが、此度《こたび》の事件の真相が判明致しましたので、取り急ぎご報告申し上げる次第です」

「謎は解けたってか。はは、まるでシャーロック・ホームズだな」

皮肉っぽい洲崎の台詞に、私は真剣な顔で頷いてみせた。

「仰る通り。彼《か》の名探偵とは比ぶべくもありませんが、私は満洲日報の記者などではなく哈爾浜《ハルビン》に事務所を構える探偵なのです。琿春の師団司令部には、この歩兵第××連隊が軍需物資の横流しを行っていると訴える告発文が届いていました。私はその件で師団長閣下に雇われ、この二村台《アイツンタエ》に送り込まれたのです」

私が放った爆弾の効果は四者四様だった。蜂丘は目に見えて狼狽《ろうばい》し、洲崎は色が無くなる程に強く唇を結び、扇は煙草《たばこ》を咥《くわ》えたまま外方《そっぽ》を向いて、多留は目を瞠《みは》っていた。

「しかし、ご安心下さいというのも変な話ですが、私が命じられたのは横流しの物証を集める事ではありません。この連隊にいるであろう告発者を見つけ出す事です。そして、私はそれが波戸崎《はとざき》大尉であった事を既に突き止めています」

「何だって!?」

「そうなのですよ大尉。しかし、生憎《あいにく》と手元に集まったのは物的証拠ばかりでした。師団長閣下にご報告申し上げるには、何としてもその口から自白を引き出す必要があり、そのため私は昨夜から必死になって大尉の行方を追っていた訳です。ただ哀しい哉《かな》、それも徒労に終わりました」

「どういう意味だね、それは」

「波戸崎大尉は既に死亡しているものと、私は確信しているからです」

摘《つ》まみ出した煙草を咥え、私は蜂丘にそう答えた。誰も口を開かなかった。燐寸を擦り、煙草に火を点ける。喉に馴染んだ辛《から》い煙を肺一杯に吸い込んで、私は病室の扉を開けた。

「事件の概要は既に皆さん御存知の通りですから割愛します。この奇妙な事件に於《お》いて、確かな事は四つしかありません。一つ、病室の南京錠は二時五分に多留少尉の拳銃によって破壊されたという事。二つ、その時点で病室に波戸崎大尉の姿は無かったという事。三つ、病室の窓は巨大な氷柱に塞がれており、医務室を通って廻廊に出る他に道は無かった事。そして四つ、南京錠の鍵は常に扇軍医が身に付けていたという事」

「多留、貴様は波戸崎の叫び声が聞こえたから扉を破ったと云っておっただろう。それは嘘なのか」

洲崎に睨みつけられ、多留は目を伏せた。

「勿論嘘などは吐きません。しかし今になって考えますと、軍医殿が仰る通り風の音を聞き間違えたのかも知れず――」

「少尉、それは違います」

私は多留の言葉を言下に遮った。

「そんな事は」

「少尉、貴方はこの月寒三四郎《つきさむさんしろう》に嘘を吐いている。何故なら此方《こちら》の扉は非常に重厚な造りで、ひと度閉めたのなら中の音は全く聞こえないからです」

断頭窓《ギロチン》を押し開けると、忽《たちま》ち笛のような風音と共に雪片が流れ込み始めた。私は病室を横切って扉を閉め、十秒程待って再び扉を開けた。偽りの証言が発覚し、医務室では蒼褪めた多留の胸倉を洲崎が摑み上げている最中だった。扇が事務机の傍から動き、その巨大な掌で洲崎の肩を摑んだ。

「落ち着け。いちいち突っ掛かっていたら話が進まんだろう」

無理矢理引き剝がされた洲崎は凶暴な顔で扇を振り返り、力任せに多留を突き放した。為されるがままだった多留は、背中から薬品庫にぶつかった。私は病室から出て、俯き肩を震わせる多留の前に立った。

「少尉、私は匪賊《ひぞく》襲撃時の貴方の振舞を知っています。貴方はその事実を知る大尉が命を落とし、永遠に口が塞がれる事を願っていた。しかし、扇軍医の施術で大尉は一命を取り留めた。焦燥感に苛まれ堪えられなくなった貴方は、人の目も絶えた一時半に医務室を訪れ、病室へ忍び込むために拳銃に消音の細工を施した上でその南京錠を撃った」

「此奴《こいつ》は波戸崎を殺す積もりだったのか！」

洲崎が再び摑み掛かろうとした刹那、多留は面前に立つ私を突き飛ばして、医務室から逃げ出した。

「あの野郎、逃がすか……！」

「待って下さい。彼は放っておけばいい」

駆け出そうとした洲崎を私は大声で止めた。

「何を云う。波戸崎を如何《どう》にかしたのは彼奴《あいつ》なんだろう」

「違います。犯人は他にいる」

洲崎は啞然とした顔でその場に留まった。私は煙草を咥え直し、残った三人に向き直った。

「繰り返しになりますが、病室の南京錠は二時五分に多留少尉の手で壊されたのです。鍵を持たない少尉がそれ以前で病室内の大尉に危害を加えられた筈も無い」

「待ち給え。それ自体本当かどうかも分からんじゃアないか」

妙案を思いついたという顔で、蜂丘が口早《くちばや》に云った。

「元々多留君は鍵を壊して病室に忍び込み、波戸崎君を如何にかしていた。その上で君と扇君が来た頃を見計らって何処《どこ》か余所を撃ったのかも知れんだろう」

「それは無いでしょう。前以て鍵を壊していたのなら、態々《わざわざ》改めて撃つ必要も、況《ま》してや病室から叫び声が聞こえたなどと証言する筈も無いのです」

しかしと食い下がった蜂丘だったが、それ以上は続かなかった。

「少尉は意を決して南京錠を撃った訳ですが、間の悪い事に、偶々《たまたま》その場に扇軍医と私が居合わせた。本当の理由を口にする訳にもいかず、苦し紛れに述べたのが、あの証言だった。病室から大尉が消えて一番驚いたのは、他ならぬ多留少尉なのですよ」

しかしと洲崎が苛々した口調で云った。

「そうだとしたら、波戸崎はどうやっていなくなったんだ。いや、誰がどうやって波戸崎を連れ出したんだ。その扉は、ずっと鍵が掛かっていたんだろう」

「最後に開けられたのは、扇軍医が大尉の容態を確認された二十二時です。そうですね軍医？」

扇は煙草を咥えたまま、黙って顎を引いた。

「なら、波戸崎君の身に何かあったのはそれ以降という事になる訳だな」

「しかし、そうだとするとこれまた可怪《おか》しな事になる。二十一時の消灯以降、廻廊では二名の哨兵《しょうへい》が絶えず巡回を行っていました。彼らはそれらしい姿を見掛けてはおらず、従ってこの部屋から大尉を連れ出す事は到底不可能であった訳です」

「待てよ。波戸崎の容態を確認して連隊長殿と自分が此処《ここ》を出た時は、既に哨兵が巡回を始めておったぞ。可怪しいじゃないか」

「仰る通り。何らかの方法で南京錠を突破したとしても、今度は哨兵の目という新しい扉が犯人の前には立ち開《はだ》かるのですよ」

「歩哨どもが嘘を吐いているという事か！」

「違います。多留少尉の時と同様、若《も》しそうならば『怪しい人影を見た』と云えば良いのです。態々己に嫌疑の掛かるような証言をする必要はない」

「しかし、それでは」

「病室に波戸崎大尉の姿は無かった。しかし、其処《そこ》から脱出する術《すべ》も存在しなかった——そうなると考えられる事は一つだけ。己が誉れを護るため、大尉は端からこの病室には入らなかったのです」

私が放った言葉の意味を探るように、洲崎は首を大きく捻った。

「何を云っているんだ。波戸崎は其処に寝ていたじゃないか」

私は再び病室に入り、卓上の壺を取り上げた。

「我々が波戸崎大尉の頭だと思った物は、この壺に包帯を巻いた物でしょう。毛布の下に横たわる身体は、もう一枚の毛布を縦に丸めた物だと思います。そもそもこの部屋の光源はあの石油燈《ランプ》の揺れる灯だけ。薄暗い室内にあって見間違えるのも無理はありません」

「莫迦《ばか》な事を云うな。あれは確かに寝息を立てていた。壺や毛布が動く筈が無いだろう！」

「それも犯人の施した細工だったのですよ」

私は喫い切った煙草を棄て、ポケットから件《くだん》の護謨《ゴム》風船を取り出した。

「水甕の底に沈んでいるのを私が見つけました。信号用に支給されている護謨風船ですが、犯人はこれと室内にある器具を組み合わせて我々を欺《あざむ》く仕掛けを創り上げました」

私は壁際の吼壜《ガロン》と三脚支柱《スタンド》を持ち上げて、寝台の傍に置いた。

「我々が病室を覗いた当時、この二つはこのように並んでいました。壜の口には長い硝子管《ガラス》が嵌め込まれ、其処に繋がった護謨管《ゴムチューブ》が支柱の腕を経由して毛布の下に伸びていた。風船は、その先に繋がれていたのです」

「毛布の下でそれが膨らんでいたと云うのかね」

蜂丘が信じられないという顔で身を引いた。私はその通りですと答え、戸棚を指さした。

「その戸棚には、研磨剤のアルミニウム末と乾燥剤の生石灰が仕舞《しま》われていました。生石灰とは即ち酸化カルシウムです。これは化学の問題ですが、アルミニウムと酸化カルシウムの混合物に水を混ぜると非常に激しい反応が起こります。先《ま》ず水と酸化カルシウムが反応して熱を発し、一気に百度近くまで温度が上がる。更にその結果生成された水酸化カルシウムが今度はアルミニウムと反応して、発熱と同時に水素を発生させます」

私は隅の木箱からY字連結管を取り上げた。

「吽壜の中に適量のアルミニウム末と生石灰を入れ、その口にこれを嵌めて、更に風船に繋いだ護謨管を接続する。後はY字管のもう片方から一気に水を流し込めば、発生した水素と加熱されて生じた水蒸気の混合瓦斯《ガス》が護謨管を通って毛布の下の風船を膨らませるのです。勿論それだけでは風船は膨らむ一方ですが、秀逸なのは予《あらかじ》め空けられていたこの小さな穴です。一気に瓦斯が流入し風船が膨らむと、全体が引っ張られて穴も広がります。当然穴からは瓦斯が漏れる訳で、膨張が続けば漏れ出る量も多くなる。流入量と排出量が逆転すると風船は萎み、それに伴って穴が縮まったならば排出量も下がって、風船は再度膨らむ。飽くまでアルミニウム末と生石灰が反応している間だけですが、それでも一、二分程度なら自動で伸縮を繰り返す風船の出来上がりです。さあ、そんな事が出来るのは果たして誰か。最早考える迄もありません」

蜂丘と洲崎は同時に振り返った。その視線の先には、素知らぬ顔で新しい煙草を咥える扇の姿があった。

「……扇君、彼が云うのは本当なのか」

蒼褪める蜂丘の姿など眼中に無い様子で、扇は悠然と燐寸を擦り、美味《うま》そうに煙草を吹かし始めた。私も新しい煙草を摘まみ出し、燐寸を擦った。

「お答えにならないのならば私の口からご説明しましょう。若し間違っている所があったらご指摘下さい。扇軍医が波戸崎大尉失踪の犯人だとして、それでは大尉は何処に行ったのか。またそんな事を仕出かした動機は何なのか。私は、これに例の軍需物資横流しの件が絡んでいるのではないかと考えています」

「おい、いきなり何を云い出すんだ」

狼狽える洲崎を後目《しりめ》に、私はポケットから銃弾を取り出した。

「荼毘に付した兵士の骨を拾う際、私は灰の中からこれを見つけました。ご覧の通り八粍《ミリ》南部弾です。敵弾に斃《たお》れた兵の遺体から、どうして帝国陸軍の銃弾が出て来るのか――横流しされた我が軍の銃弾を、匪賊が使用しているからに他なりません。私はこれで、告発文が事実であると知りました。そして、波戸崎大尉もまた同じ事を考えたのです。匪賊掃討作戦からの復路で大尉は敵の襲撃に遭い、瀕死の重傷を負った。その体内には少なからぬ銃弾が残っており、刻一刻と大尉の命を蝕んでいる。早く取り出さないと命に係わると思う一方、大尉はこうも考えました。若しこのまま弾を摘出せずに琿春の師団司令部へ後送され、彼の地で弾の摘出手術を行ったとしたら。そして、敵の銃撃を浴びた筈の自分の身体から取り出されたのが、八粍南部弾だったとしたら。それが示すのは、匪賊が大日本帝国陸軍と同じ弾薬を使用しているという事実です。それこそまさに、××連隊の汚行を白日の下に晒す動かぬ証拠ではありませんか」

「波戸崎はそれを頼んだのか……！」

洲崎は愕然とした顔で扇を振り返った。

「扇軍医は、以前から重傷者は琿春《こんしゅん》へ後送すべきとの上申を続けていました。波戸崎大尉は全てを明かした上で、自分も琿春へ送って欲しいと軍医に懇願をしたのでしょう。師団司令部の乙部《おとべ》少佐は、大尉と志を同じくする人物です。彼の力を借りられたならば、決して無謀な計画ではない筈だった。ですが、その望みが叶う事は遂になかった。志半ばにして、大尉が息を引き取ったからです」

私は一度言葉を切り、相手の反応を窺った。扇は相変わらず事務机に凭れ掛かったまま、他人事のような顔で煙草を燻《くゆ》らせている。ひと言の反論も無いのが、私には却って不気味だった。しかし、態々それを指摘するのも躊躇われた。長くなった煙草の灰を落とし、私は再び口を開いた。

「扇軍医、貴方は酷く困った筈だ。このままでは大尉の遺体は通常通り荼毘に付され、その悲願は潰える事になる。遺体を重傷者と偽って琿春へ送ろうにも、それが何時《いつ》になるのかも分からないのでは手の打ちようがない。散々悩み抜いた貴方は、己が命まで賭した波戸崎大尉の誉れを護るため、その死を隠し通す事に決めた。その筋書きというのが、貴方自身幾度も口にしていた『モルヒネの影響で譫妄を発症した波戸崎大尉は病室を飛び出した』という物でした。昨夜の零時には琿春に戻る貨物車《トラック》があった筈です。大尉の遺体はその荷台に隠したのではありませんか？　そうすれば、『大尉は錯乱したまま荷台に潜り込み、道中で凍え死んだ』と後から説明する事が出来ますので」

「波戸崎の屍体はどうやって運んだんだ。その時間帯なら、未《ま》だ人目も多くあった筈だぞ」

「大尉、私と一緒に軍医を捜していた時の事を思い出して下さい。衛生兵の一人が、軍医は遺体の運搬をしていたと云っていたでしょう」

　洲崎はあっと声を上げた。

「あのヨボ《スン》を使って運んだんだな！」

「軍医は昇と共にこの医務室で大尉の遺体を担架に乗せ、覆いを被せてから敷地の隅に駐まっている貨物車へ運んだのです。途中で擦れ違った者には、一兵卒の遺体だと説明したのでしょうね。昇には何と云ったのかは分かりませんが、奴にとって二等軍医正である貴方の命令は絶対です。拒める筈も、疑問を口にする筈も無い。しかし、念の為余計な事は口走らないよう麻酔薬を打ち込んで昏睡させた。それ以降は改めて説明する迄も無いでしょう。病室に南京錠を付けたのは、大尉がいない事を誰にも知られないようにするため。また、窓を開け放ったのは錯乱ぶりを演出するためでした。常に鍵を身に付けておき、本来ならば掛け忘れたという態《てい》で大尉が逃げ出した隙を作る筈でしたが、予想外に多留少尉の思惑が介入したせいで、このように奇妙な事態になってしまったという訳です。因《ちな》みに、貴方は昨夜零時に師団司令部へ電話を入れていますね？　医薬品の追加要請が用件だったとの事ですが、本当は大尉の遺体を送ったと乙部少佐に連絡したのではありませんか」

　長口上を終えた私は、其処で漸く息を吐けた。扇はたっぷりと時間をかけて煙草を喫い、煙を天井に吹き上げた。

「……アンタの話は尤《もっと》もらしいが、結局全ては憶測の域を出んじゃないか。何か証拠でもあるのかね」

「琿春に連絡を入れて、これから到着するであろう貨物車の荷台を調べて貰いましょうか？　それに、そろそろ大広間では昇が目を覚ましている筈です。奴の口がそう固いとは思えません。完全に息の根を止めなかったのは、打ち込む麻酔の量を間違えたのですか」

「莫迦め。酒を飲み妓《おんな》を抱く事しか能がない何処ぞの将校より、余ッ程彼奴《あいつ》の方が役に立つ。そもそも儂《わし》は軍人である以前に医者だ。ヒポクラテスの誓いに背くような蛮行を善しとする訳がないだろう」

　嘲る扇を遮って、蜂丘は呆然とした面持ちでその名を呼んだ。

「そんな、君は真逆《まさか》」

　扇はそんな蜂丘を一瞥し、再び私に向き直った。

「急拵えにしては上出来だと思っていたが、矢ッ張り駄目だったか。何処から儂を疑っていたんだ？」

「初めに違和感を覚えたのは、貴方が昇を連れて来た場面です。貴方は、大尉の手術中に昇が注射器を落としたと云っていました。しかし、よく考えるとそれは可怪しい。大尉の施術はこの医務室で執り行われた筈なのです。その場で誤って注射器を落とした者を、どうして他所から連れて来たのでしょう？」

「ははあ、確かにその通りだ。もっと別の云い訳を用意しておくんだったな」

口から煙草を離して大笑する扇に、洲崎が硬い顔で歩み寄った。

「……残念ですが、軍医殿の為さった事は看過出来ません。然るべき処置を取らせて頂きます」

「勝手にせい。儂は一向に構わん」

一頻り笑った扇は、再び煙草を咥えて不敵な笑みを浮かべた。

「儂は波戸崎の亡骸を貨物車の荷台に乗せただけだが、それが罪に問われると云うのならば仕方ない。さっさと憲兵隊にでも突き出すがいい。仰せの通り、其処で正直に罪を告白するとしよう」

洲崎はその場で硬直した。蜂丘もこれ以上ない程に目を瞠っている。その意図を測った私は、直《す》ぐに扇の目的を理解した。

何故扇は、証拠となる護謨風船を水甕の底に残したのか。瓦斯発生の化学式を推定し得る薬剤を処分しなかったのか。先程指摘した昇に関する件の云い分にしても、お粗末だったと云う他ない。そして何より、どうしてこの期に及んでなお殆《ほとん》ど反論をしなかったのか。私にはそれが不思議でならなかった。これではまるで、扇は自分が犯人であると云い当てて欲しかったようではないか。

しかし、それは正しかったのだ。扇は敢えて自分に辿り着く証拠を散撒《ばらま》き、早々にその罪を暴かれようとした。罪と云った所で波戸崎の遺体を動かしただけに過ぎない扇は、憲兵隊に連れ出されても、精々《せいぜい》事情聴取を受ける程度だろう。それこそが扇の目的だった。憲兵隊という、蜂丘も洲崎も、黙認を続ける師団司令部すらも手の出しようが無い司直に護られた場所で、自分が犯した行為について説明するため××連隊の汚行にも已む無く言及する事、それこそが扇の真の目的だったのである。

　上手く使われたと分かっても、私はその手管に舌を巻かずにはいられなかった。思わず頬が緩んだ刹那、私は扇を見詰める蜂丘の顔から一切の表情が消えている事に気が付いた。厭な予感がした。反射的に顔を背けた視界の端で、蜂丘の手が腰の拳銃嚢《ホルスター》に伸ばされるのが見えた。

　一瞬の出来事だった。室内には耳を劈《つんざ》く銃声と、何か重たい物が倒れるような音が立て続けに響いた。

　一拍の間を空けて、普段と変わらぬ蜂丘の柔らかい声が私の耳朶《じだ》を打った。

「嗚呼《ああ》、扇二等軍医正は自決をされた。洲崎君、済まんがその旨を琿春に伝えて、至急次の軍医を寄越《よこ》すよう云ってくれるか。乙部少佐の件も忘れずにね」

　洲崎は上擦った声で命令を復唱し、慌ただしげな足音と共に退出したようだった。

　ゆっくりと振り返る。俯せに倒れた扇は、最早微動だにしなかった。耳の後ろには黒く大きな孔《あな》が空き、赤い血潮が今も滾々《こんこん》と湧き出していた。

　その様を見下ろしていた蜂丘が、素早く顔を上げた。悪戯を見つかった子どものようなその表情に、私は総毛立った。

　蜂丘が口を開きかけた矢先、入室を請う大きな声が響いた。洲崎が開け放ったままの扉の前には、雪に塗《まみ》れた若い下士官が立っていた。考えるよりも先に身体が動いていた。飽くまで平然とした態を装い、私はその横を通り抜ける。彼は動揺を隠しきれぬ顔で、多留が自室にて拳銃自殺を遂げた旨を声高に報告した。

薄暗い廻廊には、キラキラと輝く雪の粉が舞っていた。強いて何も考えぬように努めながら、私は凍て付くその路を進んだ。吹雪は唸《うな》り声を上げ、更に勢いを増しているようだった。

ミステリー作家は
こう推理した！

推理編
＋
あとがき

6名の作家が担当したテーマごとに
〈問題編〉を読んで謎解きに挑戦しました。
あとがきと一緒に、お楽しみください。

方文貴恵

は「**被疑者死亡により**」をこう推理した！

①溝口喜和子を殺害した実行犯の名前（フルネーム）

梶谷岩男

②理由（推理）

これは『典型的な交換殺人』に見せかけた、イレギュラーな交換殺人だと考えられる。

溝口高則のパートナーは、交換殺人の被害者でもある梶谷岩男本人で……高則と岩男は敢えて『典型的な交換殺人』に見せかけることにより、溝口喜和子殺しの罪を梶谷航平になすりつけて、彼を破滅させようとした。

推理の詳細：

○『カジヤ』宛のダイレクトメール（ＤＭ）が梶谷に誤配されることはあっても、『カジタニ』宛のＤＭが加治屋に誤配されることは滅多にないはず。

（加治屋は『カジタニ』と読めないため）

↓高則とパートナーは『カジタニイワオ』宛のＤＭをわざと加治屋咲恵の郵便受けに入れて、故意に誤配状態を作ったと考えられる。そうすることで、加治屋が帰宅後（平日はいつも午後九時すぎ）に、なるべく早いタイミングで梶谷岩男の遺体を発見するよう仕向けたのではないか。

（部屋のテレビがつけっぱなしだったのも、鍵が開いたままだったのも同じく早期に遺体を発見させるため）

○以上のことから、高則のパートナーはＤＭの誤配がしばしば起きていることと、加治屋が平日はいつも午後九時過ぎに帰宅すると知っていた人物に絞り込まれる。

↓いずれも加治屋咲恵か梶谷岩男本人でないと知らなそうな、かなりプライベートな情報。

○岩男の遺体は室内で仰向けに倒れていて、靴下をはいた左右の足の裏が玄関側から見えていた。

↓見ず知らずの人間がその部屋の住人に玄関扉を開けさせ、押し入って絞殺をする際に起きることを想像してみよう。

この場合、犯人は基本的に玄関側にいながら、部屋の奥側にいる住人に何か理由をつけて自分に背を向けさせ、その隙に背後から首にロープを巻きつけて殺害するはず。被害者がそのまま仰向けに倒れた場合、普通は被害者の頭が玄関側を向き、足の裏は部屋の奥側を向いて玄関側から見えないのでは？

（犯人は玄関側にいる状態で、被害者の首を自分の身体に引き寄せるようにして絞めるはずなので、玄関側に頭がくることのほうが多いと考えられる）

○以上のことから、殺害犯である高則は部屋の奥側から、岩男の首を絞めた可能性が高いと分かった。

→高則は〈ハーベスト王子〉近くで加治屋に目撃された時も、着の身着のまま同じ服だったので、何かの業者を装う等の変装をしていた訳ではないと考えられる。人付き合いの良くない岩男が、業者でも何でもない見ず知らずの人間を部屋の奥側にまで招き入れ、その人物に油断して背を向けるとは考えにくい。

→逆に、岩男と高則が顔見知りだったと考えると、部屋の奥側にまで招き入れても不自然ではなくなる。

○では、何の接点もないはずの岩男と高則がどうして顔見知りなのか？

→本来は何の接点もないはずの人間が共謀して行うのが交換殺人。……高則と岩男は交換殺人のために密かに協力し合っており、岩男殺しも本人の同意のもとに行われた可能性が浮上してきた。

○岩男は先月下旬から冷蔵庫も米櫃も空っぽで、スーパーの半額弁当や見切り品の総菜などを食べていた。

→岩男の部屋の電気やガスや水道が止まっていたという情報はないし、元船舶料理士なら手持ちの金が少なくとも費用を抑えて材料をやりくりし自炊を続けることは可能なはず。つまり、『手持ちの現金が少ない』のは、ずっと自炊を続けており、料理人としての矜持やこだわりもあったはずの岩男が料理を止めた理由にはならない。

○もしや、岩男は何か突発的な不調により急に料理ができなくなったのか？

→その可能性も検討したが、これは米櫃が空だったことと矛盾する。一時的な不調により料理ができなくなった場合は、冷蔵庫内の野菜や生鮮食品はやむなく捨てることがあるにしても、長期的に保存のきく米だけは手元に残しておくと考えられる。

また、岩男は元船舶料理士で在庫管理がしっかりしているると考えられるので、基本的に家の米を切らさないようにしていたはず。よって、突発的な不調と米の在庫切れが同時にやってきたとも考えにくい。
○それならば、岩男が自炊を止めたのは養子の航平に現金を持ち出されて困窮していることを強調し、養子の航平がどれほど悪辣な人物かをアピールする目的があったのでは？
↓元料理人である岩男にとって総菜生活は非常に辛かったはずだが、それもすぐに終わると……自分が近々殺されると知っていたからこそ続けられたのでは？『自分の死によって、航平の悪行を警察に知らしめる』という明確な目的があったからこそ、続けられたことなのでは？

（先月の下旬からのやや古めのレシートがゴミ箱に残っていたのも、証拠品として警察に回収させるために、岩男がゴミ収集に出さずに故意に残していたからだと考えられる）
○以上のことから、高則と岩男は共犯関係にあり、二人で『典型的な交換殺人』が起きたように見せかけて梶谷航平を陥れ、彼に溝口喜和子殺しの罪をなすりつけようとしたという結論にいたった。
↓加治屋に帰宅後（平日はいつも午後九時過ぎ）、なるべく早く岩男の遺体を発見させようとしたのも、できるだけ死亡推定時刻の幅を短くすることで、スケープゴート役の航平が『鉄壁のアリバイ』を持つ時間帯に岩男殺しが起きたと証明できるようにするため。

（『典型的な交換殺人』なら、自分が手を下さない方の殺人では『鉄壁のアリバイ』を作るのがお定まりである。そのため、航平にもそのお定まりに従って、完璧なアリバイを持ってもらう必要があった）

↓高則が岩男の遺体に血痕を残したのも、岩男の部屋に午後九時ギリギリまで留まったのも、加治屋とぶつかりそうになって『人目を嫌うような不審なふるまい』をしたのも、全て計画的な行動。現場にＤＮＡという動かぬ証拠を残し、なおかつ自分の姿を加治屋に目撃させることで……これが交換殺人だということを暗に警察に知らせ、航平を交換殺人の容疑者として引きずり出そうとした。

↓監視があって自殺が難しい留置場で高則が自殺した

のも、同じ目的からやったこと。高則は留置場で自殺することで、マスメディアに大々的に報道してもらい、地上波のニュース等で自身の映像が流れるように仕向けた。そうすることで……現場付近でわざと自分の姿を目撃させておいた加治屋が、『人目を嫌うような不審なふるまい』をした謎の男と高則が同一人物だと気づき、自主的に警察に連絡してくれると考えたから。

（高則が出頭する時も加治屋に目撃された時と同じ服装だったのは、彼女により気づいてもらいやすくするため）

→溝口喜和子が絞殺された時、高則は妻の両手を握っていたので……恐らくは全てを見ていたと考えられる。高則は犯行の細部を知っているはずなのに、供述の際に犯行の細部に関してちぐはぐな印象を与える証言をしているのも、恐らくは故意だと考えられる。

（誰かを庇っている雰囲気を出すことで、暗にこの事件が交換殺人だということを警察に伝え、交換殺人の容疑者として引きずり出される予定の梶谷航平の立場を不利にしようとした）

動機：

○梶谷岩男は航平に何らかの深い恨みがあったと考えられるが、それが養子縁組後に生まれたものか、それ以前からのものかは分からなかった。

→動機を妄想すると……

養子縁組は調停・訴訟などの手続きを経ない限り、両者の合意なしには解消できないものだと思うので、岩男は養子にしてしまった航平が自分の保険金なり遺産なりを僅かにでも受け取ることになるのがどうしても許せなかった。

そのため、航平から保険金を受け取る権利や相続権を完全に喪失させるために、交換殺人という形で梶谷岩男殺害に関わった容疑で航平を逮捕させようとした、など？

『犯人当て』とフーダニット

方丈貴恵

正直に言います。

初めてこの企画を聞いた時は、「出題者としてちゃんとやりとげられるのか？」という不安がものすごくて、内心えらいことになっていました。執筆中もその後も、眠れなくなる日が続き、少し痩せたように思います（いや、これは単なる気のせいかもですが）。

『犯人当て』（フーダニット短編）は京大ミステリ研の名物といっても過言ではないものですので、どうしてもプレッシャーは大きいものにならざるを得ませんでした。おまけに、私が在籍していた頃のミステリ研の『犯人当て』は、問題編を読み終わってから会員が推理をする時間は、確か、長くても一時間くらいだったのです。

ところが、今回は訳が違いました。

なんと、推理〆切まで約十日もあったのですから！

推理にかけられる時間が長いことも考慮に入れつつ、初めてフーダニット短編に挑む方もとっつきやすく楽しめるように、それでいて完全解答にたどり着くには骨のある内容にしようと……悩みぬいて書き上げたのが「封谷館の殺人」でした。

とはいえ、何もかも作者の想定通りに上手くいったかというとそういう訳でもなく、単行本版は「メフィスト」掲載時から少し手を加えて、よりブラッシュアップした内容になっています。

ミステリ研の『犯人当て』も時代により色や流行が少しずつ移り変わるものなのですが……この「封谷館の殺人」は私が在籍していた頃の『犯人当て』の雰囲気をかなり再現できたのではないかと思っています。その辺りも含めて、お楽しみいただけますと幸甚です。

もう一つ難しかったのは、他の先生方の問題編を推理することでした。

ここまで読まれた皆さまは既にお気づきのことでしょう。はい、そうです。法月綸太郎先生の「被疑者死亡により」へ寄せた私の推理はかなり迷走しています。

考えていた時は、「留置場での自殺に関するホワイダニットも拾えたし完璧だ！」などと自信満々だったものの、単に推理が大暴走していただけでした。単行本化に際し、改めて自分の推理を読み返してみたのですが、恥ずかしくもあり懐かしくもあり、自分でもちょっと笑ってしまいました。

とはいえ、伏線としては書かれていない部分を拾い、それをどこまでも膨らませて拡大解釈し……最終的に、作者がまったく意図していない推理を考え出すのもまた、フーダニット短編（『犯人当て』）の醍醐味だと思います。そのため、推理をする際は遠慮無用で、「作者の度肝を抜いてやる！」という意気込みで挑むのが吉です。

「封谷館の殺人」で僅かにでもフーダニットの面白さをお伝えできていればよいなと思いつつ……この企画にご参加下さいました読者の皆さまに、改めまして感謝を申し上げます。誠にありがとうございました！

法月綸太郎

は「**封谷館の殺人**」をこう推理した！

・犯人は広瀬信也。

・その理由

まず注目すべきポイントは、六彦の死体が発見された書斎で硝煙の臭いがしなかったことでしょう。殺害現場が書斎ではなく、キャスター付きゲーミングチェアで死体が移動された可能性もありますが（本稿の最終節を参照）、説得力に欠けます。

やはり殺害現場は書斎であり、銃声を消す（減音する）ために毛布等で『紫電』を包んで発砲、そのまま書斎を出たので、硝煙の臭いが残らなかったと考えるべきです。館内にはほかの銃が複数あったにもかかわらず、あえて施錠保管されていた『紫電』を犯行に用いたのは、その特徴的な銃声が必要だったからでしょう。

したがって、一発目の（くぐもった）銃声はアリバイ工作のフェイクだった可能性が高い。実際は浩二のインコが試し撃ちの音の鳴き真似をしたものと思われます。

銃声がインコの鳴き真似なら、その直後にリビングルームで卯月香帆が聞いた靴音や踏み台に躓き蹴り倒す音も、同じくインコの声だった可能性が出てきます。『何者か』がインコだとすれば、履き物の種類（パンプス、スニーカー、スリッパ等）や午後九時頃のリビングでのアクシデントの知・不知といった条件は、犯人を絞り込む手がかりにはなりません。実際は午前一時前、誰も西棟からリビングを通過して温室へ向かってはいない、ということです。

ニセの銃声が六彦殺害の偽装アリバイになりうる人物は、午前一時前後に東棟にいた広瀬だけです（執事の酒井は除く）。実際は午前一時よりしばらく前に六彦を射殺してから、就寝中の浩二の部屋に忍び込んでインコをカゴから逃がします。問題編中に記述がないので銃声の鳴き真似のキューは不明ですが、一定時間が経過した後に特定の音の発声を促す何らかの仕掛け（仕込み）があったのでしょう。その後の靴音や踏み台に躓く音などはおそらくインコの気まぐれなアドリブで、広瀬が計画したものではありません。

当初の計画では、あらかじめ脅しの手紙か何かを使って杉花江をリビングルームに呼び出し、午前一時前にニセの銃声を聞かせた後、彼女の前に姿を見せて「広瀬は東棟にいた」と証言させる予定だったのでしょう。ところが、杉は二階ベランダからリビングへ行こうとしたところを卯月香帆に目撃され、後ろ暗さからいったん自室へ引っ込んでしまった（脅迫の内容がクリティカルだったので、杉はリビングに呼び出されたことを誰にも打ち明けられない）。杉の代わりに卯月がリビングに留まったのは、広瀬にとっては想定外でしたが、アリバイ証人として杉の代役を任せることは可能でした。

・動機と陽動

広瀬は情報漏洩を雇い主の六彦に気づかれたことから殺害を決意、ついでにどさくさに紛れて封谷館の宝飾品コレクションを盗み出す計画でした。警備室の酒井を『紫電』で射殺した後、金庫から鍵類を拝借して（秘書なので解錠は可能）、コレクションをごっそり盗み出すつもりだったのでしょう。

当初の計画では外部犯のしわざに見せかけようとしていたはずですが、たまたま酒井を射殺する直前、地元の警察から警備室に土砂崩れの連絡が入っていたことを知り、外部犯に責任転嫁することは不可能だと悟った。絵画窃盗を断念した卯月と立場は同じですが、広瀬は宝飾品を諦めるだけでは済みません。その時点ですでに二人殺しているので、極刑を免れるためにあらゆる手を打たなければならないのです。

そこで自分以外にも内部犯＝酒井殺害が可能だった人物がいたと偽装するため、警報装置つき金庫にわざと銃弾を撃ち込み、警報ベルを鳴らそうとします。たまたま同じタイミングでリビングの卯月が警報ベルを鳴らしてしまったため、金庫への発砲はハズレ弾と見なされましたが、卯月のミスがなければ、ベル音に乗じて温室屋根から西棟に戻ることを狙った犯人の作為と判断されたはずです。

ところが、卯月と一緒に警備室で酒井の死体を確認した際、広瀬は現場に漂う硝煙の臭いを嗅いで、消音工作の副作用から六彦の書斎では同じ臭いがしないことに思い至ります。卯月に硝煙臭の有無を怪しまれたら、インコによるニセ銃声トリックを見破られるかもしれない。とっさに善後策を練った広瀬は、西棟に戻る途中、同行した卯月に気づかれないよう、温室プランターの泥砂（灌水装置で濡れたもの）を自分のハンカチに付着させる。その後、六彦の書斎に入った時、死体に気を取られている卯月の隙を見て、ゲームチェアの背もたれ横にハンカチの汚れをなすりつけた……。

これは、硝煙の臭いがしないことから、六彦の殺害現場が書斎でない可能性を誰かが思いつく。→殺害現場を誤認させる目的で、犯人はキャスター付きゲーミングチェアに死体を坐らせて別室から書斎に移動したのではないか？　→温室屋根の水たまりに左手を突っ込んだ犯人が西棟に戻ってから、ゲーミングチェアごと死体を動かした。→犯人はあわてていたので、背もたれの左側に水たまりの泥が付着したことを見落とした……と誤った推理をさせるための偽装工作でしょう。

殺人犯の行動としては説得力に欠けますが、①温室屋根の水たまりに手を突っ込んだ人物がいる、もしくは、②六彦の殺害現場をごまかす狙いで死体を移動した人物がいる、のいずれかでも信じさせることができれば、広瀬にとっては願ったり叶ったりの状況になるはずです。以上。

推理の時間は終らない（その1）

法月綸太郎

「封谷館の殺人」の推理は完全に空振りで、いっそ清々しいほどでした。インコの鳴き真似を銃声と誤認、リビングの靴音もインコの声という思いつきに固執して、そこから広瀬信也犯行説を組み立てたわけですが、手がかりに基づく推理というより、最初から結論ありきのこじつけだったと言うべきでしょう。どうにか犯行に筋を通そうと知恵を絞ったものの、「動機と陽動」から再現した広瀬の動線には明らかに矛盾がある。解答を提出した直後にその矛盾に気づきましたが、後の祭りでした。こういうストーリー先行の推理は、冤罪や陰謀論の発生メカニズムと同じで「犯人当て」の推理にしくじる典型的なパターンです。

もっとも銃声＝インコの鳴き真似説に飛びつかずとも、勝ち目はなかったでしょう。トークライブの感想戦で、方丈氏から「私が現役の頃の京大ミステリ研犯人当ては、いったん消去法で全員消してから叙述トリックの可能性を検討するのがセオリー」だったという話を聞いて、もう自分の出る幕ではないと痛感したからです。まあ、今回のようなイベントでは迷答・珍答を披露するのが迎える側の役割なので、雇われスーパーバイザーの責務は果たしたと言えるでしょう（絵に描いたような負け惜しみですが）。

自作の出来については、そもそも容疑者の範囲を絞りきれない事件なので、「犯人当て」

には不向きな設定だったかもしれません。それでもわりと親切にヒントを出したので、犯人を指名すること自体は難しくなかったと思います。むしろ寄せられた解答を読んで興味深かったのは、梶谷航平に罪をなすり付けるのが犯人の真の動機だったという推理が目立ったことです。作者の意図とは正反対の解釈ですが、間違っているとは言いきれない。犯人が同じでも相反する動機が成立しうるというのが本編の急所で、期せずして第二回ホワイダニット編の「動機当て」の難しさを予告する結果となりました。

なお「メフィスト」(2023 WINTER VOL.6) 掲載版では、加治屋咲恵の職業を「団体職員」としか書いていなかったため、介護関係の職に就いていた→溝口高則と接点があった、という推測が可能になっていました。今回の書籍化でその点を修正したことを付記しておきます(その2へ続く)。

田中啓文

は「**幼すぎる目撃者**」をこう推理した！

こんなつらい原稿ははじめてだ。なにしろ犯人の動機を当てねばならないのにその動機がわかっていないのだから。つまり、今から書く原稿は「間違っている」ことがすでに私にはわかっているのだ。それでも書けというのか。こういうのは、「わかった！」と思ったひとが書けばよいのだ。わかってない人間（つまり私）に書かせるのは拷問に等しい。

なぜわかっていないとわかっているのか（変な表現ですいません）というと、すべてのピースがはまるところにはまって、「これだ！」みたいな状態になったら、自分の答が正解だと思えるのだろうが、まったくそうなっていないからである。あっちがはまればこっちがはまらず……みたいな繰り返しである。書きたくないなあ。

でも書く。

あー、いやだなあ。

まず気づくのは登場人物の名前に「薫（女）」「清美（女）」「昴（男）」など、男女どちらでも使えそうなものが多いことである。また、刑事の綿貫が、体格は大きいが少女マンガのような顔立ちであったり、べつの刑事が主人公の警察官（女）と綿貫に「お嬢さん二人で」と呼び掛けていたりする点もたぶんなにかあるのだろう（わかんないけど）。

というわけで、いきなり結論だが、殺された皆川遙人は少女強姦事件の犯人である。遙人の妻清美は五年まえ遙人の性癖に気づいた。清美は当時、第一子を妊娠中で、遙人はそれが女の子であることを期待し、「昴」という名前を用意した。しかし、健診の結果、胎児は男子であることが判明。がっかりした遙人は邪魔になった清美を胎児ごと始末しようと歩道橋から突き落とした。しかし、清美は頭を打っただけで一命を取りとめた。胎児は無事生まれ、昴と名付けられた。清美は頭を打ったショックで過去のことや歩道橋のことを忘れてしまい、遙人は三人で暮らすことにした。

清美はきつい性格だったが、頭を打って以降は性格が丸くなり、遙人ともうまくやっていた。ところが、第二子（スピカ）を妊娠して健診を受けたとき、清美は突然五年まえの記憶がよみがえり（というか時間が五年まえに戻ったようになり）、自分の胎内にいるのは昴だと思い込んで、彼と自分を守らなくてはと思い、遙人を殺した。

あー、違うな。絶対違う。

鍋焼きうどんの件、マリオゴルフの件、ピンポンの件、昴の大人びて見える外観の件などが解消されていない。

そう。正解ではないのがわかっていながらこの文章を書いている私。なんて悲しいのだろう。とほほ……。

依頼内容を確認しよう

田中啓文

ミステリ短篇の依頼が来た、ということで大喜びして、書きます書きますとは言ったものの、あまりちゃんと依頼を読んでなくて（私が悪いんですが）、そろそろ締め切りですが……というメールをもらってあわてて依頼内容を確認すると、な、な、なんと……「ホワイダニット」の動機当て短篇を書かねばならないことがわかった。私のようなミステリシロートに依頼するならばせめてフーダニットでしょう、なんでホワイダニットやねん、どうしたらいいのだろう……とパニクっていたら、我孫子さんから、「メフィスト」のやつ、あんまりちゃんと依頼を読んでなかったんやけどホワイダニットやったんやなあ、どないしよう、ホワイダニットはハードル高いなあ……という電話があった。あー、あなたもですか。こんなダメダメなふたりをチョイスしたのはどう考えても法月さんの人選ミスではないか、もっとしっかりしたミステリ小説家を選ぶべきだったのでは……とは思ったものの、まあ、締め切りなので書くしかない。

ということで結局できあがったのがこの作品である。ものすごーく時間がかかった。というのは、一応時代小説でもあるので、資料と首っ引きで書かねばならなかったからで、何度も「あー、現代ものにしとけばよかった」と後悔しまくった。肝心のミステリ部分については、ほとんどのひとが「塚に埋めてあったもの」については当たっていたが、動機やその経緯についてぴたりと正解した方はいなかったようである。単に「○○がバレたから」では正解にならない。なぜそんなことでひとを殺そうとしたのか、がポイントである。解答編を読んでも「納得できん」というひともおられると思うが、私も我孫子さんの解答編を読んで、いまだに納得していないのである。だってアレがアレだということはアレはアレということになるからアレはアレだと思うじゃないですか。それがアレがアレだったなんて……（わしは岡田監督か）。

でも、こういう遊びができるのは本格ミステリファンならではの楽しみである。小学生のときにはじめてエラリイ・クイーンの国名シリーズを読んで、「読者への挑戦」というページに感動し、大胆にも自分でも「読者への挑戦」の入ったミステリ（「ボーリング場殺人事件」というタイトルだった）を書いたときのことを思い出した。私にとってはあのとき以来の「読者への挑戦」ということになる。

あと、読者から寄せられた解答が私が勝手に想像していたよりはるかに多かったのは正直驚きだった。パズラーの将来は明るい。この企画が今後もどんどん続いていき、依頼内容をちゃんと確認していないミステリ小説家が締め切り間際にあわてる……という目にあってほしい、と思う次第であります。

法月綸太郎

は「**幼すぎる目撃者**」をこう推理した！

・過去（コロナ禍以前）。清美は昴を出産する前、駅近くの歩道橋で遙人とささいなことから口論になり、はずみで階段から転落したことがある。ただし臨月ではなく、母子ともにダメージはなかった。その日は遙人がすぐに救急車を呼んで、病院で無事を確認したのではないか？　したがって昴発言「パパと喧嘩したときも……」は、五年前の出来事。

・現在。清美は妊婦健診の帰り道、大雪の名残で足を滑らせ転倒、頭を打って記憶障害を起こした。通行人が身重の身体を気づかい、「救急車を呼びましょうか？」と声をかけたが、胎児へのダメージはなく、清美は黙ってその場を立ち去る。清美発言「しばらく倒れてて誰かが救急車を呼んでくれた。あいつじゃないよ。あいつは逃げたんだから！」は、五年前と現在の区別が付かなくなっていることを示唆する。

・転倒後の清美は過去五年間の記憶を喪失、お腹の中の子どもはスピカではなく、昴だと思い込んでいる。病室で「昴に早く会いたい」「絶対あたしが守る」と言ったのは、無事に赤ちゃんを産んで顔を見るまで「昴は殺させない」の意。妹のスピカもそうであるように、出産前から子どもの名前は決めていた。薫発言「昴くん、ママに早く会いたいって」に清美が激昂したのは、昴はまだ自分のお腹の中にいるはずだから。

・五年間の記憶がリセットされた清美は、新型コロナウイルスの概念がないため、マスクを着用する意味が分からない。また皆川夫妻はできちゃった結婚で、五年前の時点では未入籍、同居もしていなかったのではないか。現在の自宅は、遙人が独身時代から暮らしていたマンションで、清美は自分を歩道橋から突き落とし、ひとりで逃げた遙人を追って（実際は清美の妄想）現場へ向かった。

・「あいつには、邪魔なのよ！　あたしも、昴も……」という発言から、清美は遙人の女性関係を邪推していた可能性が高い。マンションのチャイムを鳴らさなかったのは、遙人がほかの女と一緒にいるところを押さえるため。もちろん子煩悩な遙人に愛人はいないし、妻の記憶がリセットされていることにも気づいていなかった。

・「すごい声で怒鳴って」いる清美に、昴は「やめて」と懇願する。ところが清美の記憶はリセットされているので、昴を見ても自分の息子だと認識できない。昴の声を聞いても記憶は戻らず（鍋焼きうどんで口を火傷していたため、普段と声の印象が変わっていたのではないか）、自分以外の女との間に生まれた隠し子だと思い込んでしまう。

・昴にとっても、記憶リセット状態の清美は「ママであって、ママじゃない」。口の火傷のせいで、「ママやめて」が「殺（あや）めて」＝その女とお腹の子どもを殺して！」と聞こえたのかもしれない（やや苦しいか）。清美が遙人を殺害したのは供述通り「昴は殺させない。絶対あたしが守る」ためだが、「ホワイダニット」＝凶行の引き金となったのは当の昴が現在と過去、四歳と胎児の状態に分裂してしまったことである。

我孫子武丸

は「**ペリーの墓**」をこう推理した！

伊之助を殺したのはペリーになりすました「顔のよく似た部下」。カツラであることがバレてしまい殺した。ペリーは病気のため交渉を行なえなかったのだが、それがバレると条約締結自体が危ぶまれるため入れ替わりは隠さなければならなかった。

ホワイダニットを犯人当て形式でという無茶ぶり

我孫子武丸

「メフィスト」誌上においてフーダニット、ホワイダニット、ハウダニットのお題で二人ずつ短編を書くという企画が始まるので、ついてはホワイダニットを書いてもらえないかという打診を受けたのは二〇二二年の秋。企画監修者の法月氏が名前をあげてくれたという。面白い企画だとは思ったものの、フーダニット、ハウダニットはともかくホワイダニットというのはあまり挑戦した覚えのない（意図せずそうなっているものもあるかもしれないが）テーマで、お互いの得手不得手もよく分かっているはずの法月氏がなぜよりにもよってぼくにホワイダニットをと指名したのかは謎だった。しかし、あんまり書こうとしたことがないものほどやってみたくなるタイプではあるので、「お願いします」と即答して、それからずっとホワイダニット、ホワイダニット、ホワイダニットと呟き続けることになる。しかしどうも勝手が分からない。ホワイダニットってどうやって書くんだろう？

考え始めてから気がついたことだが、この企画では最初から「この作品はホワイダニットですよ」と記されてしまうのだ。読者は「これは意外な動機の話なんだな」と思って読むことになる。「これは犯人当てなんだな」とか「これは不可能犯罪ものだな」というのはさほどネタバレにはなっていないが、「意外な動機の話です」というのは半分ネタバレではないか。その上でさらに読者の予想を裏切るのはかなりの難題だ。

しかも、企画書を読み飛ばしていたのでよく理解していなかったのだが、第一回の二編が掲載されてから気がついたのが、この企画は問題編だけを誌上に載せ、読者に推理をしてもらう形式だということだ。「ホワイダニットをクイズ形式で？　そんなん無理やろ」と、同じ企画を引き受けた田中啓文氏と緊急会議（談合、かもしれない）を持ったくらいだ。彼もぼく同様企画書は読み飛ばすタイプのようだった。

それでも引き受けてしまったものは仕方ないし、そういう縛りがあると考える道筋みたいなものは逆に決まっていくこともあるもので、自分を追い詰めていくうちに本編の核になるネタがなんとか誕生した。後は〆切りまでに形にしていくだけだ。

結果、自分一人では絶対に書けなかっただろう類いの短編ができたように思う。無茶ぶりでもなんでも引き受けてみるものですね。

法月綸太郎

は「**ペリーの墓**」をこう推理した！

・ナサニエル・ホーソーンの日記には、ペリーがかつら（＝ウィッグ）を着用していたという記述があるという。ペリー一族は海軍と縁が深く、父のクリストファー・レイモンド・ペリー、兄のオリバー・ハザード・ペリーも海軍の英雄だった。そのため家族の間では、「リスク（risk：危険）」と「ハザード（hazard：危険事情）」と「ペリル（peril：危険事故）」の語呂合わせで、弟のマシューはペリルと呼ばれていた。息子のオリバーが酔いに任せて「あれはペルリ（ペリル）です」と言ったのは、身内にしか通じない軽口だった。

・ところが、長らく体調不良に苦しんでいたペリー提督は、一度目の黒船来航時に急死してしまう。息子オリバーは愛国心から父の死を秘匿し、顔のよく似た部下ニコルズを替え玉に仕立てようと決意。実は死んだペリー本人もかつらの常用者（以後かつらAと呼ぶ）で、メキシコ戦争中の余興はその事実を隠すための手の込んだフェイントであった。オリバーはニコルズに帽子とかつらAをかぶらせるが、「熊おやじ」とは頭の形が違うため、長時間にわたる室内の交渉ではなりすましをごまかしきれない。

・一計を案じたオリバーは、将軍家慶の重病に乗じていったん交渉を延期、仙太郎の助言を得て、密かにかつら師の伊之助を江戸湾に停泊中のミシシッピ号に乗船させ、偽ペリーの頭に合わせたかつらBをこしらえる。死んだマシュー・ペリー本人の遺体は、病死した船員と偽って、かつらAと一緒に横浜港に近い山中の小村に埋葬。本来「髪塚」であったものが、後に「神塚」と呼ばれるようになったわけである。

・一年後、息子オリバーによる特訓とかつらBの装着によって、提督の名にふさわしい威厳と知識を身につけた偽ペリー＝ニコルズは、幕府とのタフな交渉（砲艦外交）をやり遂げ、日米和親条約を締結する。打ち上げの宴席で、泥酔した松崎純倹に抱きつかれた偽ペリーが松崎を突き飛ばしたのは、かつらをもぎ取られそうになったから。

・一方、またしても博打にのめり込んで借金を抱えた伊之助は、下田港から泳いで黒船にもぐり込み、かつらBを作った件でオリバーらを脅迫。ペリー提督が替え玉だったと知れたら、日米関係は最悪の危機を迎えるだろう。オリバーと仙太郎、偽ペリーの三人は、金を払うと騙して伊之助を下田の森に誘い出し、口封じに射殺した。ちなみに殺害に使用された「コルト社製のリボルバー銃」は、（偽）ペリーが二度目に来航した際、幕府の重臣たちに献上した「コルト1851ネイビー」と同型の銃だったと思われる。そのうちの一丁が攘夷派の水戸藩主・徳川斉昭の手に渡ったことから、コピーされた拳銃が桜田門外の変で使用されたという逸話もあるそうだ。

・歴史学者猿若健四郎が、先祖の十手持ち甚平から受け継いだ史料は、後にWIGP（ウィッグ・プログラム）文書と命名され（註・WGIP文書に非ず）、幕末の日米関係のカギを握る陰謀工作の証拠として再評価されることになる。

推理の時間は終らない（その2）

法月綸太郎

前口上で書いたことの繰り返しになりますが、ホワイダニットと「読者への挑戦」形式は相性がよくありません。どれだけ伏線や手がかりを配置しても、犯行動機に「正解」がない以上、客観的な推理の対象たりえないとされているからです。

だからこそ「なぜ？」を問う「動機当て」の問題は、出題形式＝物語そのものに工夫を凝らさなければなりません。フーダニット編の感想で、「犯人当て」の推理に物語を求めすぎてはならないと述べましたが、ホワイダニット編に関してはそれとは逆のアプローチが必要になるということです。

「幼すぎる目撃者」の挑戦状はそこらへんの機微をよく捉えています。読者に「犯行の詳細の再構成」を求めるのは、問題編に埋め込まれた「ヒント」＝さまざまな矛盾や齟齬を、できるだけシンプルに解消できるストーリーを選択することにほかならないからです。私はわりと正解に近い真相を推理できましたが、これはある程度我孫子氏の作風に慣れていて、作者の手筋のクセがわかっていたせいでしょう（ちなみに昴くんが鍋焼きうどんで火傷したのは、重要な手がかりにちがいないと踏んでいました）。それにしても、橋谷と綿貫のコンビは今回限りで使い捨てるには惜しいキャラですね。

田中氏の「ペリーの墓」はまさかの架空歴史ミステリーで、こういう趣向のホワイダニットはあまり見たことがありません。書くのにだいぶ苦労されたようですが、依頼した人間としては、まさにこういう離れ業的作品を求めていたので、「よくぞ書いてくれました！」の一言に尽きます。「おもしろくて、ためになる」という講談社お墨付きの娯楽時代小説で、文豪ナサニエル・ホーソーンがペリーの『日本遠征記』の成立に関わっていたというのは、これを読んで初めて知りました。

自分の推理にはそれなりに自信があったのですが、ニコルズがかつらのケア係だったという最重要ポイントを見逃していたので、ニアピン賞にも届きませんでしたね。またしても完敗です（その3へ続く）。

追伸。田中啓文さま、どうかこれに懲りずに、またどこかで永見緋太郎シリーズの続きを書いてください。

伊吹亜門

は「**竜殺しの勲章**」をこう推理した！

我々が推理すべきは、「如何にしてアンティ少尉はベックマン少佐を暗殺したのか？」である。従って、既に犯人はアンティ少尉だと明示されている訳だが、肝心の少尉は移動中、常にナチス兵の監視下にあった。つまり客車から出てベックマン少佐を刺殺出来た筈もなく、何かしらの方法で遠隔殺人を行ったと考える他にない。

少尉は先ず、ベックマン少佐のいた客車の無線機を破壊した。そうすることで零時の定時連絡の際、少佐に自分の足で列車砲の貨車まで出向かせようとしたのである。殊更時間に厳しい少佐が定時連絡を諦めるとは思えず、多少の無理をしてでも無線機のある列車砲の貨車まで向かうことは容易に察せられた。少佐は連絡の直前になって初めて、客車の無線機が壊れていることに気が付いた。そこから慌てて移動をしたため、定時連絡は五分も遅れたのである。また、無線を受けた通信兵が「音声が明瞭でなかった」と証言したのは、それが移動中で吹き曝しの貨車上で行われたからに他ならない。

繰り返しになるが、アンティ少尉は客車から出ていない。従って、少尉には列車砲の貨車まで出向いてベックマン少佐を後ろから刺すことは不可能だった。また同乗のナチス兵が不審に感じなかった以上、客車のなかから何かしらの装置・細工で以て暗殺を決行したとも考えられない。

つまり、ベックマン少佐を殺したのはアンティ少尉の意を受けた第三者なのである。これを仮にXとする。

列車がヘルシンキを発った時点で、当然Xは列車内部に身を隠していた。では、それは何処か――列車砲に続く有蓋車である。

有蓋車は積み込みののちチェーンと南京錠で完全に鎖《とざ》されたため、到底出入りなどは不可能であるように思えるが、ここで注目すべきは、500kgもの砲弾を積むために、列車砲の貨車にはクレーンが備え付けられていたという事実だ。
　P.202の図を改めて見るまでもなく、アンティ少尉が鎖した横の扉から砲弾を入れるのにクレーンが有用だとは思えない。有蓋車の屋根は開くのではないか。図中で有蓋車の上部に記された白い線は、その事実を暗示しているのではないか。
　有蓋車のなかには巨大な砲弾と薬莢が仕舞われていた。砲弾のサイズは170㎝で、薬莢は100㎝である。しかし、薬莢は少尉がヴェイコと共に運んでいるため、何者かが内部に隠れていたのならば重さの違いでヴェイコに気付かれていた筈だ。従ってXは、運搬にクレーンが使われた砲弾のなかに身を隠していたと考えるのが妥当である。

　砲弾内部で息を潜めていたXは、列車が動き出したのを確認してから抜け出し、更には有蓋車からも脱出する。そして列車砲の貨車へ移り、定時連絡のために苦労して移動して来る筈のベックマン少佐を待っていた。

　勿論、吹き曝しの場では少佐に見つかってしまう惧《おそ》れがある。そのためXは、ここでも身を隠すことにした。他ならぬジークフリート、38㎝列車砲の砲身のなかである。

　果たして零時過ぎ、ベックマン少佐は予想通り姿を現わし、定時連絡のため無線機に向かった。少佐が背を向けた隙を狙ってXは砲身から抜け出し、通信が終わった瞬間を見計らってその背にナイフを突き立てた……。

　さて、Xとは何者か。

　170㎝の砲弾に身を隠すことが出来る者、また直径38㎝しかないジークフリートの砲身にも潜り込むことが出来る者という条件から鑑みて、思い浮かぶのは「未だ身体の小さい子ども」という答えだ。作中でその条件を充たす者は、事件前日にアンティ少尉が会いに行っていたという実の子ども——語り手である二人の祖父を措いて他にない。

　つまりアンティ少尉は、自分の子どもを使ってベックマン少佐の暗殺を決行したのである。

ジャンピング・テイク・オフ

伊吹亜門

清水の舞台から飛び降りる覚悟とは、まさにあのような時のことを云うのでしょう。

講談社の担当氏から依頼を頂いた時の驚きは、今もはっきりと覚えています。読者への挑戦状を挟み込んだ、ハウダニットを志向する本格ミステリの短編——本格であるための条件は何よりもフェアネスだと考える私にとって、挑戦状のある作品はその最たるものです。しかも注文は、私があまり得手とはしないハウダニット！　本格ミステリを書くことの難しさは身に染みて分かっていますから、果たしてご期待に副《そ》えるのかと非常に悩みました。しかし、曲がりなりにもこれまで本格ミステリの看板を掲げてきた手前、ここで逃げては名が廃《すた》るというもの。腹を括って筆を執った次第です。

今回挑戦状を突き付ける相手は、令和に生きるミステリの鬼と云っても過言ではないメフィストリーダーズクラブの会員諸氏でした。戦うならばせめてホームグラウンドでと思い、舞台は満洲に据えて『幻月《げんげつ》と探偵』（KADOKAWA）の探偵役、月寒三四郎《つきさむさんしろう》を再登場させました。しかし、大学でミステリ研究会に所属していた頃の自分に、「お前は八年後、綾辻行人先生の《館シリーズ》と有栖川有栖先生の《国名シリーズ》の新作が載った『メフィスト』に、読者への挑戦状を挟んだ満洲が舞台の短編ミステリを書くんだぜ」と云っても決して信じないでしょう。本当に、人生とは何があるか分からないものです。

額に汗して何とか問題編は書き上げたのですが、悩みの種はもう一つありました。今回のお仕事は謎を創るだけでなく解かなければならない、要は同じくハウダニットを担当される北山猛邦先生の作品に挑まなければならないのです。

「北山猛邦×読者への挑戦状」の組み合わせには苦い思い出がありました。二〇一六年十月、京都の大谷大学で行われた北山猛邦講演会でのことです。北山先生作の犯人当てに挑戦する企画があり、いちファンとして参加していた私は意気込んで取り組んだのですが、仕掛けられた《赤い鰊《レッド・ヘリング》》に易々と跳び付いて脆くも撃沈しました。今回は願ってもなかったその雪辱戦であるだけでなく、私の推理は伊吹亜門の名で公開される訳ですから、断じて恥ずかしい真似は出来ません。通・退勤の電車のなかでは「メフィスト」誌を睨みながら只管《ひたすら》頭を絞り、さあその結果がどうだったのかは既に皆さんご存知でしょう。良い所まではいったのですが。

最後に、「波戸崎大尉の誉れ」について小噺をひとつ。元々このネタは、一九八〇年に公開された高倉健・吉永小百合主演の映画『動乱』を観て思いついた物です。若しご覧になった方がいらしたら、直ぐに解けたのではないでしょうか。戦時下の満洲だからこそ成立するミステリに仕上げられたのではないかと思っています。ひと月近く頭を悩ませ、閃いてからは傍点を振るまでして意気込んだ「竜殺しの勲章」の迷推理と併せてお楽しみ頂けましたら幸いです。

法月綸太郎

は「**竜殺しの勲章**」をこう推理した！

・ベックマン少佐の制帽に付いていた銀の鷲の帽章は、ソ連製の小型盗聴器にすり替えられていた。第二次世界大戦中、ソ連の特殊収容所で研究開発に携わっていたレフ・テルミン（電子楽器テルミンの発明者）が設計、フィンランド軍に極秘提供されたものである。この盗聴器はベックマン少佐の死亡を確認した際、アンティが密かに回収した。

・時間厳守にこだわるベックマン少佐は、客車②の無線機が故障していたため、零時の定時連絡に遅れてしまい、慌てて客車を出ると、列車砲の台座近くに設置された無線機から『異状なし』の連絡を入れた。時間に正確な少佐が予定の零時を五分も遅れて連絡してきたのは、客車の無線機の故障のせいだが、配線を切断して使用できなくしたのはアンティの工作。少佐の性格から、零時過ぎに貨車の上、列車砲の台座近くの無線機を使うことは想定の範囲内だった。被害者の制帽に盗聴器を仕掛けたのは、定時連絡の声から標的の位置を確認、「狙撃」のタイミングを計るため。

・暗殺に用いられたのは、列車砲の薬莢（装薬筒）を改造、軽量化して銃剣をセットしたもので、これを砲口の側から逆向きに砲身に装塡する。重い弾頭の代わりに銃剣を飛ばすだけなので、改造薬莢もワンオペ可能な重量に抑えられていたはず。客車②の屋根から「中が空洞の巨大な筒」を通して、台座側のベックマン少佐までは一直線。

・「狙撃」を実行したのは、若い機関助士になりすましたフィンランド兵（当然、熟練機関士も協力者である）。彼は零時前に客車②の屋根に登って身を隠し、アンティからの無線連絡を待つ。少佐が定時連絡を終えるのを盗聴器で確認したアンティは、客車①の車内から機関助士に無線で「狙撃」を指示。屋根の上の機関助士はハンマーで薬莢の撃針を打ち、信管を起爆した。発砲音は列車の走行音に紛れて気づかれない（爆発音を抑えるため火薬量を調整、薬莢自体にも音を消す改造が施されていたのだろう）。機関助士は砲口に装塡した薬莢を取りはずし、そのまま沿線に投棄して証拠を隠滅した。

・竜殺しの英雄ジークフリートは、竜の血を浴びて不死身の肉体を手に入れたが、唯一血を浴びなかった背中が弱点となる。その背中を槍で刺され、ジークフリートは絶命した。（『ニーベルンゲンの歌』）

北山猛邦

は「**波戸崎大尉の誉れ**」をこう推理した！

①波戸崎大尉が消失した手段は如何なるものか。

答　波戸崎は最初から病室にいなかった。月寒たちが20時40分に扉口から確認した波戸崎は別人＝昇《スン》である。病室は暗く、ベッドの人物は頭に包帯が巻かれ、口元まで布団が掛けられていたため、遠目には誰ともわからない状態だったが、月寒たちは先入観からそれを波戸崎と思い込んだ。なお、この時月寒たちは病室内に入らないように注意されている。ベッドに近づければ、それが波戸崎ではないことがばれてしまうためである。この注意を促した人物こそが犯人である。よって――（以下に続く）

②それを企画・遂行した者は誰か。

答　犯人は扇軍医である。18時、扇は医務室に担ぎ込まれた波戸崎の手術に当たる。一緒に手術に当たっていた昇に「手術は成功した」と思わせるため、この時はちゃんと治療を行う。その後、理由をつけて昇をいったん医務室から追い出すと、九四式拳銃に風船の消音器を使用して、波戸崎を射殺。弾丸は体内に残るため室内からは見つからない。風船は水がめに隠す。万が一誰かが波戸崎を訪ねてきた際のことを想定して、病室に南京錠をかけて「そこにいる」偽装をしておく。

その後、昇と一緒に波戸崎を大広間へ移す。この時点で昇は波戸崎が死んでいることを知らない。また移動中は、衛生兵たちに波戸崎とわからないように、死体に布団を被せるなどしておく。大広間に到着後、衛生兵に波戸崎の死体を「二等兵の死体だ」と説明して、焼却場へ運ぶ。なお、この時点で昇は麻酔が効き始め、一連のやり取りを認識できない状態になっている。麻酔注射は昇本人のミスによるものと扇は説明していたが、波戸崎を焼却場へ運ぶことを昇に怪しまれないように、意図的に扇がミスを装って昇に注射したものと考えられる。

19時30分頃、扇が昇を抱えるようにして医務室に戻ったところに、月寒と洲崎が現れる。月寒たちに嘘の説明をし、昇を大広間に寝かせておくように命令する。月寒たちが去った後、扇は「波戸崎が病室にいる」ことに信憑性をもたせるため、役夫を利用して昇を大広間から医務室に戻させる。そして昏睡している昇を波戸崎に見立てて、ベッドに寝かせ、20時40分にあえて月寒たちに目撃させた。

その後、役夫を使って昇を大広間に戻し、「波戸崎が窓から逃亡した」と偽装するために、病室の窓を開けておく（22時）。この時点で、窓の氷柱は全体を覆うほどではなかった。しかし再び病室の扉が開かれた2時には、室温により氷柱が成長してしまったため、予期せず密室となってしまい、不可解な状況になってしまった。

なお、多留は自分の名誉を守るために波戸崎を殺害しようと考え、医務室で見張っていたが、いよいよ麻酔が切れる時刻が近づいてきたので、銃で南京錠を破壊し強行突破を試みた。しかし扇たちが現れ阻止される。この時、扇は多留の銃を取り上げ、警備の目につかないように隠した。その後、扇は銃を机の上に戻したが、その際に自分の銃と取り違えてしまった。結果的に、波戸崎殺害時に使用された凶器（消音器を利用した銃）が、月寒の手に渡ってしまった。月寒はそこから真相に思い至る。

③また、その動機・目的は何か。

答　扇が波戸崎を殺害した目的は、口封じである。告発者である波戸崎は、あえて憲兵ではなく司令部に告発状を送っている。波戸崎の意図としては、「横流し」の告発は真の目的ではなく、それよりも重大な何かを告発したかったのではないか。その重大な何かとは、「扇による人体実験」である。扇は治療という名目で、負傷者に過度な手術や治験、薬物投与を行っていた。波戸崎は薬品の過剰な納入などからそれに気づいたが、扇に察知され、口を封じられることになった。扇としては「波戸崎は譫妄の末に窓から逃げ出した」というストーリーを用意し、薬品窃盗や横流しの濡れ衣を着せる目的もあった。

ハウダニットという名のボール

北山猛邦

犯人当て小説といえば、江戸川乱歩の時代から流行っていたようですが、こうして今回の企画に参加させていただくことにより、僕もようやくその流行りに乗ることができました。ありがとうございます、乱歩先生。そして法月先生。特に『ハウダニット』の枠に起用していただいたのは、とても嬉しかったです。ドッグランでボールを投げられた犬と同じ状態、といっても過言ではありません。作者として、読者として、そして謎解きの挑戦者として、通常では体験できない緊張感と高揚感を味わうことができました。

自作についてですが、第一に『シンプルさ』を追求しました。トリックそのものの『シンプルさ』もそうですが、設問そのものがシンプルになるように配慮しました。『ハウダニット』以外の要素がノイズにならないように、犯人の名前も、その目的もわかっている状態で、しかしどうやって犯行に及んだのかわからないという構成になっています。またロジックだけで真相にたどりつくのは難しく、ちょっとしたひらめきが必要になっているのが、『ハウダニット』らしい謎といえるかと思います。

読者の皆さんからいただいた解答は、五割程度の方が「ほぼ正解」でした。「ほぼ」とあいまいにしなければならないのは、ひとえに作者の実力不足によるものです。『列車砲』という、あまり馴染みのない舞台装置をもう少しうまく描写できていたら……と悔やまれます。もし本編を未読でしたら、作中の情景を映像的に頭の中で思い描くことで、案外簡単に答えにたどりつくことができるかもしれません。ぜひ挑戦してみてください。

今回のイベントでは、自作に対し、法月先生と、また同テーマで競作した伊吹先生の両氏による推理も披露されました。読んでいただければわかりますが、恐ろしいことに、僕が書ききれなかった点や、改善すべき点などが、ほとんど『もう一つの解答編』として丁寧に書かれているではありませんか。それで僕は気づきました。より洗練されたミステリを書くには、一流のミステリ作家さんに推理してもらって、その答えをブラッシュアップに使えばいいのです。ただし、そんなぜいたくな機会は普通あり得ません。なので今回、掲載されている自作は、あえて改善しないままにしました。恥を忍んで、本来の姿を残しておきます。

一方で、伊吹先生の問題編に対する『探偵役』として、僕が披露した推理はどうだったでしょう？

当該作品と併せて、読んでみてください。

法月綸太郎

は「**波戸崎大尉の誉れ**」をこう推理した！

・江見見習士官の目撃証言には疑義がある。多留少尉が怖じ気づいて敵前逃亡を図ったとすれば、より危険の少ない洞窟の奥へ向かうはず。逆に外へ飛び出したのは、波戸崎大尉を誘い出して、敵の一斉射撃の的にするためだったのではないか？

・おそらく多留は洲崎大尉らに脅され、戦闘に乗じて波戸崎を亡き者にせよという命令を受けていたと推察される。連隊ぐるみの軍需物資の横流しを告発した波戸崎の口を封じるための謀略であることは言うまでもない。多留少尉は家名を守るため（？）蜂丘・洲崎の命令に従うが、波戸崎大尉は重傷を負いながら連隊司令部へ生還。多留は引き続き波戸崎の命を狙って、たびたび兵舎の医務室を訪れる。

・一方、腐敗是正派に与する扇軍医は、蜂丘・洲崎が波戸崎大尉の謀殺を目論んでいるのを察知し、死んだ二等兵の遺体と偽って、全身を包帯で巻いた波戸崎を別室へ移動。重傷兵の後送車両に乗せて秘密裏に琿春へ送り、九死に一生を得た波戸崎に連隊の不正を公表させるつもりだった（③波戸崎大尉消失の動機・目的）。朝鮮人役夫の昇は手術中のすり替え工作を目撃してしまったため、琿春への後送作戦が露見しないよう、扇自身が麻酔を射って眠らせた。

・二〇時四〇分、月寒が視認した時点で、すでに病室内に波戸崎はいなかった。灰色の毛布の下に潜ませた球形の護謨《ゴム》風船に、温突《オンドル》の熱や医薬品を利用した即席のガス発生装置から護謨管を通じて空気を送り、あたかも病人の胸部が上下しているように見せかけたのである（①波戸崎大尉が消失した手段）。このような工作が可能だったのは、扇軍医しかいない（②それを企画・遂行した者）。連隊の腐敗を正そうとした波戸崎大尉の安全を確保し、身柄を後送する時間を稼ぐため、扇は独断でトリックを仕掛けた。

・一時三〇分、波戸崎の息の根を止めるため、単身医務室へ向かった多留少尉は、護謨風船で銃口を覆った拳銃で扉の南京錠を破壊、病室に入る（消音器の効果で、銃声は聞こえない）。ところが、病室内に波戸崎の姿はなく、患者に見せかけたからくりが仕掛けられているのを目にして困惑する。その場で一計を案じた多留は窓を開け、護謨風船やガス発生装置を片付けた後、二時五分、今度は護謨風船を割って発砲音に偽装。医務室に駆けつけた扇と月寒の前で、あたかもその直前に南京錠を壊したかのようにふるまう。

・「波戸崎は何処だ」と扇に詰問された多留が、一瞬だけ奇妙な表情を浮かべたのは、波戸崎大尉の消失を仕組んだのが軍医自身だと気づいたから。その直後、多留の顔を喜色が横切ったのは、波戸崎が辛くも死を逃れたこと、そして彼を抹殺せよという上官命令に服従する必要がなくなったことを悟ったからである。多留は本心では連隊の不正に憤っていたが、父将軍へのコンプレックスに付け込まれ、蜂丘・洲崎の言いなりになっていた。特に横暴な洲崎大尉には憎しみを募らせており、扇軍医の策略による洲崎の失脚は、多留にとって願ったり叶ったりの出来事だったと思われる

（挑戦状の①②③について、多留少尉の行為はいずれも副次的な立場に留まるため、解答から除外した）。

推理の時間は終らない（その3）

法月綸太郎

フーダニット編、ホワイダニット編に続く第三回は、不可能犯罪トリックに挑むハウダニット編。前回の「ペリーの墓」が呼び水になったのか、二編とも戦争と軍隊がテーマの歴史ミステリーというスリリングな対決になりました。

北山氏の「竜殺しの勲章」はフィンランドの冬戦争というタイムリーな題材で、ナチスの対ソ秘密兵器「列車砲」が挑戦意欲をそそります。三度目の正直で、かなり気合を入れて推理に臨んだのですが、結果はまたしても完敗。「物理の北山」という先入観にとらわれ、作者の思うツボにはまってしまいました。前回の感想で、物語そのものに工夫を凝らさなければ云々と偉そうなことを書いていたのに、本編が枠物語として語られているのを失念していたのですから、まったく救いようがありません。

対する伊吹氏の「波戸崎大尉の誉れ」は、戦前の満洲が舞台の関東軍内幕もの。『幻月と探偵』で活躍した私立探偵・月寒三四郎の再登場で、いやが上にもテンションが上がります。こちらも不退転の決意で推理に臨み、ほぼ真相を見破ったつもりだったのですが……。情けないことに、「二発の八粍南部弾」という決定的物証の意味を完全に見落としていたので、やっぱり赤点ですね。かくしてハウダニット編は、二連敗を喫したのであります。

というわけで自分の推理は当たりませんでしたが、「同じ歴史ミステリーの不可能犯罪でも、こんなにアプローチが違うのか」と溜息が出るような名勝負で、雇われスーパーバイザーとしては大満足のフィナーレでした。そういえば、トークイベントの質問タイムで「オススメのハウダニット作品は？」と問われて、伊吹氏が「完全犯罪」（小栗虫太郎）、北山氏が『ジャック・グラス伝』（アダム・ロバーツ）を挙げていたのも、忘れられない名場面です（法月の推薦作は、イベントの前月に他界された森村誠一氏の『新幹線殺人事件』）。

最後にこの場を借りて、スーパーバイザーから一言。

パズルと物語がせめぎ合う「読者への挑戦」形式の可能性を広げる素晴らしい作品を寄せていただいた方丈貴恵さん、我孫子武丸さん、田中啓文さん、北山猛邦さん、伊吹亜門さんに心からお礼申し上げます。ご面倒をおかけしましたが、『推理の時間です』が成功したのはひとえに皆さんのおかげです。トークライブで司会進行をお任せした若林踏さんにも、あらためて慰労の言葉を。プレイベントから数えて全五回、大変お世話になりました。

そして、六枚の挑戦状に応えてくれたＭＲＣの読者諸君に、深い感謝を込めて。

本当にありがとうございました。

＊「メフィスト」は会員制読書クラブ「メフィストリーダーズクラブ」〈ＭＲＣ〉が発行する会員限定小説誌です。〈ＭＲＣ〉では「メフィスト」の発行をはじめ、オンライントークイベントを毎月開催しています。
『推理の時間です』の問題編と連動し、テーマごとに三回のトークイベントを開催しました。

＊本書は「メフィスト」に掲載した問題編と、〈ＭＲＣ〉会員専用ＷＥＢサイトで公開した解答編を収録しています。

〈初出一覧〉

第一章　フーダニット

法月綸太郎「被疑者死亡により」
／「メフィスト」2023　WINTER　VOL.6

方丈貴恵「封谷館の殺人」
／「メフィスト」2023　WINTER　VOL.6

第二章　ホワイダニット

我孫子武丸「幼すぎる目撃者」
／「メフィスト」2023　SPRING　VOL.7

田中啓文「ペリーの墓」
／「メフィスト」2023　SPRING　VOL.7

第三章　ハウダニット

北山猛邦「竜殺しの勲章」
／「メフィスト」2023　SUMMER　VOL.8

伊吹亜門「波戸崎大尉の誉れ」
／「メフィスト」2023　SUMMER　VOL.8

【MRCトークライブ／
読者参加型謎解き企画「推理の時間です」開催日】

第一回〈フーダニット〉2023年2月18日（土）
登壇作家：法月綸太郎×方丈貴恵

第二回〈ホワイダニット〉2023年5月28日（日）
登壇作家：我孫子武丸×田中啓文×法月綸太郎

第三回〈ハウダニット〉2023年8月27日（日）
登壇作家：北山猛邦×伊吹亜門×法月綸太郎

MRC

＊〈メフィストリーダーズクラブ〉の詳細はこちらをご覧ください。
https://mephisto-readers.com/

推理《すいり》の時間《じかん》です

2024年1月16日　第１刷発行

著者　我孫子武丸《あびこたけまる》
伊吹亜門《いぶきあもん》
北山猛邦《きたやまたけくに》
田中啓文《たなかひろふみ》
法月綸太郎《のりづきりんたろう》
方丈貴恵《ほうじょうきえ》

発行者　森田浩章

発行所　株式会社　講談社
〒112-8001
東京都文京区音羽2-12-21
電話［出版］03-5395-3506
［販売］03-5395-5817
［業務］03-5395-3615

KODANSHA

印刷所　株式会社KPSプロダクツ

製本所　株式会社国宝社

 N.D.C. 913
390p 19cm ISBN978-4-06-534210-7

It's time for deduction.